www.tredition.de

AF178913

Doris Garden

Eine
- nicht ganz -
alltägliche
Überführung

so segelten wir früher

© 2015 Doris Garden
Umschlag, Illustration: Doris Garden
Lektorat, Korrektorat: Maeggi Smith, Maya Vogl

Verlag: tredition GmbH, Hamburg

ISBN
Paperback   978-3-7323-6099-4
Hardcover   978-3-7323-6100-7
e-Book   978-3-7323-6101-4

Printed in Germany

Widmung

Dieses Buch ist meiner Tochter Kristin gewidmet.

Inhalt

–

Vorwort

Viele Erzählungen und Geschichten sind bereits über das Segeln geschrieben worden. Und das war auch der Grund, weshalb ich so lange zögerte, eine weitere 'Geschichte' hinzuzufügen. Gab es denn nicht bereits genug? Lag denn nicht alles schon viel zu lange zurück?

Fast 30 Jahre waren inzwischen vergangen …

"Nein!", meinten meine Freunde, "kein Mensch überführt ein Schiff mit einem kleinen Kind, noch dazu zu einer Zeit, in der es noch nicht mal Handys gab! Ganz abgesehen davon, dass ihr alle dabei beinahe drauf gegangen seid …"

Und so entstand dieses Buch auf ihr Drängen hin, nicht zuletzt aber auf die Bitten meiner Tochter Kristin. Sie war ja einst dabei gewesen, wenn auch ganze zwei Jahre jung, und sie wollte nun endlich wissen, wie das damals, auf dem Schiff, 'wirklich' war.

Und so setzte ich mich eines Tages hin und schrieb es auf.

Wie alles begann

"**K**annst du dir vorstellen, da will jemand seine Yacht überführen von Frankreich nach Jugoslawien - und das in zehn Tagen!", erzählt mir mein Mann ganz vorwurfsvoll, kaum dass er die Tür hinter sich geschlossen hat. So, als ob ich was dafür könnte. Ich verstehe nur Bahnhof.

Andy ist gerade von einem Treffen der Seglerabteilung in seiner Firma heimgekommen und es ist mitten in der Nacht.

Um die Hintergründe dieses Ausbruchs zu erforschen, muss ich wohl noch mehr Details in Erfahrung bringen, aber das ist überhaupt kein Problem, denn es sprudelt nur so aus ihm heraus. Tatsächlich, es sprudelt aus ihm heraus und das passiert mir bei meinem Mann, den ich nun schon acht Jahre kenne, mit dem ich seit sieben Jahren verheiratet bin und dem ich noch nie ein Wort zu viel entlocken konnte.

Soviel habe ich inzwischen erfahren: Da ist ein Geschäftskollege von ihm, der besitzt eine Sun Shine 38, die liegt in Cogolin in Frankreich und nun will er sie nach Zadar verlegen, da anscheinend die Geschäfte in Frankreich nicht so laufen, wie er es sich vorgestellt hat. Von Bekannten hatte er gehört, dass sie ihre Yacht in zwei Wochen von Frankreich nach Griechenland überführt haben, also sei es ja wohl kein Problem, eine Yacht in zehn Tagen von Frankreich nach Jugoslawien zu überführen.

Andy liegt inzwischen auf dem Boden, unsere einzige Karte der Mittelmeerländer groß ausgebreitet vor sich, und misst die Entfernung. Es ist eine Straßenkarte, nicht gerade geeignet, um Seewege zu erforschen, aber doch gerade noch brauchbar, um die ungefähre Entfernung zwischen Cogolin und Zadar zu schätzen. Natürlich Seeweg, nicht Luftlinie. Mit viel Augenmaß, noch mehr Berechnungen und eingehender Beratung kommen wir zu dem Schluss, dass es sich wohl um eine Entfernung so um die 1200 Seemeilen handeln muss.

Ich bin inzwischen richtig angesteckt, denn Berechnungen sind meine Stärke. Das würde also bedeuten, dass man - bei einer Nonstop-Fahrt - ein Etmal von 120 sm ansetzen müsste. Das wäre dann eine Durchschnittsgeschwindigkeit von fünf Knoten. Ohne Aufenthalt im Hafen. Ohne Nachtanken von Sprit. Bei einer Rumpfgeschwindigkeit von ca. 6-7 kn. Völlig unmöglich. Da müssten schon sämtliche Götter dahinter stehen. Der Gott des Windes, der Gott des Wetters, der Gott des Meeres - ach ja, natürlich, Neptun auch.

Andy spricht als erster den Gedanken aus, der jedem von uns im Kopf herumschwirrt.

"Und wenn wir ..."

Es ist ein Uhr nachts, aber unsere Müdigkeit ist wie weggeblasen. Ja, wenn wir ..., dann natürlich nicht in 10 Tagen. Auch nicht in zwei Wochen. Außerdem müssen wir an unsere kleine Tochter denken, die im November drei werden wird. Und weder Andy noch ich haben Lust, uns durch das ganze Mittelmeer zu hetzen.

Wie groß sind eigentlich unsere Erfahrungen im Segeln? Können wir uns so etwas zutrauen oder überschätzen wir uns hoffnungslos?

Andy segelt ja begeistert, schon lange bevor wir uns kennen lernten, aber ich habe meine Scheine erst vor drei Jahren im Schnellverfahren gemacht. Ja, klar, mitgesegelt bin ich schon vorher, aber ohne jegliches Interesse an irgendwelchen, nur dem Segler bekannten Künsten der Segelführung. Hauptsache die Sonne

schien und es war so wenig Wind wie möglich. Schräg-
lage hasste ich. Erst bei unserem 300-sm-Törn zum BR-
Schein lernte ich auch den ungemütlichen Seiten des
Segelns seine positiven Seiten abzugewinnen.

Aber ob das reicht für eine solche Strecke?

Ein Bekannter von uns, Kapitän auf Großer Fahrt,
erzählte uns immer wieder von den Tücken des Mittel-
meeres, mit seinen lokalen Winden und seinem unberechenbaren Wetter. Er ist lieber auf den großen Ozeanen
der Welt unterwegs als in diesem unberechenbaren
Mittelmeer.

Ja, beschließen wir einfach, es reicht. Denn neben der
Erfahrung haben wir auch noch unseren gesunden
Menschenverstand, der uns sagt, was wir uns zutrauen
können und was nicht. Wir haben genügend Zeit der
Vorbereitung, den Enthusiasmus dazu und wir sind
beide nicht der Typ, der sich leicht überschätzt.

Schon bald steht unsere Entscheidung fest: Wir wollen das Schiff überführen, wenn uns dafür vier Wochen
Zeit zur Verfügung stehen und der Termin in einer Zeit
liegt, die nicht gerade die 'sturmhäufigste' ist.

Am nächsten Tag unterbreitet Andy unseren Vor-
schlag seinem Geschäftskollegen. Für zwei Wochen der
Überführung sind wir sogar bereit, die Charter zu bezahlen, denn eine professionelle Crew würde diese
Überführung wahrscheinlich in zwei Wochen schaffen -
ohne Rücksicht auf Verluste -, wir jedoch setzen vier
Wochen an.

Einen ganzen langen Tag tigere ich herum und mir
schießen zigtausend Gedanken durch den Kopf. Hoffentlich dürfen wir diese Yacht überführen - es wäre die
Chance unseres Lebens. Mit Sicherheit nicht. Wir sind ja
wohl ein bisschen größenwahnsinnig! Die Minuten

werden zu Stunden. Die Stunden zu Tagen. Die Tage zu Wochen.

Als Andy am Abend heimkommt, haben wir noch immer keine Gewissheit. Wir diskutieren darüber, wie wir diese Überführung anpacken würden. Was wir auf keinen Fall tun würden, was für Vorbereitungen noch zu treffen sind, wie das Ganze am besten zu planen ist, aber schon bald erlahmt unsere Diskussion. Bloß nicht zu früh freuen. Bloß nicht zu früh in Euphorie ausbrechen. Auch eine Absage müssen wir mit in Betracht ziehen und so mag keiner von uns weiter über ungebrüteten Eiern sitzen. Wir behalten unsere Gedanken für uns, sehen fern; aber keiner bekommt so recht mit, was da gerade so läuft.

Am nächsten Tag kommt die Zusage. Sch...! Jetzt müssen wir wohl und keiner kann uns die Verantwortung abnehmen. Jetzt haben wir, was wir wollten, der Count Down läuft - wir überführen im September eine Yacht von Cogolin (Frankreich) nach Zadar (*damals* Jugoslawien, *heute* Kroatien).

Die nächsten Wochen ziehen sich schleppend dahin.

Seekarten sind zwar bestellt, aber es dauert so seine Zeit, bis sie endlich eintreffen. Um nicht ganz in Lethargie zu versinken, stellen wir anhand von Straßenkarten einen Törnplan auf, rechnen durchschnittliche Etmale bei verschiedenen Geschwindigkeiten aus, legen die Route fest. Wir sind uns beide einig, dass wir den Weg entlang der italienischen Küste wählen, denn der direkte Weg erscheint uns für nur zwei Segler zu riskant. So haben wir als einzige lange Strecke und somit als einzige Nachtfahrt die Überfahrt von Frankreich nach Korsika vor uns und die haben wir schon zweimal hinter uns gebracht.

Allerdings erstellen wir zusätzlich noch einen Etappenplan ohne diese Nachtfahrt; entlang der französischen Küste, dem Golf von Genua, hinüber nach Italien. Je nach Wetterbericht oder auch entsprechend unserem Gefühl, wollen wir erst vor Ort die Entscheidung für den einen oder anderen Weg treffen.

Dann, endlich, trudeln so nach und nach die Seekarten und Hafenhandbücher ein. Jetzt endlich können wir uns auf konkrete Unterlagen stürzen und wir tun das mit ungeduldiger Begeisterung. Doch schon bald merken wir, dass es mit den Hafenbeschreibungen ziemlich schlecht bestellt ist, je weiter die Route nach Süden führt.

Also nichts wie rein in das nächste Seglergeschäft und Bücher gewälzt. Aber auch hier sind keine näheren Informationen zu bekommen, - wer segelt schon am Ende der Welt?

Dafür decken wir uns ein mit Büchern über 'Schlechtwettersegeln' 'Sturm, Taktik und Manöver' und alles, was wir sonst noch als wichtig und lesenswert empfinden. Es dient eigentlich nur der inneren Beruhigung, denn wer noch nie einen Sturm miterlebt hat, bei dem einem der Wind durch die Ohren pfeift, das Wasser übers Schiff kommt und man sich verzweifelt ans Steuerrad klammert - wissen Sie eigentlich, wie schön Segeln sein kann? -, dem wird auch das Schmökern von Hunderten von Büchern nicht weiterhelfen. Aber vielleicht bekommen wir doch den einen oder anderen Hinweis, der uns im Ernstfall weiterhelfen könnte. Wer weiß?

Ich habe die Bücher bis heute nicht gelesen.

Eines Abends kommt mir eine geniale Idee. Ich habe gerade das Bild vor Augen wie wir, mitten auf dem Wasser, mit Wind und Wellen kämpfend, verzweifelt nach dem nächsten geeigneten Hafen suchen. Hektisch im Hafenhandbuch blätternd, dabei ständig bemüht, die nur ab und zu vorbeikommende Seekarte zu fixieren, gleichzeitig mit Zirkel und Bleistift hantierend, die restlichen Hände am Navi-Tisch festgekrallt, ein Bein auf der Spüle gegenüber, das andere unter dem Tisch verkeilt, stelle ich mit Entsetzen fest, dass weit und breit kein vernünftiger Hafen zur Verfügung steht.

Nein, soweit will ich es nicht kommen lassen. Und so überlege ich tagelang, wie wir eine solche Situation entschärfen könnten.

Und da kommt mir diese glorreiche Idee.

Stolz unterbreite ich sie meinem Mann und erst als auch er sie für gut befindet, bin ich selber so richtig davon überzeugt. Er ist eben doch der beste Ehemann von allen und ich unternehme nichts ohne ihn.

Die nächsten Aktionen sind somit festgelegt. Ich habe ein Punktesystem entwickelt, das uns mit einem Blick in die Seekarte über die Möglichkeiten der umliegenden Häfen informieren soll. Dazu übertragen wir fein säuberlich die wichtigsten Informationen aus Hafenhandbüchern und Küstenbeschreibungen in die Seekarten. Die wichtigsten Informationen für uns sind: Gibt es Diesel? Gibt es Wasser? Gibt es Strom? Für das Vorhandensein einer Tankstelle setzen wir einen schwarzen Punkt neben den Hafen in die Seekarte, bei Wasser einen blauen und bei Strom einen roten Punkt.

So sitzen wir nächtelang bei dieser Beschäftigung. Ich mit zwei bis drei Hafenhandbüchern und -beschreibungen auf dem Schoß, mein Mann über den Seekarten und immer verzweifelt bemüht, unsere Tochter von größerem Unfug abzuhalten. Sie hätte ja auch so gerne mit lauter bunten Farben in den Karten herumgemalt!

Die Vorbereitungen sind also in vollem Gange und so stellt sich für uns nur noch eine Frage, die Zusammenstellung der Crew. Wir sind uns einig, dass wir zumindest die letzten zwei Wochen alleine auf dem Schiff verbringen wollen - es sind für uns eine Art nachgeholter Flitterwochen und wir freuen uns sehr darauf.

Nichts desto trotz brauchen wir wenigstens für die erste Woche noch Verstärkung, denn die Überfahrt von Frankreich nach Korsika erscheint uns zu riskant mit nur einem 'Vollblutsegler' Ich selber stelle meine volle Verfügbarkeit für eine Überfahrt in den ersten paar Tagen in Frage. Nach zwei Wochen, ja, kein Problem, aber wir können Korsika schließlich nicht nach Jugoslawien verlegen, nur weil es mir dann besser gepasst hätte.

Also, für die erste Woche musste unbedingt noch ein erfahrener Segler her, und weil wir niemandem zumuten wollten, wegen einer Woche in der Gegend herumzufliegen, legen wir zwei Wochen fest, in denen wir jemand mitnehmen.

Wir setzen uns mit Bekannten in Verbindung, von denen wir wissen, dass sie die erforderliche Seglererfahrung nachweisen können und stellen schon bald frustriert fest, dass die Leute immer dann keine Zeit haben, wenn man sie braucht.

Bei meinem Mann klingelt sich im Geschäft zwischenzeitlich das Telefon heiß. Ja, zum mitsegeln ist plötzlich jedermann bereit, Hauptsache, man muss keine Verantwortung tragen. Aber es kommen auch andere Anrufe.

"Sie sind wohl verrückt? Wie können sie nur allein diese Strecke in Angriff nehmen?", "Haben sie kein Verantwortungsgefühl ihrer Tochter gegenüber?", sind noch die harmlosesten Beschuldigungen. Ein Anrufer gebärdet sich gar so wild, dass mein Mann kurzerhand mit dem Satz "Das geht sie überhaupt nichts an!" wutentbrannt den Hörer auflegt.

Manche Leute sind einfach furchtbar gescheit, wenn sie überhaupt nicht wissen, um was es geht.

Die Frage der Crew ist also bald geklärt. Wir segeln alleine, denn da wissen wir wenigstens, was wir haben und womit wir rechnen können. Eigentlich traue ich mir eine solche Überfahrt schon zu, ich bin einfach nur zu faul, gleich in den ersten Tagen irgendwelche größere Aktionen zu starten. Aber unter diesen Umständen bin ich gerne bereit, Unannehmlichkeiten in Kauf zu nehmen. Lieber so, als irgendwelche Leute an Bord, von denen man nicht weiß, wie sie im Ernstfall reagieren werden.

Die Reaktionen unserer Freunde und Bekannten sind sehr unterschiedlich. Die, die uns kennen, wissen, dass wir kein unnötiges Risiko eingehen würden. Andere, die uns kennen, sind der absoluten Überzeugung, dass wir durch unsere Segler-Leidenschaft das Leben unserer Tochter gefährden.

Mein Schwiegervater setzt sich lange mit uns auseinander. Er ist wohl nicht so ganz überzeugt von einer ungefährlichen Mission, aber schließlich wäre das unsere Sache und nicht seine.

Er würde es nicht tun.

Meine Eltern dagegen - absolute Nichtsegler - sind begeistert. Sie lassen sich von uns die ganze Route erklären, sitzen über den Karten, so, als ob sie selbst segeln würden, und sehen überhaupt keine Gefahr für ihr Enkelkind. Schließlich sind wir die Eltern und handeln verantwortungsbewusst.

In einer spontanen Reaktion lade ich sie einfach ein, die ersten zwei Wochen mit zu segeln - wohlwissend, dass sie dieses Angebot niemals annehmen würden. Andy hatte ich kurz vorher zur Seite genommen und ihn gefragt, was er davon halten würde. Er stimmt mir zu, denn auch er ist der Überzeugung, dass meine Eltern niemals auf ein solches Abenteuer eingehen werden.

Die Reaktionen sind genauso, wie wir sie vorhergesehen hatten. Natürlich würde man sehr gerne, ein solches Abenteuer, das wäre einfach herrlich, aber schließlich hätte man auch Verpflichtungen. Die Praxis - mein Vater ist Zahnarzt aus Leidenschaft - könnte man nicht einfach so zu machen und die diversen sonstigen Verpflichtungen, und was wollen wir auf einem Boot? Kurz und gut, sie weisen die Möglichkeit einer Teilnahme weit von sich.

Ganz in unserem Interesse, und auf der Heimfahrt diskutieren Andy und ich noch lange über diese weise Entscheidung. Zwei Nicht-Segler in den ersten beiden Wochen, in denen wir eigentlich zwei Vollblut-Segler gebrauchen könnten, nicht auszudenken!

Am nächsten Tag um elf Uhr klingelt bei mir das Telefon. Völlig ahnungslos, so ganz ohne Vorwarnung, hebe ich ab. Mein Vater, absolut begeistert und in totalem Abenteuer-Enthusiasmus, überbringt mir seine Zusage zu unserem Törn. Wenigstens für eine Woche wollen sie sich einchecken. Ich glaube, nicht richtig zu hören, aber schließlich haben wir ihn eingeladen. Wer A sagt, muss auch B sagen.

Eine Patientin hatte ihm am Morgen auf dem Behandlungsstuhl erklärt, dass er ganz schön dumm wäre, würde er dieses Angebot nicht annehmen. Wieso musste ausgerechnet diese Frau zur Behandlung kommen? Ich würde heute noch gerne wissen, wer das war.

Noch unter Schockeinwirkung rufe ich meinen Mann im Geschäft an und setzte ihm die neue Lage auseinander. Die Begeisterung springt mir direkt durchs Telefon entgegen, aber es gibt nichts daran zu rütteln, unsere Crew steht fest:

Meine Eltern, mein Mann, unsere Tochter und ich.

An die kommenden Wochen denke ich nur ungern zurück, denn sie sind voller Hektik. Alles muss möglichst gleichzeitig erledigt werden und so im Nachhinein frage ich mich, wie wir in all dem Chaos eigentlich noch den Überblick behalten konnten.

Da sind zum einen meine Eltern, denen wir nun innerhalb kürzester Zeit eine Einführung in seglerische Weisheiten geben müssen. Partykleid und Stöckelschuhe sind nun mal auf einem Segelschiff genauso ungeeignet wie Anzug mit Krawatte und Lackschuhe. In Gedanken gehe ich so den Kleiderschrank meiner Eltern durch, aber da fällt mir nicht viel ein, was für einen solchen Törn brauchbar wäre. Ach ja, und dann die Koffer ...!

Ich schicke meine Eltern kurzerhand in das nächste Seglergeschäft, das sie im Branchenverzeichnis finden, - da können sie sich ja mal umsehen und über die Geheimnisse von Seesäcken aufklären lassen. Es klappt alles hervorragend.

Zur Eingewöhnung chartern wir kurzfristig noch ein Schiff auf dem Bodensee, nur fürs Wochenende, damit vor Ort die letzten Feinheiten herausgefunden werden können. Es wird ein Schönwetter-Törn, man muss die Leute ja nicht gleich verschrecken!

Meine Eltern sind also vollauf beschäftigt mit vorbereitenden Einkäufen - reicht ein einfacher Schlafsack oder muss es ein besonderer sein? Kaum ein Tag vergeht, an dem wir nicht miteinander telefonieren und Andy und ich amüsieren uns königlich über die verschiedensten Anfragen. Wir wären wohl mit einer kompletten Angler-Ausrüstung gestartet und hätten eine Haus- nein, Schiffsapotheke mit an Bord genommen, die so manchen Arzt vor Neid erblassen ließe, wenn Andy und ich nicht ruhig, aber bestimmt, eingegriffen hätten.

Aber es sind auch viele gute Ideen darunter: Wie steht es mit eingemachtem Huhn, um auf der Überfahrt nach Korsika etwas Anständiges in den Magen zu bekommen?

Mein Vater kocht ausgezeichnet, und wir haben ihn kurzerhand als Smutje verpflichtet. So sind wir wenigstens einer Sorge enthoben und müssen uns nicht auch noch mit Verpflegungsproblemen herumschlagen. Wir wissen es in guten Händen.

Bei uns selber überschlagen sich die Ereignisse. Seekarten und Hafenhandbücher sind fast alle eingetroffen und schon längst bearbeitet und durchgelesen.

Aber da ist noch unsere kleine Tochter und ich überlege, wie ich mit der zur Verfügung stehenden Kleidung wohl vier Wochen lang auskommen soll. In Spit-

zenzeiten verbraucht sie bis zu fünf Garnituren am Tag
- fünf Garnituren x 28 Tage = 140 komplette Garnituren
- wenn wir keinen Frachter chartern wollen, der uns die
ganze Zeit begleitet, muss ich mir wohl etwas anderes
einfallen lassen. Ganz abgesehen davon, dass die zur
Verfügung stehende Kleidung selbst im günstigsten Fall
keine zwei Wochen gereicht hätte!

Ich gehe also mit unserer Tochter 'shopping', um
wenigstens nicht gerade täglich waschen zu müssen,
leihe mir von einer Freundin noch zusätzliche Bettwä-
sche aus, denn unsere Tochter geht nie ohne ihr Bett
irgendwo hin, und so fühle ich mich gewappnet. Auf
einem Schiff muss ja wohl nicht immer alles nach frischer Seife duften.

Die letzte Woche vor unserer Abfahrt wird die hek-
tischste, die je erlebt habe. Eine Freundin von mir ist
mit dem Roten Kreuz in Armenien, um sich um die
Erdbebenopfer zu kümmern. Natürlich kümmere ich
mich um ihre beiden Kinder, ich habe es ihr schon lange
vorher versprochen. Die Stundenpläne hängen bei mir
in der Küche. Es gibt jeden Tag etwas anderes zum
Essen, denn ich habe die Kinder vorher auswählen
lassen.

Und dann ist da noch eine Freundin von mir, die
eben erst zu Arbeiten angefangen hat. Halbtags nur,
aber die Umstellung ist natürlich gewaltig und auch
ihre beiden Kinder wollen versorgt sein! Das ist nun
mal nicht so einfach, wenn die Kinder um eins aus der
Schule kommen, man selber auch erst um ein Uhr Fei-
erabend hat und dann die ganze Umstellung...

"Es ist doch nun wirklich kein Problem, ob ich für
vier koche oder für sieben, - die Zeit bleibt die gleiche,
nur die Mengen ändern sich", erkläre ich großzügig und

ab sofort sitzen wir alle sieben einträchtig um den Mittagstisch: Fünf Kinder und zwei Erwachsene, und lassen es uns schmecken. Wenn ich koche, dann richtig, 'Null-acht-fünfzehn'- Gerichte hasse ich.

Hilfsangebote lehne ich kategorisch ab, denn es macht mir unheimlich Spaß, so viele Menschen zu versorgen, ganz nebenbei auch noch die eigenen Vorbereitungen zu treffen und morgens nicht zu wissen, wo mir der Kopf steht. Ich bin in meinem Element und ich wäre todunglücklich gewesen, wenn man mir auch nur eines von 'meinen' Kindern weggenommen hätte.

Zwei Tage vor der Abfahrt bin ich mit meinen Nerven am Ende. Ich merke selber, wie es in mir aufsteigt und ich mich dem Ganzen nicht mehr gewachsen fühle. Mein Laufzettel weist Punkte auf, von denen ich nicht weiß, wie ich sie alle gleichzeitig erledigen soll, ohne wenigstens fünf Arme zu haben und an zwei Stellen gleichzeitig zu sein. Hinsetzen und ruhig werden ist mein einziger Gedanke und jetzt bloß nicht alleine sein.

Ich rufe kurzerhand Manfred an, den Vater der zwei Armenien-verwaisten Kinder und frage ihn, ob er nicht Lust hätte, mit mir eine Tasse Kaffee zu trinken. Immerhin wohnt er nur zwei Häuser weiter, wäre also nur ein Katzensprung … Es ist noch nie meine Stärke gewesen, in Extremsituationen um Hilfe zu bitten, aber immerhin, ich hatte den ersten Schritt getan und mit der Außenwelt Kontakt aufgenommen.

"Nein", seine Antwort ist klar, "ich kann jetzt nicht, ich muss noch bügeln, und … ich bin gleich da!" Fünf Minuten später steht er vor mir.

Ich falle ihm um den Hals und weine mich erst mal gründlich aus. Mit keinem Wort hatte ich erwähnt, dass ich jetzt jemanden brauchen würde und ich hätte mir eher die Zunge abgebissen, als irgendetwas zu sagen oder irgendwelche Reaktionen zu zeigen und doch muss er es durch das Telefon irgendwie gespürt haben. Es gibt eben auch begnadete Männer!

Ich rede mir alles von der Seele. Die ganzen Vorbereitungen, die permanenten Fragen, ob es wohl richtig ist, was wir tun, ob wir das Risiko gegenüber unserer Tochter wirklich verantworten können ... Mir ist einfach alles über den Kopf gewachsen. Und wenn ich jetzt schon solche Gewissensbisse habe, wie soll das erst werden, wenn wir unterwegs sind?

Allein das Gespräch hilft mir unheimlich und ich sehe wieder klar. Mein Anfall ist vorbei und nun gibt es andere Aufgaben. Natürlich bin ich dagegen, dass morgen kein Mensch zum Mittagessen kommt. Es ist so abgemacht und es macht mir Spaß!

Am Freitag, den 08. September 1989, fahren wir abends um neun Uhr los. Ich stehe verlassen in unserer Wohnung und sehe mich noch einmal um. Mir kommt alles so leergeräumt vor, wenigstens diesmal habe ich nicht das Gefühl, etwas vergessen zu haben. Ich stehe da und präge mir alles ein, so, als ob es ein Abschied für immer wäre. Dann schließe ich die Tür hinter mir und gehe das Treppenhaus hinunter in dem Gefühl, alles zum letzten Mal gesehen zu haben.

Ein Abschied für immer?

RAPPEL ... RAPPEL ... RAPPEL ... in meiner absoluten Unkenntnis der französischen Sprache rappel ich mich halt auf und suche in unserem mitgebrachten Wörterbuch nach der Bedeutung dieses vielgebrauchten Wortes auf französischen Autobahnen.

"Zurück-, Abberufung, Nachzahlung" lese ich da und kann mir keinen Reim darauf machen. Ah ja, jetzt entdecke ich es, "Erinnerung" heißt das also auch noch und so gehe ich davon aus, dass ich alles so weiter machen soll, wie ich es in Erinnerung habe. Wehe dem, der sich nicht erinnern kann.

Seit Stunden sind wir inzwischen unterwegs und unser Auto frisst brav und zuverlässig Kilometer für Kilometer. Am Anfang war es ja noch ein seltsames Gefühl, so langsam, aber stetig, sein früheres Leben hinter sich zu lassen, doch inzwischen überwiegt die Erwartung und die Urlaubsfreude.

Und die Müdigkeit. Unsere Tochter hat es da entschieden leichter. Sie schläft seit Stunden in ihrem Autositz und ist eben erst dabei, aufzuwachen.

Es ist sieben Uhr morgens und Cogolin liegt nicht mehr weit. Noch zwei oder drei Ausfahrten, dann müssten wir da sein. Andy und ich sind rechtschaffen müde und demzufolge ausgesprochen erleichtert, als wir um acht Uhr in Cogolin ankommen. Das klappt ja wunderbar, denn so können wir Ingrid und Thorsten, dem Eignerehepaar, gleich ein paar frische Brötchen zum Frühstück mitbringen. Die Anfahrt zum Hafen wurde uns sehr detailliert beschrieben, so dass wir keine Probleme haben werden, den Hafen zu finden.

Denken wir.

Als wir zum vierten Mal durch Cogolin fahren, werden wir schon etwas skeptischer.

Von den uns beschriebenen Gebäuden können wir kein einziges ausfindig machen, dafür beherrschen wir, nach mehreren Fehlversuchen, den Kreisverkehr mitten in der Stadt inzwischen perfekt. Wir entdecken eine Unmenge an Masten, tippen auf einen Hafen, stellen aber bei näherer Betrachtung fest, dass es sich wohl um eine Werft handeln muss.

Als wir zum achten Mal an der Werft vorbeifahren, beschließen wir hier nachzufragen, wo wohl der Hafen liegt. Wenigstens mein Mann kann ein paar Brocken französisch, wir werden es schon schaffen.

Kristin, unsere Tochter, bekundet uns inzwischen lautstark, dass sie nun keine Lust mehr hat, noch länger in diesem Zustand auszuharren. Andy und ich sind übermüdet, finden gar nichts und hinter uns plärrt Kristin. Jetzt nur nicht die Nerven verlieren, wir werden wohl diesen Hafen noch finden?! Mit frischen Brötchen zum Frühstück wird es sicher nichts mehr.

In der vermuteten Werft finden wir keinen Menschen, der uns hätte sagen können, wo der Yachthafen liegt. Wir sichten lauter Masten, aber keinen Hafen.

Ein älterer Mann, den wir auf unserer weiteren Sight-Seeing-Tour durch Cogolin ansprechen, kann uns auch nicht weiterhelfen. Wir beschließen, trotz lauthalser Protestrufe aus der hinteren Wagenregion, die von vulgärem Geschrei kaum zu unterscheiden sind, jede Straße in und um Cogolin abzufahren, die auch nur erahnen lässt, dass sie Richtung Meer führt.

Und welch Wunder, schon nach ein paar Anläufen liegt der Hafen von Cogolin vor uns. Wie wir das Schiff gefunden haben? Kein Problem. Es springt uns förmlich ins Auge. Stegnummern sind eben leichter zu finden als Häfen!

Um halb zehn Uhr können wir Ingrid und Thorsten endlich begrüßen. Gott sei Dank bekommen wir gleich Kaffee. Er ist übriggeblieben, denn das mit dem gemeinsamen Frühstück war wohl nichts.

"Wo seid ihr denn so lange geblieben ...?!?" wir könnten Stories erzählen, begnügen uns aber mit dem notwendigsten, denn nun heißt es erst mal meine Eltern informieren, die sicher schon seit Stunden in ihrem Hotel in Nizza auf eine Nachricht von uns warten. Sie sind bereits vor zwei Tagen angereist, um sich die Gegend anzusehen und um sich von den Strapazen einer solchen Reise zu erholen und zu akklimatisieren.

Erst gestern hatten wir noch von zu Hause aus mit ihnen telefoniert, denn sie wollten mit ihrem Auto den Hafen von Cogolin ausfindig machen, doch unterwegs verweigerte die Wasserpumpe ihren Dienst. In einer wahrlich "Odyssee" zu nennenden Reise kamen sie wieder zurück zu ihrem Hotel, aber nun waren sie da so ziemlich festgenagelt. Zudem mussten sie auch noch eine Reparaturwerkstätte ausfindig machen, die sich um das Auto kümmerte und es wieder zu neuem Leben erweckte. Schließlich wollten sie ja nach einer Woche die Heimreise wieder antreten, und bis dahin musste alles geregelt sein.

Mit ohne jeglichen Kenntnissen der französischen Sprache schafften sie es tatsächlich, eine Reparaturwerkstätte ausfindig zu machen, die nicht nur den Wagen wieder auf Vordermann brachte, sondern auch noch bis zu ihrer Rückkehr beschützte, hegte und pflegte. Hut ab vor einer solchen Aktion, meiner Bewunderung jedenfalls waren sie sicher.

Nichts desto trotz müssen sie nun in Nizza abgeholt werden. Mein Mann opfert sich und fährt zusammen mit Ingrid nach Nizza, um meine Eltern aus ihrer Isolation zu befreien. Ich dagegen bleibe auf dem Schiff, um mit Thorsten zusammen die letzten Feinheiten zu regeln.

"Feinheiten" ist wohl etwas untertrieben, denn ich beneide ihn keineswegs, wie er da die Bilge, so ganz ohne Gasmaske, zu reinigen versucht. Ich selber widme mich der Bugkoje, räume sämtliche Kissen heraus und versuche diese zu säubern. Doch ein Vergleich mit den Heckkojen stimmt mich traurig und ich frage mich, wie viel Zeit und Geduld Ingrid wohl damit verbracht hat, auch jedes noch so kleine 'Härchen' aus den Polstern zu entfernen.

Ich jedenfalls schaffe das nicht und gebe ziemlich schnell den Kampf auf. Soll doch jemand anders sich die Mühe machen, mir reicht es auch so. Es werden wohl noch ein paar 'Härchen' dazukommen.

Um zwei Uhr kommen Ingrid und mein Mann mit der restlichen Crew zurück. Die Kajüte ist inzwischen wieder begehbar und die Bugkoje nach meinen kläglichen Reinigungsversuchen mehr recht als schlecht zusammengestellt. Ich postiere mich auf dem Steg und versuche die Ankunft unserer Crew zu filmen.

Später wundere ich mich gewaltig darüber, dass die Bilder nicht hoffnungslos verwackelt sind, denn ich zittere enorm. Ich weiß bis heute nicht genau, warum eigentlich. Vielleicht, weil meinen Eltern ein Abenteuer bevorsteht, dessen ganze Konsequenzen sie gar nicht überblicken können? Vielleicht, weil ich meine Eltern zum ersten Mal auf einem Schiff begrüße? Vielleicht aber auch, und diese Erklärung erscheint mir am wahrscheinlichsten, weil es mir den immer näher rückenden Start dieses großen Abenteuers ins Bewusstsein ruft.

Am Abend heißt es Abschied nehmen. Ingrid und Thorsten fahren nach Hause und lassen uns doch tatsächlich hier so mutterseelenallein stehen.

Als ich unserem Auto nachsehe, das wir Ingrid anvertraut haben, kullern mir unaufhaltsam die Tränen über die Wangen. Ich komme mir vor, als ob man mir die letzte Möglichkeit zur Flucht genommen hätte und ich nun auf Gedeih und Verderb zum Segeln verdonnert bin.

Ich will doch gar nicht!!!

Am nächsten Tag legen wir um zwei Uhr ab.

Alles in mir wehrt sich dagegen und das Wetter scheint mir nicht gerade freundlich gesinnt. Trotzdem helfe ich dabei, die Leinen loszumachen, und schimpfe mich selber einen Hasenfuß. Irgendwann müssen wir nun mal los und wenn nicht heute, dann würde es mir morgen bestimmt auch nicht viel besser gehen.

Doch, nein, da ist noch etwas anderes. Ich habe schon viel zu lange gezögert.

"Meinst Du nicht, wir sollten besser vor auf die Mole gehen und uns das Wetter draußen mal ansehen?", frage ich Andy, nachdem ich mir einen inneren Ruck gegeben habe. Wie auf Absprache fällt in diesem Moment eine Böe ein und wir kommen dem benachbarten Segelboot gefährlich nahe.

Wir diskutieren nur kurz, denn plötzlich sind alle dafür. Also machen wir das Schiff wieder fest und uns fertig zum Landgang.

Doch was wir da draußen beobachten, lässt sich nicht so leicht in Einklang bringen mit einer gemütlichen Segelpartie und überhaupt - eigentlich wollten wir es ja langsam angehen lassen!

Wir verschieben den Start auf den nächsten Tag. Ich bin noch einmal davon gekommen, denke ich mir, aber morgen geht es los. Die Böen im Hafen erreichen bis zu sechs Beaufort.

Am Abend gehen wir 'dinieren'.

Dieter (mein Vater) und ich entscheiden uns für die 'Platte Royale' und bekommen einen Baumstamm voller Köstlichkeiten vorgesetzt, die den anderen kaum mehr Platz lässt für ihre Speisen. Aber die sind ja wohl auch nicht so wichtig!

Der Tisch biegt sich.

Dieter stürzt sich mit Begeisterung auf die dargebotenen Köstlichkeiten. Alles, was das Meer zu bieten hat, liegt hier aufgetischt vor uns und ist wunderbar angerichtet.

Als ich in den Hummer beiße, kann ich mein "igitt, der ist ja kalt" kaum unterdrücken. Ich liebe Meeresfrüchte aller Art, aber kalt?!? Das ist nicht so mein Geschmack. Die Eiswürfel habe ich doch glatt übersehen.

Alles um mich herum schwärmt ob dieser Köstlichkeiten, ich würge verbissen eine Auster hinunter. Wahre Wunderdinge habe ich vom Geschmack dieser Speise gehört, aber ich kann mich da einfach nicht anschließen. Als mir von kompetenten Kreisen auch noch berichtet wird, dass diese Tiere nur lebend verzehrt werden, weigere ich mich, auch nur einen einzigen weiteren Bissen zu essen. Ich habe eben keine Ahnung von gutem Geschmack.

Wir zahlen 950 ff, in Worten: Neunhundertundfünf-zig französische Franc (ca. 144€, damals ein kleines Ver-mögen für ein Essen). Noch heute gibt es Leute, die von diesem Essen schwärmen.

Ich nicht.

Am nächsten Tag laufen wir - nun endgültig - um zwei Uhr aus. Das Wetter ist besser, wir messen nur noch bis zu vier Beaufort und selbst mir fällt kein weite-rer Grund ein, den Start zu verschieben.

Warum auch? Eine wunderbare Reise liegt vor uns.

Leinen los - oder: Die spinnen, die Römer

Ich liege vorne in der Bugkoje und bin der Überzeugung, dass uns im nächsten Moment ein Wal rammen wird.

Oder ein Tanker.

Oder ein Riff kommt gleich herein und sagt mir guten Tag. Jedenfalls kann das, was wir vorhaben, nicht gut gehen. Drei Millimeter GFK trennen mich von den Tiefen des Meeres.

"Die spinnen, die Römer", fährt mir in tonbandartiger Wiederholung durch den Kopf und allein der Gedanke an Asterix und Obelix hält mich aufrecht. Wer sind wir eigentlich, dass wir meinen, mit dieser Nussschale Neptun trotzen zu können? Aber vielleicht ist er auch auf unserer Seite? Als ich mich endlich zu dieser Entscheidung durchgerungen habe, kann ich mich wieder am allgemeinen Geschehen beteiligen und geselle mich zu den anderen ins Cockpit.

Wir haben inzwischen Cogolin weit hinter uns gelassen und motoren gen Nizza, denn der Wind ist nun endgültig eingeschlafen. Neptun hat wohl doch nichts gegen uns und will es uns auf diese Weise zeigen. Von hinten schiebt uns eine Dünung von einem Meter, von vorne bremsen uns Wellen von einem halben Meter, wenn weiter nichts ist!

Doch, eine Kleinigkeit: Die Logge geht nicht. Und zum ersten Mal in meinem gar kurzen Seglerleben erlebe ich eine Fahrt, auf der ich nicht, wie gewohnt, die Geschwindigkeits- und Entfernungsangaben für meine Berechnungen heranziehen kann. Aber siehe da, es geht auch so.

Plötzlich halte ich einen Handpeilkompass in den Händen.

Die Bedienung eines solchen erschien mir bis jetzt immer nur solchen Leuten vorbehalten, die mit einer besonders göttlichen Gabe versehen sind. Mir selber blieb dieses Geheimnis bisher verborgen. Aber es ist ganz leicht, wenn man ein Auge zukneifen kann. Wenn nicht: Üben, üben, üben, ...

Am Abend legen wir in Antibes an und werden von Dieter und Gisela mit einem stattlichen Menü verwöhnt: Rühreier mit Stadtwurst. Ein sicher sehr fränkisches Essen, aber ich mag bestimmt nicht tauschen mit diesen Austern von gestern ... Stadtwurst lebt wenigstens nicht mehr!

Antibes habe ich in sehr schlechter Erinnerung von früheren Segeltörns. Die Toilette werde ich wohl nie vergessen. Das erste Wunder war ja schon, dass wir sie überhaupt gefunden haben. Wir gingen nach kurzer Beschreibung einfach dem Geruch nach. Der dann folgende Anblick hat sich in mein Gedächtnis eingegraben:
Zentimeterhoch stand die Kloake, eine Obstkiste war bereits umgedreht vor dem Klo (Toilette ist wohl etwas übertrieben) postiert, auf die man sich mit einem großen Sprung retten konnte. Und dann das zielen!
Männer haben es wohl in vielem entschieden leichter.

Ich bin bestimmt nicht traurig, als wir am nächsten Tag den Hafen von Antibes hinter uns lassen. Den ganzen Vormittag hatten wir damit verbracht, die Logge wieder funktionstüchtig zu machen. Wir bauten den Geber der Logge aus, konnten aber nichts Besonderes feststellen.

Da kommt Andy auf die glorreiche Idee, eine Leine unter Wasser am Rumpf entlang zu scheuern, um so den ganzen Bewuchs zu entfernen. Er und Dieter bewaffnen sich also mit einer langen Leine, beginnen am Bug und laufen dann rückwärts - einer backbord, einer steuerbord - an der Reling entlang, immer bemüht, die unten durchgeführte Leine auf Spannung zu halten. Mal zieht Dieter und mal Andy.

Die Logge sollte man bei dieser Aktion tunlichst vorher ausbauen, sonst kann man sie anschließend wegwerfen. Und auch nachher wieder einbauen, sonst war alles umsonst.

Andy und Dieter schaffen es tatsächlich, dass die Logge wieder arbeitet. Für die nun bevorstehende Überfahrt nach Korsika wollen wir auf solchen Luxus einfach nicht verzichten.

An diesem Abend dinieren wir fürstlich zwischen Himmel und Erde, irgendwo, mitten auf dem Meer, zwischen Antibes und Korsika. Unser 'Bocuse de la SUN SHINE' hat mit den wenigen, ihm zur Verfügung stehenden Mitteln ein Menü kreiert, das wir uns nun munden lassen. Curryhuhn mit Nudeln, das Wort zergeht einem auf der Zunge. Zuhause schon vorbereitet und ich muss sagen: Kein Vergleich zu diesem seltsamen Dinner in Frankreich!

Wir alle sind ein bisschen romantisch, denn ein Abendessen, so mitten auf dem Meer, weit und breit keine Menschenseele, hat schon was für sich.

Die Nachtwache ist eingeteilt, der Wetterbericht gut.

Zunächst übernehme ich mit Gisela die erste Wache, dann kommt Dieter und Andy mit der zweiten Wache. Von meinen Eltern findet natürlich keiner Ruhe. Zu neu sind die Erfahrungen, zu beeindruckend die vor uns liegende Weite des Meeres. Einfach zu schön, ja, fast zu vollkommen, das Bild des sich spiegelnden Mondlichtes auf leicht gekräuseltem Wasser. Wann wird man wohl wieder eine so herrliche Nachtfahrt auf See erleben? Noch dazu durch eine so herrliche Vollmondnacht?

Wir motoren einem fernen Ziel entgegen.

Gegen Mitternacht kommt Wind auf und selbst Andy und ich kommen nun ins Träumen. Das lästige Motorgeräusch ist verstummt, wir segeln lautlos, mit herrlichem Wind, durch eine vollkommene Nacht.

Leider hält der Wind nicht lange und so opfere ich mich und gehe schlafen. Nur mühsam kann ich mich von der herrschenden Stimmung losreißen und gehe unter Deck. Aber es hat einfach keinen Wert, wenn wir alle die Nacht genießen und morgen auf allen Vieren daherkommen. Wenn später vielleicht der Wind wieder auffrischt, wir womöglich einem Sturm begegnen, dann sollte wenigstens einer der Crew voll einsatzfähig sein.

Gegen fünf Uhr werde ich aus irgendwelchen mir unerfindlichen Gründen wach. Ich wanke hinauf ins Cockpit und finde Andy und Dieter in heller Aufregung. Sie sind mit einem Fischer auf Kollisionskurs. Aber vielleicht schlafe ich auch noch, denn das, was ich da sehe, kann ich kaum glauben. Andy hält verbittert auf diesen Fischer zu.

Will er ihn versenken?

Ich versuche verzweifelt, wach zu werden.

Wie war das nochmal? Rechts ist grün und links ist rot. Ich sehe nur rot, respektive nur die roten Positionslichter des Fischers. Also seine linke Seite. Er fährt also von uns aus gesehen nach links. Stimmt doch. Oder war es das andere links? Lieber Gott, ich und der frühe Morgen um fünf sind inkompatibel! Ich sehe rot. Im wahrsten Sinne des Wortes. Und links und rechts davon weiß. Also Bug- und Heck des Fischers. Andy steuert somit auf den Bug des Fischers zu. Aber der ist doch viel schneller als wir … schließlich ringe mich zu der Frage durch, warum er nicht einfach abdreht und hinter dem Heck des Fischers durchfährt?

"Ja wie denn?", ist die verzweifelte Frage, "das versuche ich doch schon die ganze Zeit!"

‚Ähm … indem Du ihn am Bug überrundest?', geht mir spontan durch den Kopf, doch zu Andy sage ich: "Du musst halt deinen Kurs ändern und dahin fahren …", ich deute mit der Hand in die von mir präferierte Richtung.

Der Fischer kommt unaufhaltsam näher.

Die Diskussion ist nur kurz, denn Andy hat schlichtweg rot mit grün verwechselt. Er zielte auf den Bug des Fischers, während er der Meinung war, abzudrehen. Was sich wohl der Fischer bei dieser ganzen Aktion gedacht hat?

Soweit also kann Übermüdung führen, denke ich mir, und löse Andy am Ruder ab. Wie ich später erfahre, hatte er ausgesprochen unruhige Stunden hinter sich. Aus heiterem Himmel formierte sich eine Zwei-Meter-Dünung von hinten, dichter Nebel kam auf und Dieter, der am Steuer stand, hatte alle Hände voll zu tun. Erleichtert übergab er das Ruder an Andy, der natürlich auch nicht viel mehr machen konnte, als nach dem Kompass zu steuern, und ich wache erst auf, als sich alles wieder beruhigt hat.

Wir legen Dieter nun nahe, schlafen zu gehen und Gisela zu mir hochzuschicken - und auch Andy muss sich mal ausruhen, das hat uns das eben überstandene Abenteuer deutlich vor Augen geführt.

Zwei Stunden später, es ist inzwischen kurz nach sieben Uhr, hat der Nebel seinen Kampf gegen die Sonne verloren.

Ich beobachte eine Wolke am Horizont.

Eine Stimme in mir sagt mir, dass es sich um Korsika handeln müsse, aber das kann ja wohl nicht sein. Nach meinen Kopplungen dürften wir Korsika, je nach Wetterlage, frühestens zwischen zehn und elf Uhr sichten.

Wahrscheinlich ist hier der Wunsch der Vater des Gedankens, geht mir so durch den Kopf, und ich behalte meine Vermutung zunächst noch für mich. Aber die Wolke hält sich hartnäckig. Und - sie ist die einzige weit und breit.

Eine weitere Stunde später bin ich so zermürbt vom Hin und Her meiner Gefühle, dass ich meine Vermutung irgendjemand anderem mitteilen muss. Wahrscheinlich hätte ich sogar den Mond angesprochen, wenn der noch da gewesen wäre. Warum soll nur ich allein in den Genuss solcher Gefühle kommen, warum nicht andere auch? Ich mache also Gisela auf diese Wolke aufmerksam und freue mich diebisch, dass es ihr nun auch nicht viel besser geht als mir. Sie sitzt ganz angespannt da und beobachtet die Wolke. Als ob diese ein Geheimnis verbergen würde, das es nun zu enträtseln gilt!

Plötzlich bin ich weit mehr damit beschäftigt Gisela zu beobachten, als die vermeintliche Insel vor mir. Eigentlich bin ich mir schon länger sicher, dass vor uns Korsika liegt, doch Gisela soll ruhig noch ein bisschen zappeln ... aber ihre Ungewissheit währt nur kurz, denn um halb neun Uhr trage ich ins Logbuch ein:

'LAND IN SICHT! oder übernächtigte Mannschaft?'

Zwei Stunden später peilen wir Cap Corse mit 80° und Macinaggio mit 135°. Ich peile noch mal, denn meinen erst kürzlich erworbenen Kenntnissen im Gebrauch des Handpeilkompasses traue ich nicht so recht. Und was ich da so als Standort herausbekomme ist ja wohl alles andere als richtig! Nein, wir sind nicht gerade im Petersdom gelandet - keiner muss also den Hut abnehmen - aber wir sind Korsika um stattliche 17,5 Seemeilen näher als nach meinem gekoppelten Kurs.

Doch Andy bestätigt mir dieses Wunder und wir haben schnell ein paar Erklärungen parat: Unterwegs muss es wohl eine (vielleicht sogar mehrere) Strömung gegeben haben, von der wir nichts wissen. Vielleicht aber auch war die Dünung von heute Nacht stärker als geschätzt und hat uns gewaltig vorwärts geschoben?

Wir machen uns keine weiteren Gedanken über dieses Phänomen, Hauptsache, wir kommen schnell voran. Etwas Besseres könnte uns ja wohl kaum passieren und so steuern wir in unserer Euphorie gleich Elba an. Korsika lassen wir links liegen - wollte sagen: rechts, pardon, wollte sagen: an steuerbord - wir kennen es ja schon von früheren Törns!

Am anderen Morgen verbreitet sich gedämpfte Hektik auf dem Schiff. Heimliche Aktionen müssen gestartet werden, denn Andy feiert seinen 35. Geburtstag. Die Vorbereitungen dazu sind schon Wochen vorher angelaufen, und das kam so:

Andy und ich hatten im vergangenen Sommer mit dem Tennisspielen begonnen. Über die Leiden eines Tennis-Eleven sind bestimmt schon mehrere Bücher geschrieben worden, aber das sei an dieser Stelle dahingestellt. Jedenfalls mussten wir uns nun, zu Beginn der Sommersaison, mit Jogginganzügen eindecken, denn diese Kleidungsstücke gehörten bis dato nicht zu unserem Repertoire.

Da stehen wir also im Sportgeschäft und Andy kann sich zwischen den drei vor ihm liegenden Anzügen einfach nicht entscheiden. Also bestimme ich, als Finanzchef unserer Familie, dass er den einen in jedem Fall mitnehmen könne, denn der sei zum Segeln genauso geeignet wie zum Tennis spielen. Zwischen den beiden anderen jedoch müsse er sich entscheiden, denn ein knallgelber Jogginganzug - Andy sieht verdammt gut darin aus - und ein Anzug aus so empfindlichem Stoff, wie der violette, sind zum Segeln wohl absolut ungeeignet. Und es sei ja doch zu bedenken, dass diese weit mehr auf dem Segelboot ihren Dienst tun müssen als auf dem Tennisplatz.

Mir gefällt der Gelbe am besten, ich mache keinen Hehl daraus. Andy ist geteilter Meinung, will sagen, er präferiert den anderen. Die Entscheidung fällt ihm sichtlich schwer, aber sie fällt zugunsten des gelben Anzuges.

Kaum zuhause, Andy ist noch mit dem Ausladen des Wagens beschäftigt, rufe ich in dem Geschäft an und lasse mir den violetten Anzug zurücklegen.

Und eben diesen schmuggelte ich nun an Bord. Ein schweres Stück Arbeit, denn in all den Jahren unserer Ehe war es mir noch nie gelungen, Andy mit irgendetwas zu überraschen. Egal wie sehr ich mich um ein Versteck bemühte, Andy tappte immer mitten hinein.

Ich konnte mir noch so ausgefallene Verstecke einfallen lassen, mit schöner Regelmäßigkeit suchte mein Mann immer gerade dann dort etwas, wenn ich etwas versteckt hatte. Auch wenn er noch nie im Leben da etwas zu suchen hatte.

Es war zum Verzweifeln.

Aber nun hatte ich es geschafft. Ich hatte den Anzug einfach bis zu unserer Abreise bei Bekannten aufbewahrt und von da wanderte er ins Gepäck meiner Eltern. Wenn eines meinem Mann heilig war, dann die Koje eines anderen und somit war es ihm auch unmöglich, wieder aus Versehen an mein Versteck zu geraten.

Die Augen von Andy werde ich wohl nicht so schnell vergessen, als er nun, auf Elba, den Jogginganzug auspackt. Ich vermeine auch Tränen der Freude darin zu sehen und könnte glatt mitheulen. Das zweite Mal in unserer Ehe, denke ich mir, das erste Mal sah ich solche Tränen der Freude bei der Geburt unserer Tochter.

Gisela hatte morgens einen kleinen Veilchenstrauß gepflückt, der nun auf dem Frühstückstisch steht - es ist der Beginn eines herrlichen Segeltages. Wir legen um ein Uhr ab und segeln, zum zweiten Mal auf unserem Törn, mit drei bis vier Windstärken unserem nächsten Ziel entgegen. Herrlicher Wind, glattes Wasser, strahlender Sonnenschein, was kann es Schöneres für eine Seglerseele geben?

Ich gönne Andy diesen Tag von Herzen und komme plötzlich zu der Überzeugung: Ja, es war die richtige Entscheidung, diese Überführung in Angriff zu nehmen. Wir werden noch viele herrliche Dinge gemeinsam erleben, das hier ist nur der Anfang!

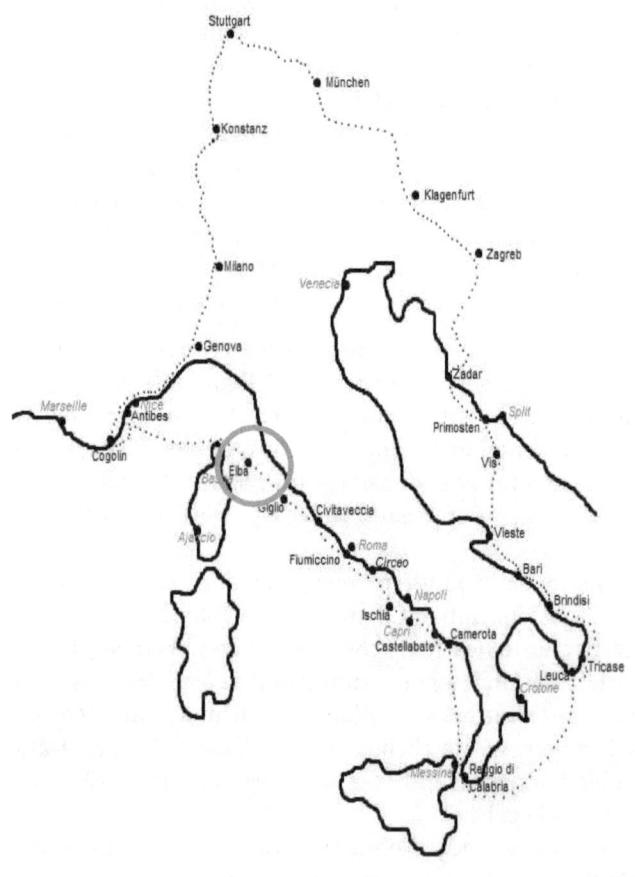

D rei Generationen haben wir auf unserem Schiff vereint, aber nur die mittlere, sprich: Andy und ich, sind dem Segeln verfallen.

Dabei stellen sich meine Eltern gar nicht mal so dumm an!

Dieter hat zwar früher schon seine Künste auf einer Jolle ausprobiert, aber vor allem Gisela verblüfft uns mit ihrer Ausdauer am Steuer und ihrer schnellen Auffassungsgabe. Das kann uns natürlich nur Recht sein, denn wenn meine Eltern erst einmal von Bord gehen, werden Andy und ich wohl noch mehr steuern müssen, als uns lieb sein wird! Wir überlassen ihr also gerne das Ruder und freuen uns über ihren Eifer.

Dieter zeichnet sich bald dadurch aus, dass er immer dann ein 'Nickerchen' macht, wenn gerade der Wind weht und das Steuern am schwierigsten ist. Er fühlt sich bei diesen geringen Windstärken einfach nicht genug gefordert, ist seine lapidare Erklärung und Andy und ich lächeln still in uns hinein.

Gisela hingegen lernen wir als wahre Marathon-Rudergängerin zu schätzen. Solange wir unter Motor fahren, weil kein Lüftchen sich regt, oder auch, weil der Wind mal wieder aus der falschen Richtung kommt, nimmt uns Gisela stundenlang das Rudergehen ab. Doch schon bald hat sie der Ehrgeiz gepackt und sie will auch das Steuern unter Segel erlernen. Wir erklären es ihr gerne.

Dieter dagegen stört es nicht, ob der Wind gerade bläst oder nicht, für ihn ist das Rudergehen einfach langweilig, so lange sich nichts tut. Er stellt sich sicher nicht ungeschickt an, aber dann, wenn sich 'etwas tut', übernehmen Andy oder ich das Ruder lieber selber. So bleiben uns nur wenige Gelegenheiten, sein Können näher zu erforschen.

Auf der Überfahrt von Antibes nach Korsika standen Andy und ich gewissenhaft hinter jedem Rudergänger.

Gisela tendierte nach steuerbord, das hatten wir schnell herausgefunden. Und so versuchte ich eben, diese Kursabweichung auszugleichen, wenn ich als nächstes das Ruder übernahm. Wir wollten ja schließlich Korsika erreichen und nicht in Sardinien landen!

Auch meinen Vater beobachtete Andy in der Nacht genau - und glich die Kursabweichung gewissenhaft aus. Dass wir auf der Überfahrt nur um sieben Grad von unserem errechneten Kurs abgekommen sind, stellten wir mit Genugtuung fest.

Schon zuhause hatten wir uns Gedanken gemacht, wie wir mit meinen Eltern auf dem Schiff umgehen werden und unsere Absprachen erwiesen sich als äußerst realistisch.

"Wenn der Vater mit dem Sohne ...", in diesem Fall muss man natürlich sagen: "Wenn der Vater mit der Tochter ...", dieser Spruch bewahrheitete sich schon bald. Es war richtig und wichtig, dass wir bereits vorher darüber nachgedacht hatten, und niemand sollte sich blauäugig in so ein Abenteuer stürzen.

Wenn Dieter am Ruder stand war immer Andy für die Beobachtung und die Kommandos zuständig, bei Gisela stand immer ich dahinter. Keinem von meinen Eltern ist dies im Laufe des Törns aufgefallen, aber im Falle eines Falles wäre es unter Umständen lebensnotwendig gewesen. Denn mit Gisela hatte ich keine Probleme, sie folgte immer meinen Anweisungen - und Andy ging es mit Dieter nicht anders.

Wenn ich aber meinem Vater hätte Ratschläge geben müssen ... Gott sei Dank kamen wir nie in eine solche Situation!

Auch mit der Sicherheit unserer Tochter beschäftigen wir uns ausgiebig. Die Alpträume in den Tagen vor unserer Abreise werde ich sicher nicht so schnell vergessen. Als ich einmal Andy davon erzählte, meinte er zusammenfassend:

"Wenn ich das richtig verstehe, dann hast Du Angst davor, dass der Blitz einschlägt, wir gerade in einem Hurrikan sind, eine Windhose uns streift, ein Erdbeben losgeht, Kristin über Bord geht und wir auf ein Riff auflaufen, während auf just dieser Insel der Vulkan ausbricht!"

Ich konnte ihm nicht widersprechen.

Doch in diesem Moment wurde mir bewusst, wie wenig realistisch meine Ängste eigentlich waren! Genauso gut könnte Kristin zuhause von einem herabstürzenden Meteor getroffen werden! Da war nun die Wahrscheinlichkeit viel größer, dass Kristin von einem Auto überfahren wird - also nichts wie aufs Schiff! Die Wahrscheinlichkeit, dass wir mit einem anderen Schiff kollidieren, stufte ich als sehr gering ein.

Ein paar Vorbereitungen haben wir natürlich dennoch getroffen.

Für Kristin spannten wir, noch vor unserem Ablegen in Cogolin, ein Strecktau vom Heck zum Bug des Schiffes, in dem sie jederzeit mit ihrem Lifebelt eingehakt sein musste. So konnte sie auf dem Schiff herumstolzieren und keiner musste sich Gedanken über ein Über-Bord-gehen machen.

Als weitere Grundregel stellten wir auf, dass sich Kristin nur im Hafen - Bedingung: bei ausgeschaltetem Motor - frei bewegen durfte. Sobald wir einen Hafen verließen musste Kristin entweder unter Deck oder ihren Lifebelt anziehen. Bei Seegang, schlechtem Wetter oder Sturm musste Kristin grundsätzlich unter Deck.

Diese Regeln beachteten wir bis zum Ende unseres Törns, und bis auf wenige Ausnahmefälle hat sich unsere Tochter sogar von selbst daran gehalten. Es ist eben nicht gerade einfach, sich auf einem schwankenden Deck auf den Beinen zu halten, wenn man schon auf ebener Erde damit Schwierigkeiten hat.

An diesem Abend segeln wir vor Gilio, zwei Meter Dünung schieben uns - mal wieder - von hinten. Kristin ist also unter Deck, meine Eltern schauen nicht gerade zuversichtlich aus der Wäsche und ich stehe am Ruder.

Aber auch mir ist dieses ganze Geschaukle hier, mitten in der Nacht, nicht so ganz geheuer und so übergebe ich das Ruder an Andy. Immerhin kann der ja segeln, er wird uns schon in den Hafen bringen.

Vor uns leuchtet ein Funkellicht, mitten auf dem Wasser, doch auch ein Blick in die Seekarte kann mir keinen Aufschluss darüber geben. Wir halten eine Weile darauf zu, doch das mulmige Gefühl in mir gewinnt die Oberhand und wir drehen ab, hinaus, aufs offene Wasser.

Plötzlich erlischt das Funkellicht. Was für eine Bedeutung hat das nun wieder?

Nach kurzer Besprechung gehen wir erneut auf Kurs, denn schließlich wollen wir ja den Hafen erreichen - und der liegt in Sichtweite vor uns.

'Zack' ist das Funkellicht wieder da.

Wir wiederholen dieses Spielchen noch ein paar Mal, dessen Geheimnis uns verborgen bleibt. Drehen wir von dem Licht weg, geht es aus - gehen wir auf Kurs, geht es an. Dieses Rätsel wollen wir näher erkunden und bleiben stur auf Kurs.

Plötzlich gehen direkt vor uns Positionslichter an und wir stehen einem Fischer vis-a-vis, der uns, der Tonlage nach zu urteilen, nicht gerade freundliche Worte entgegenwirft. Das einzige, sich immer wiederholende Wort, das ich aus der ganzen Tirade heraushöre, ist: "Sinistra ... sinistra ...!" Mit meinen überragenden Kenntnissen der italienischen Sprache kläre ich den Rest der Crew auf, dass dieses ausgeflippte Männchen auf dem anderen Schiff uns irgendwas mit 'links' sagen will, - also drehen wir eben nach backbord ab und der ganze Spuk ist vorüber.

Nur Dieter will diesem italienischen Schreihals in nichts nachstehen und schleudert ihm noch nach: "...", ich möchte seine Worte an dieser Stelle lieber nicht wiederholen.

Alle erworbenen Kenntnisse über die Kennzeichnung von Schlepp- oder Stellnetzen können wir also über Bord werfen, ist unser Resümee, die Italiener halten sich sowieso nicht daran!

Als wir endlich im Hafen von Giglio ankommen, zeigt sich uns ein niederschmetterndes Bild. Absolute Überfüllung rings um uns herum.

Wenn wir die Nacht nicht auf See verbringen wollen, müssen wir nun wohl in zweiter - oder dritter? - oder vierter? - Reihe festmachen.

Wir entscheiden uns für die zweite Reihe, die eigentlich schon die dritte Reihe ist. Zwischen dem Steg und uns liegt eine Yacht, die die anderen um Längen überragt. Eine honorige Dame am Bug dieses Luxus-Liners offenbart sich uns in perfektem Oxford-Englisch. Also holen wir unsere, seit dem Abitur verschütteten Englisch-Kenntnisse wieder hervor und diskutieren mit der Eignerin über etwaige Annäherungsversuche.

Aber unser Englisch ist wohl nicht mehr so das Wahre, stellen wir nach einiger Zeit fest, denn es dauert ziemlich lange, bis wir begreifen, dass uns diese Frau nicht zum Teufel jagen will, sondern uns nur ihre Hilfe anbietet. Wir sind ihr sehr dankbar dafür und können um elf Uhr endlich die uns zustehende Ruhe genießen.

Am nächsten Morgen beobachten wir belustigt die auslaufenden Yachten.

Es ist sicher nicht so einfach, seinen Anker aus dem ganzen unterseeischen Chaos zu befreien, stellen wir heimlich grinsend fest und erfreuen uns an den filmreifen Aktionen, die sich uns hier, aus nächster Nähe, bieten. Was für ein Glück wir doch haben, dass wir gestern als Letzte hier angekommen sind, denken wir, so bleibt uns dieses Chaos wenigstens erspart.

Die verzweifelte Mannschaft der ablegenden Yacht hat inzwischen das Beiboot ausgesetzt und taucht nach ihrem Anker.

Wir kommen uns vor wie im Krimi. Schaffen sie's oder schaffen sie's nicht?

Prustend kommt der inzwischen dritte Taucher von seiner Exkursion zurück und übergibt triumphierend den Anker an die dumm herumstehende Crew. Die haben's also geschafft, noch mal Glück gehabt, was?".

Um zehn Uhr wollen auch wir los, denn das 'An-Land-gehen' hat sich als sehr problematisch erwiesen.

Wir stammen zwar von den Affen ab, aber wir sind keine, stellen wir mit Genugtuung - oder mit Bedauern? - fest, denn das Überwinden der englischen Yacht wird zum zirkusreifen Balanceakt.

Also bedanken wir uns noch einmal recht herzlich für die Gastfreundschaft, legen unsere Leinen auf Slip und holen den Anker ein.

... hmmm ...

So jedenfalls hatten wir das vor, aber dieses Biest will einfach nicht hoch. Jetzt tragen also wir zur Belustigung der übrigen Anrainer bei! Wir stehen am Bug und starren in die Tiefe.

Was wir da sehen, stimmt uns nicht gerade freudig. Denn was sich da in unserem Anker verheddert hat sind gar keine Leinen von anderen Ankern, wie wir bis jetzt vermutet hatten. Das sind Taue von irgendwelchen Ozeandampfern, bestimmt 20cm im Durchmesser, stellen wir ziemlich ratlos fest und sehen strafend zu der in der Nähe liegenden Fähre auf. Die wird wohl den Winter über hier fest gemacht, geht uns so durch den Kopf, aber das bringt uns keinen Schritt weiter.

Wir stehen also genauso behämmert da wie die eben ausgelaufene Crew und starren noch immer ins Wasser. Als ob die Antwort da unten liegt! Aber wir haben einfach keine Lust, ein ähnliches Schauspiel abzugeben, wie die von vorhin! Womöglich sitzt jetzt der ganze Hafen auf der Lauer und beobachtet UNS belustigt! Da muss wohl eine Lösung her ...

Andy kommt die rettende Idee.

Sie entsteht nur in seinem Kopf und wir erfahren erst davon, als er sie bereits umgesetzt hat.

Dazu holen Andy und Dieter gemeinsam den Anker hoch. Soweit es ihre Kräfte eben zulassen, ich schätze 'höchstens einen Meter', denn die Taue, die unseren Anker blockieren, sind verdammt schwer. Unser Bug neigt sich dem Wasser entgegen, unser Heck strebt nach oben - die Ankerwinsch ist verdammt gut ...

Und dann kommt Andys großer Moment: Er lässt die Ankerleine ausrauschen und zieht dann den Anker an der Ankerkette mit den bloßen Händen ganz schnell wieder hoch. Die Taue sind schwerfälliger, sinken langsamer, und so gelingt es Andy, den Anker unter diesen hervorzuziehen.

Ein Bravourstück! Wir haben den Zuschauern keine Gelegenheit gegeben, sich über unsere Tauchkünste zu amüsieren!

An diesem Tag steuern wir die italienische Küste an, denn wir brauchen nun endlich das 'permit', das uns den Aufenthalt in italienischen Gewässern überhaupt gestattet.

Auf den Inseln konnten wir es bis heute nicht ergattern, am Festland jedoch wittern wir auf einmal die sonst so ungeliebten Behörden. Sie sind für uns plötzlich wichtig geworden.

"Civitavecchia ist ein absolut sicherer Hafen", lesen wir im Hafenhandbuch, "der wegen seiner Größe bei jeder Wetterlage angelaufen werden kann. Als Industriehafen bietet er jedoch außer seinen technischen Möglichkeiten für Yachten wenig Annehmlichkeiten."

In der Seekarte finden wir zwar sämtliche Punkte für Wasser, Strom und Diesel, aber alles mit einer deutlichen Klammer versehen. Irgendeinen Haken gibt es wohl, denn immer wenn uns ein Hafen nicht gerade einladend vorkam, setzten wir zuhause eine solche Klammer. Entweder war dann der Diesel nur an der nächsten Straßentankstelle zu bekommen oder das Trinkwasser musste erst angekarrt werden oder die Ansteuerung wurde als sehr schwierig beschrieben ..., in diesem Fall klang die Beschreibung nicht gerade einladend:

"Die Ansteuerung ist von See her bei Tage durch den hohen rot-weiß-rot quergestreiften Schornstein eines Kraftwerkes dicht nördlich der Stadt, ferner durch die meist stark rauchenden Schornsteine einer Zementfabrik, durch den weithin sichtbaren Leuchtturm und die Silos auf den Kais leicht ..."!

Diese Beschreibung jedoch deckt sich nicht so ganz mit dem Bild, das uns nun, am fünften Tag unserer Reise, vor den Augen liegt.

Einen 'rot-weiß-rot quergestreiften Schornstein' können wir weit und breit nicht entdecken. Es wäre ja auch ein Wunder gewesen, denn für uns hatte sich keiner die Mühe gemacht und war diesem speziellen Schornstein mit Wasser und Seife zu Leibe gerückt. Was wir sehen sind lauter schwarz-graue Säulen und selbst bei größter Willensanstrengung ist nicht auch nur ein winziges Fleckchen Rot zu erkennen. Halten wir uns also an die qualmende Zementfabrik.

Nur, welche von den vor uns liegenden Industriehaufen könnte eine Zementfabrik sein? Auch so kommen wir keinen Schritt weiter, denn Fabriken mit schwarz-grau qualmenden Schornsteinen gibt es hier, soweit das Auge reicht! Je näher wir der Küste kommen, desto trauriger wird der Anblick.

Hoffentlich bekommen wir hier wenigstens das 'permit', denn nur wegen diesem Stückchen Papier haben wir uns für diesen Hafen entschieden. In einem der größten Industriehäfen Italiens müsste ja wohl ein Blatt Papier aufzutreiben sein?!?

Wir finden den Hafen schließlich, indem wir einfach die ein- und auslaufenden Fähren und Frachter beobachten und steuern auf das Nadelöhr zu.

Doch was von draußen aussah wie ein Nadelöhr, entpuppt sich bald als eine riesige Hafeneinfahrt. Bereits vor einer halben Stunde haben wir sie passiert und noch immer sind wir auf dem Weg ins eigentliche Hafenbecken. Wir hätten in diesem ganzen Gewirr von Abzweigungen, kleinen und größeren Seitenhäfen, sicher noch Stunden nach einer Anlegestelle für Yachten gesucht, wenn uns ein auslaufender Segler nicht den Weg gewiesen hätte. So schlagen wir uns nach nur kurzer Weiterfahrt seitlich in die Büsche und finden in einem Seitenarm sogar so etwas wie eine kleine Marina.

Kaum haben wir angelegt, machen Andy und ich uns auf den Weg zur Capitanerie. Sie liegt in Sichtweite vor uns - mit dem Boot sicher in zwei Minuten zu erreichen - aber wir wissen es noch nicht besser und machen uns zu Fuß auf den Weg.

Bereits hinter der nächsten Biegung öffnet sich vor uns ein weiteres Hafenbecken, das es zu umrunden gilt. Kein Problem für uns, das bisschen Laufen tut uns sicher gut.

Im vierten Hafenbecken stellen wir fest, dass es hier zwar einen Eingang, aber keinen Ausgang mehr gibt. Also den Weg wieder zurück und auch dieses umrundet. Wir zählen in Gedanken die Abzweigungen nach, an denen wir vorhin vorbeigefahren sind, wir werden wohl noch eine Weile laufen müssen.

Dann, endlich, sehen wir von weitem die Straße, die uns den ganzen Weg wieder zurück bringen müsste - nun auf der Uferseite, versteht sich. Wir stehen vor der Entscheidung, uns entweder durch das Gewirr eines, von der eben angelegten Fähre, entlaufenen Menschenhaufens zu kämpfen oder die letzten Meter bis zur Straße auf alten Bahngleisen herumzuturnen.

"Hier ist sicher seit Jahren kein Zug mehr gefahren!", meine ich zu Andy und so entscheiden wir uns für den Sport. Das Gras zwischen den Geleisen hat die stattliche Höhe von einem Meter.

Endlich auf der Straße machen wir uns auf den Weg, denn die Capitanerie liegt ja am anderen Ende. Wir kommen an eine Engstelle und amüsieren uns königlich über die geregelte Vorfahrt: Entweder können die Autos fahren oder die Fußgänger laufen - für beides ist kein Platz! Und das auf einer der größten Straßen in einem der größten Häfen!

Jetzt sind wir an der Reihe - denke ich zumindest -, denn ein freundlicher Autofahrer am anderen Ende hat gerade angehalten. Die Hälfte der Strecke haben wir auch schon zurückgelegt, da ertönt auf einmal ein markerschütternder Schrei von hinten.

"Das ist das Ende", schießt mir noch durch den Kopf und dann kommt ein großer schwarzer Schatten über mich.

Aber so schnell geht das mit dem Ende wohl doch nicht, denn es ist nur ein ungeduldiger Lokführer, der hinter uns tutet was das Zeug hergibt. Andy und ich, zusammen mit einigen anderen Passanten, geben Fersengeld. Nicht nur, dass auf diesen alten, verrosteten, von Gras überwucherten Schienen ein Personen(!)-Zug fährt - zweihundert Meter weiter ist auch noch eine Haltestelle, mitten auf der Straße, und in Sekundenschnelle verwandelt sich die Straße in einen Bahnhof.

Mich wundert nichts mehr. Wir sind in Italien!

Gut eine Stunde sind wir schließlich unterwegs, als wir endlich in der Capitanerie ankommen. Unser Schiff liegt keine hundert Meter weg und Dieter und Gisela staunen nicht schlecht, als wir auf uns aufmerksam machen. Sie wähnten uns bereits auf der 'Rückreise'.

In der Capitanerie geht es zu wie mittags auf der Frankfurter Börse. Nur schwer finden wir uns zurecht und als wir uns endlich einem Italiener verständlich machen können - mit einem Kauderwelsch aus Italienisch, Deutsch, Englisch, Hand- und Fußzeichen - hat die Stelle, an die wir uns wenden müssen, bereits geschlossen.

Was macht ein italienischer Beamter, wenn man ihm seine Stempel wegnimmt? Würde er es überleben? Könnte er es überhaupt überleben?

Es ist zehn Uhr morgens und Andy ist gerade von der Capitanerie zurückgekommen. Und er hat es tatsächlich geschafft, wir sind im Besitz dieses heißbegehrten DIN-A4-Zettels und ab sofort fühlen wir uns legitimiert, in italienischen Gewässern unser Unwesen zu treiben. Stolz zeigt uns Andy die Vielfalt italienischer Stempel, von denen er jeden einzeln erkämpfen musste. Es wäre ja undenkbar, dass nur ein einziger Beamter ... Ma no! Arbeitsteilung ist alles!

Während Andy sich durch die italienische Bürokratie kämpfte, hatten wir alles zum Ablegen vorbereitet. Heute wollen wir endlich Rom erreichen, ich freue mich schon seit langem darauf. Nur Tanken sollten wir vorher noch, denn allzu weit wird der Sprit, den wir noch zur Verfügung haben, nicht mehr reichen.

Für alle ist es selbstverständlich, dass wir jetzt die Leinen losmachen und die Tankstelle am anderen Ende des Hafenbeckens ansteuern. Nur ich kann mich mit diesem Gedanken nicht so richtig anfreunden.

Ich stehe vorne am Bug und versuche mir ein Anlegemanöver, da drüben an der Tankstelle, vorzustellen, aber es gelingt mir nicht so recht.

Zum einen liegt da, so zehn Meter rechts neben der Tankstelle, ein Passagierdampfer. Ich schätze ihn auf mindestens zweihundert Meter, der Bug zielt zur Pier. Und auf der anderen Seite liegt längsseits ein Fischerboot von mindestens zwanzig Metern, dessen Netzausleger Richtung Passagierdampfer zielt. Das alles ginge ja noch, denn die Lücke dazwischen müsste für unsere 12-Meter-Yacht gerade so reichen und Andy kann verdammt gut steuern. Nur der Wind ...

Ein Blick nach oben zum Mast signalisiert mir so um die vier Beaufort aus einer Richtung, die unser Schiff dann schräg von hinten auf die Kaimauer treibt. Wir hatten schon öfters unter solchen Windbedingungen angelegt und meine Erinnerungen daran ermutigen mich nicht gerade zu einem weiteren Versuch. Ich lege Andy meine Befürchtungen auseinander, aber irgendwie kann er meinen Gedanken nicht folgen und nach nur kurzer Diskussion habe ich den Rest der Crew gegen mich. Also machen wir die Leinen los. Wir werden sehen ...

Je näher wir dem Tatort kommen, desto mulmiger wird mir zumute. Der Passagierdampfer hat, wie schon erwähnt, eine Länge von zweihundert Metern, aber seine Höhe beträgt ein Vielfaches! Jedenfalls kommt mir das so vor, je mehr wir uns diesem Ungeheuer nähern. Wahre Berge aus schwarzem Stahl und Beton türmen sich neben unserem niedlichen kleinen Modellspielzeug auf - und ich dachte immer, wir hätten ein schönes, stattliches Segelboot.

Plötzlich ist die Kaimauer da.

Eine Böe fällt ein und treibt das Schiff wieder weg. Ich habe keine Chance, die viel zu hohe Kaimauer zu erklimmen.

Dieter versucht verzweifelt, das Schiff mit dem Bootshaken zu halten, doch die Böe ist stärker, schiebt sich zwischen den Kai und unser Heck und wir werden wieder abgetrieben.

Andy versucht noch immer das Boot mit dem Motor in Position zu bringen, denn mit dem Fischerboot wollen wir nicht auch noch kollidieren. Unser Bug ist zwar noch in der Nähe der Kaimauer, doch unser Heck verlässt uns.

Ich versuche unseren Bug von der Mauer abzuhalten, gleichzeitig denselben zu ersteigen, um vom Bugkorb aus auf die Kaimauer zu gelangen, und die in der

Hand haltende Leine nicht zu verlieren. Mir ist einfach alles im Weg und die mir zur Verfügung stehenden Hände, Arme und Beine reichen bei weitem nicht aus.

Dieter angelt verzweifelt nach dem im Wasser treibenden Bootshaken.

Schon wieder überfällt uns eine Böe und mit einem gewaltigen R U M S landen wir mit dem Bug an der Mauer. So völlig in der Luft, zwischen zu weit weg und doch noch dran, geben wir ein Bild des Jammers ab. Die Entfernung zur drei Meter hohen Kaimauer wird immer unüberwindlicher.

Gott sei Dank helfen uns die Fischer und Andy kann ihnen eine Leine zuwerfen. Nun kämpfen die beiden verbissen gegen den Wind - wahrscheinlich gehört das Fischerboot, auf das unser Segelboot gerade zuhält, den beiden, denn sie legen sich mächtig ins Zeug.

Passanten springen herbei und mit vereinten Kräften schaffen wir es tatsächlich und gewinnen den Kampf gegen Wind und Schiff.

Alles in allem ein gelungenes Anlegemanöver!

Die Tankstelle hat natürlich zu.

Und wir haben die Nase voll.

Der Tankwart macht gerade Siesta und nach nur kurzer Beratung kommen wir zu der Überzeugung, dass wir uns nicht näher mit dem Phänomen der italienischen Siesta auseinandersetzen wollen. Unser Zeitplan sitzt uns im Nacken und da erscheint es uns viel wichtiger, noch heute in Rom anzukommen und das wird immer unwahrscheinlicher, je länger die Siesta des italienischen Tankwarts dauert. Schließlich müssen bis Fiumicino, der römischen Hafenstadt, noch 34 Seemeilen überwunden werden. Wir machen uns also gleich auf den Weg, denn auch in Fiumicino werden wir sicherlich Diesel bekommen. Womöglich unter einfacheren Bedingungen, als wir sie hier vorgefunden haben.

Wer hat eigentlich den Navigationstisch erfunden? Der hatte keine Ahnung von Seekarten! Oder waren die Tische vorher da? Wie ich es auch drehe und wende - die Größe vom Kartentisch steht in keinem vernünftigen Verhältnis zur Größe der vor mir liegenden Seekarte.

Navigiere ich vor Civitaveccia hängt Fiumicino schlapp herunter, navigiere ich bei Fiumicino kann ich Civitaveccia gerade noch über der Leselampe entdecken. Wie nur soll ein vernünftiger Mensch da einen vernünftigen Kurs ausrechnen?

Ich versuche gerade das Geheimnis unserer Geschwindigkeit zu ergründen, denn seit wir unterwegs sind, kommen wir mit schöner Regelmäßigkeit immer Stunden vor meinem errechneten Termin an. Ich beginne bereits, die uns schiebende Strömung als feste Größe in meine Berechnungen aufzunehmen, aber so viele Strömungen kann es ja gar nicht geben - und auch noch so geschickt von hinten! Vielleicht kurz vor den Niagarafällen, aber die wähne ich etwas nördlicher von uns.

Bei der Überfahrt von Antibes nach Korsika machten wir ja die nächtliche Dünung für unser schnelles Vorwärtskommen verantwortlich und auch vor Giglio schob uns eine gewaltige Dünung. Aber gestern war nun den ganzen Tag überhaupt nichts los - kein einziges Mal lohnte es sich die Segel auszupacken - und nur unser Motor schob uns durch das spiegelglatte Wasser.

Irgendetwas stimmt nicht.

An meinen Rechenkünsten zweifle ich natürlich in keinen Moment. Zu sicher bin ich mir im Umgang mit Kursdreieck und Einhandzirkel, und schon in der Schule machte mir das Jonglieren mit Zahlen mächtig Spaß. Ich kann mir auf all das keinen Reim machen.

Am Anfang unserer Reise hatte ich mich zwar noch gewundert, dass das Schiff selbst unter größter Motorkraft nicht weit über vier Knoten hinauskommt, aber wir haben ja auch nur 60 PS zur Verfügung. Unter Segel sieht es da schon besser aus: Bis zu fünf Knoten können wir dem Schiff entlocken, wenn der Wind pfeift und wir über das Wasser dahinzischen. Die Rumpfgeschwindigkeit wähne ich zwar so zwischen sieben und acht Knoten, aber um solch gigantische Geschwindigkeiten zu erreichen, muss wohl ein bisschen mehr Wind wehen. Ich nehme also die Anzeigen der Logge als gegeben hin und kümmere mich nicht weiter drum.

Andy sieht das alles ein bisschen anders.

Anfänglich vermutete zwar auch er unbekannte Strömungen, aber sein Glaube ist inzwischen stark erschüttert. Er hat schon länger die Logge in Verdacht und beobachtet sie heimlich.

Heute nun macht er die Probe aufs Exempel. Bewaffnet mit Handpeilkompass, Zettel und Bleistift widmet er sich der schwierigen Aufgabe, die Logge zu überlisten. Gisela steht am Ruder, ich sitze auf meinem Beobachtungsposten und Dieter macht gerade mal wieder ein Nickerchen, irgendwo, in den Tiefen des Schiffes. Die genaue Kenntnis seiner Lage entzieht sich unserem Blickfeld.

Andy turnt auf dem Deck herum, ist mal oben und mal unten, peilt, rennt nach unten, schreibt, rechnet, flucht, ist schon wieder oben, peilt.

Ich kann mir diese ganze Hektik in dieser idyllischen Ruhe nicht so recht erklären und würde ihn gerne nach dem tieferen Sinn solch akrobatischer Verrenkungen fragen, doch Andy ist schon wieder verschwunden. Ich folge ihm, doch in dem Moment, in dem ich die erste Stufe des Niedergangs erreiche, schießt Andy nach oben und ich hänge am Handlauf.

Jetzt reicht's mir aber!

Ich springe Andy, der bereits den Bug erreicht hat, hinterher und verlange eine Erklärung für solch rücksichtsloses Verhalten. Völlig indigniert über diese unqualifizierte Bemerkung wird mir nun eine Lehrstunde über das Thema 'Versegelungspeilung' zuteil.

Ach, so was gibt's also auch.

Wie war das noch mal mit den zwei Orten und der Distanz ... aha ... und dann kann man die Geschwindigkeit ... soso ... einfach genial! Mit unendlicher Geduld wird mir der Zusammenhang genauestens erläutert. Sofort unterstütze ich Andy in seinem Vorhaben und bestehe nun meinerseits auf die akkurate Einhaltung des Kurses, die gerade Gisela obliegt. Gespannt starrt sie eine ganze geraume Weile lang auf den Kompass, sichtlich bemüht, es auch wirklich richtig zu machen.

"Und, wie sieht's aus?", frage ich sie, als sie gerade zuversichtlich nach vorne schaut, "Hast Du Kurs 120 Grad?"

Giselas Augen gehen zurück zum Kompass und beobachten angestrengt die Kompassnadel. Denn eben diese sollte bei genau 120 Grad liegen - und bleiben. Aber das tut sie nicht. Mal wandert sie zu weit nach links - gegensteuern - dann ist sie wieder zu weit rechts - zurücksteuern - da ... da ... JETZT! 120 Grad! ... 121 ... 122 ... Nein. Schon wieder zu weit links.

Gisela gibt auf und sieht mich entmutigt an.

"Na ja", meint sie auf meine noch immer unbeantwortete Frage hin: "Ab und zu kommt er vorbei!"

Andy hat es dennoch geschafft! Bereits kurze Zeit später ist das Geheimnis der von hinten schiebenden Strömung enträtselt. Die Logge ist neu eingestellt und arbeitet ab sofort zuverlässig. Schade eigentlich, denn nun können wir uns nicht mehr über verfrühte Ankunftszeiten freuen. Jetzt müssen wir ausharren bis zum Schluss - und als wir Fiumicino tatsächlich erst zur errechneten Stunde sichten, denken wir wehmütig an frühere Zeiten zurück.

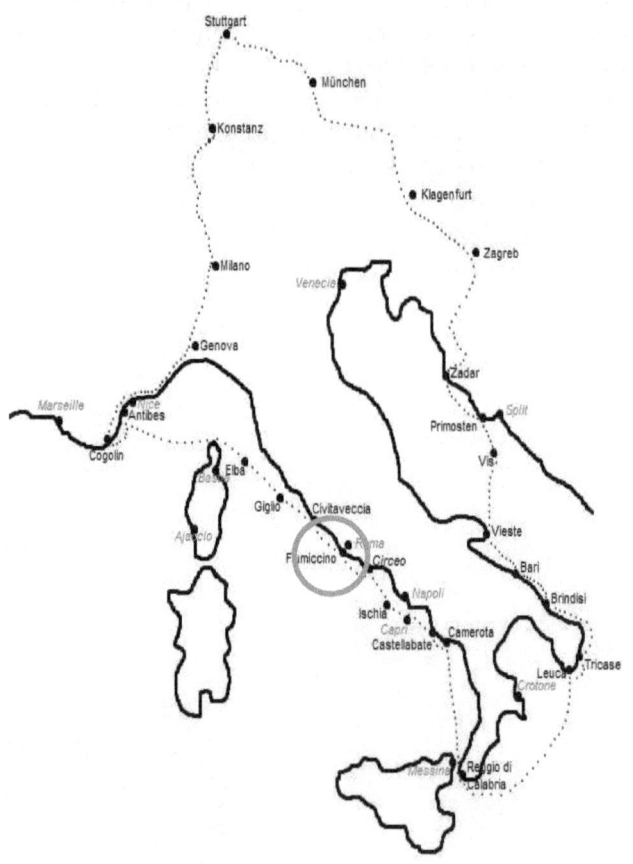

Rom, die Stadt der Gegensätze, die nur der lieben lernt, der mit dem Herzen sieht. Rom, mit seinen herrlichen, pompösen Kirchen neben halb zerfallenen Häusern, an denen gerade die frisch gewaschene Wäsche zum Fenster hinausgehängt wird. Rom, dessen Straßen fast aus allen Nähten platzen, weil sie den Verkehr gar nicht mehr aufnehmen können, und inmitten das Kolosseum, das vor über zweitausend Jahren erbaut wurde. Rom, mit seinen Unmengen an Katzen, die man gleich dutzendweise adoptieren könnte, mit einer Bevölkerung, die sich am Existenzminimum entlangwurstelt und mit einem Petersdom, in dem locker bis zu drei Kirchen Platz finden könnten. Ob der liebe Gott sich das einst so vorgestellt hat?

Ganz zu schweigen von den vatikanischen Museen, in denen man mindestens zwei Wochen wandeln müsste, wollte man sich denn alles ansehen - wenn man sich vorher nicht verlaufen hat. Auf dem Petersplatz findet man sich entweder eingepfercht in einer Menschenmenge wieder, aus der ein Entkommen unmöglich scheint - weil der Papst mal wieder seinen 'tappeto' herausgehängt hat - oder aber die Entfernungen erscheinen unüberwindlich, weil der ganze Platz in gähnender Leere vor einem liegt. Die paar hundert Menschen darauf werden zu Ameisen.

Auf den Straßen findet man derweil große Luxuslimousinen, denen man ansieht, dass sie jeden Tag mindestens fünf Mal poliert werden, oder Fahrzeuge, die nur noch der Rost zusammenhält und bei denen man erst nach näherem Hinsehen entdeckt, dass es sich wohl um ein Auto handeln müsste.

Ja, ich habe eine Münze, rückwärts, mit der rechten Hand über die linke Schulter, in den Trevi-Brunnen geworfen, denn hierher wollte ich unbedingt wieder zurückkommen. Und da war es mir auch völlig egal, ob das Zwei-Pfennig-Stück, das damals daran glauben musste, für diesen Zweck doch viel zu wertvoll war. Ich selber hätte noch ganz andere Münzen in den Brunnen geworfen, wenn es mir bloß die Rückkehr gesichert hätte; man konnte mich gerade noch davon abhalten.

Fast zehn Jahre ist es nun her, seit ich auf meiner Abiturfahrt Rom kennen lernte, und heute nun sind wir in Fiumicino, der römischen Hafenstadt. Die Erfüllung eines Traumes erscheint greifbar nahe.

Schon seit Wochen freue ich mich auf ein Wiedersehen. Aber ich hätte die Münze wohl über die rechte Schulter werfen müssen, vielleicht aber auch waren zwei Pfennige doch zu wenig, denn unser Zeitplan macht es uns leider unmöglich, auch nur einen einzigen Tag für die Besichtigung Roms zu opfern. Unsere verspätete Abfahrt in Cogolin macht sich nun bemerkbar, und überhaupt - was hilft mir ein Tag, an dem ich mich im Schnellverfahren durch Rom hetze? Mein Wiedersehen hatte ich mir eigentlich anders vorgestellt. Meinen Traum habe ich also begraben - aber vergessen ist er nicht!

Den ganzen Abend genieße ich den Flair der nahen Stadt und hänge alten Erinnerungen nach. Ich glaube, wir haben ganz gut gegessen, aber richtig erinnern daran kann ich mich nicht mehr. Unser Liegeplatz liegt ziemlich ungemütlich neben der Tankstelle, in der dritten Reihe. Dieses Mal befindet sich zwar kein englischer

Luxusliner zwischen uns und dem Kai, aber die Kletterei ist dadurch nur unwesentlich erleichtert. Natürlich gibt es mal wieder kein Wasser und keinen Strom - wir werden uns im Laufe der Zeit schon noch daran gewöhnen. Wenigstens können wir morgen tanken.

Italienisch müsste man können! Zu dritt umschleichen wir schon seit geraumer Zeit die Tankstelle, Andy, Dieter und ich, bereit, beim ersten Anzeichen eines Tankwartes loszuspringen.

Aus den ganzen Anschlägen ist einfach nicht zu entnehmen, warum dieses benzinspendende Häuschen noch immer unbesetzt ist. Wir finden Hinweise auf alle möglichen Veranstaltungen in und um Rom, Abfahrtszeiten von Fähren und Vergnügungsdampfern, dazwischen Reklame und sogar den Hinweis, dass man zwischen eins und vier Siesta zu machen pflegt, - aber jetzt ist es neun Uhr vormittags und noch immer keine Spur von nichts und niemandem. Siesta ist also nicht angesagt, aber was dann?!? Vielleicht ist heute Ruhetag? Nirgends ist ein entsprechender Hinweis zu entdecken. Vielleicht ist seine Oma gestorben? Oder hatte er einfach keine Lust?

Um zehn Uhr geben wir auf. Fiumicino ist ein großer Hafen, es ist immerhin die Hafenstadt von Rom, in irgendeinem anderen Winkel wird es wohl noch weitere Tankstellen geben. Winkel jedenfalls gibt es viele, denn die natürlichen und unnatürlichen Mündungsarme des Tiber, die in ihrer Gesamtheit den Hafen bilden, sind ungezählt.

Eine halbe Stunde später gehen wir frustriert und entnervt an einem Lotsenboot längsseits, um 'per pedes' die Lage zu erkunden. Da können uns wenigstens keine Vergnügungsschiffe auflauern, keine Dampfer von hinten überrollen oder Fähren versenken. Wir kamen uns gerade vor wie im Autoscooter und so haben wir zunächst mal die Nase voll. Eine Tankstelle haben wir natürlich noch immer nicht gefunden.

Während wir mit dem Festmachen unseres Segelbootes noch beschäftigt sind und dabei galant alle Hindernisse auf dem fremden Schiff umturnen und überspringen, bevölkert sich das Lotsenboot mit drei fremden Gestalten. Wir kommen uns vor wie Eindringlinge, die sich auf fremdem Territorium aufführen, als seien sie zuhause und die anderen die Gäste. Am besten, man geht in den Angriff über und erklärt sein unsittliches Verhalten - aber wie?!?

"Gasolio - la barca a vela - leer - wo bekommen gasolio? Tankstelle, questo, chiuso! ..." Wir mühen uns einen ab und kommen uns genauso hilflos vor, wie sicher so mancher Italiener in Deutschland.

"Heute hat keine Tankstelle offen," meint der eine Italiener freundlich, "heute ist Sonntag!"

Unsere wild gestikulierenden Hände, Arme und Beine erstarren in der Luft. Lässt uns nach italienischen Wörtern suchen und kann deutsch! Jedenfalls zeigt er es nicht allzu deutlich, dass er sich soeben wohl königlich amüsiert hat; bei genauer Betrachtung macht er sogar einen sympathischen Eindruck! Ist ja klar, wenn er deutsch kann ...

Aber wie war das, heute ist Sonntag ...?!? Vier personifizierte Fragezeichen stehen an Deck eines fremden Schiffes. Man vergisst so leicht, wenn man die ganze Zeit auf dem Wasser unterwegs ist. Was soll nun werden? Wenn wir jetzt schon wieder einen Tag verlieren ... das summiert sich so langsam zu Wochen! Ob wir jemals in Zadar ankommen werden? Mit den paar Tropfen jedenfalls, die wir bestenfalls noch im Tank haben, brauchen wir gar nicht erst los.

Der nette Italiener mischt sich in unsere Diskussion ein, unsere hoffnungslosen Gesichter müssen ihn erbarmt haben. Er wohne gleich in der Nähe, seine nächste Lotsenfahrt sei erst um zwei, "wenn Sie einen Kanister haben, kann ich sie ja zur nächsten Tankstelle fahren!" Er berät sich kurz mit den anderen beiden Italienern, ja, da gibt es eine Tankstelle, außerhalb der Stadt, die müsste heute geöffnet haben.

Und so sitzen wir also, in einem fremden Land, in einer fremden Stadt, mit einem fremden Mann, so kurz vor Rom, in einem fremden Auto, unseren 20-l-Kanister im Kofferraum, und lassen uns durch Fiumicino kutschieren. Die Situation ist grotesk, aber ich beginne sie zu genießen.

"Woher können Sie eigentlich so gut deutsch?", frage ich den Mann an meiner Seite, der uns gerade mitten durch das Chaos eines eben stattfindenden Fischmarktes steuert.

"Meine Frau kommt aus Deutschland, aus der Nähe von Frankfurt - kennen Sie Frankfurt? - wir sind jedes Jahr mindestens einmal zu Besuch bei ihrer Verwandtschaft, es gefällt mir sehr gut in Deutschland!"

'Rom - 25 km' lese ich auf einem Wegweiser und lehne mich entspannt in den Autositz. Ja, das ist nach meinem Geschmack. Freundliche und hilfsbereite Menschen um mich herum, Leute, die ich nie zuvor gesehen hatte, und alles so kurz vor Rom. Die Orientierung habe ich in dem Gewirr von Einbahnstraßen, das uns mal vorwärts, und dann wieder - vermeintlich - zurückbringt, schon längst verloren, aber es ist ja auch nicht meine Aufgabe, den Weg zurück zu finden. Hinter mir sitzt Andy und macht mein Gefühl der Sicherheit vollkommen.

Der nette Italiener erzählt uns inzwischen sein halbes Leben. Er trifft sicher nicht oft auf ein deutsches Ehepaar, das sich hierher verirrt und dem er nun helfen kann. Seine Frau, so erzählt er, ist schon seit über 20 Jahren bei ihm in Italien und es gefällt ihr sehr gut. Sie würde nicht wieder zurückgehen.

Das kann ich sehr gut nachempfinden, würde ich auch nicht.

Er selber hat jahrelang in Deutschland gearbeitet und ist nun hier Lotse, das Schiff, an dem wir festgemacht haben, gehört ihm.

Die Tankstelle hat tatsächlich offen und so füllt er unseren Kanister, palavert mit der Tankwartin, übersetzt uns, wuchtet den vollen 20-l-Kanister wieder zurück in den Kofferraum, noch bevor Andy ihm helfen kann, denn der ist gerade mit dem Bezahlen beschäftigt. Wir sind also im Besitz von stattlichen 20 Liter Diesel und schon wieder auf dem Rückweg.

Mit dem Italiener verstehen wir uns sehr gut, unterhalten uns angeregt und spüren geradezu die Freude, die es ihm bereitet, uns helfen zu können. Doch wieweit kommen wir eigentlich mit 20 Liter Diesel? Ob er uns noch einmal fahren würde?

Ich überlege lange hin und her, spreche mit Andy darüber, aber er überlässt mir die Entscheidung, den Italiener nochmals zu bitten oder nicht. Sind wir unverschämt, wenn wir ihn fragen oder würde er sich darüber freuen, uns nochmals helfen zu können? Unser Schiff ist schon wieder in Sicht und so gebe ich mir einen inneren Ruck und frage einfach. Mehr als 'nein' sagen und sich über die maßlosen Deutschen ärgern kann er ja nicht, denke ich mir, und deute zaghaft an, dass diese 20 Liter eigentlich nur ein Tropfen auf den heißen Stein seien.

Wenn ich auch nur die geringsten Anzeichen von Unmut auf seinem Gesicht erkennen kann, so nehme ich mir ganz fest vor, werde ich meinen Wunsch sofort wieder fallen lassen; dann können wir uns immer noch recht herzlich bedanken und unserer Wege gehen.

Doch seine Reaktion ist wie erhofft: "Natürlich, wie viel brauchen Sie denn noch?"

Nach einer Stunde ist der Tank wieder voll. Insgesamt drei Mal hat uns der freundliche Italiener bis zur Tankstelle gefahren und außer einem kräftigen Händedruck und einem von Herzen kommenden 'Dankeschön' können wir nichts, aber auch rein gar nichts, zu unserer Verteidigung vorbringen.

Den Gedanken an ein Geldgeschenk in Form eines 10.000-Lire-Scheines verwerfe ich nach nur kurzer Überlegung, denn ich will 'unseren Italiener' ja nicht tödlich beleidigen. Freundlichkeit und Hilfsbereitschaft sind nicht mit Geld zu bezahlen - und bei einem Italiener schon gar nicht.

Wie weit die Gastfreundlichkeit der Italiener tatsächlich geht, können wir bereits am nächsten Tag feststellen.

Wir sind von Fiumicino aus nach San Felice Circeo gestartet, das wir - mal wieder - erst nach Einbruch der Dunkelheit erreichen. Im fahlen Licht der Taschenlampe parkt Andy unser Schiff im engen Hafen ein, als sei es ein kleines, wendiges Auto.

Wir alle sind stolz auf ihn.

Unsere Einkaufsliste ist inzwischen sehr lang geworden, aber schon am Abend stellen wir fest, dass in der Nähe des Hafens keine nützlichen Geschäfte zu finden sind. Mit Souvenirs könnten wir uns eindecken, aber was hilft uns eine Postkarte von Circeo, wenn wir Hunger haben, oder ein Wimpel des ansässigen Yachtclubs, wenn wir nichts mehr zu trinken haben?

Die steil aufragende Küste lässt nicht gerade auf nahe Versorgungsmöglichkeiten schließen, aber es hilft alles nichts, wir brauchen was zwischen die Zähne. Und zwischen die Kiemen auch.

Andy macht sich also am anderen Morgen auf den Weg, um den nächsten Supermarkt zu plündern. Einem Tabak-Händler, der gerade seinen Laden an der Uferpromenade öffnet, kann er sich gerade so verständlich machen. Aber was er da erfährt, lässt ihn nicht gerade Freudensprünge vollführen, denn der nächste Supermarkt ist in der 'nahen' Stadt, ca. drei Kilometer hinter dem Berg.

Der Tabakhändler sieht Andy nachdenklich an.

Dann schließt er kurzerhand seinen Laden wieder, kaum dass er ihn geöffnet hat, lädt Andy in sein Auto und fährt ihn einfach zum nächsten Supermarkt. Das möchte ich mal in Deutschland erleben - wir könnten uns ruhig ein Stückchen von dieser Gastfreundschaft abschneiden!

Wir sitzen derweil gemütlich beim Frühstück und lassen es uns gut gehen. Es wird wohl eine Weile dauern, bis Andy wieder zurückkommt, und bis dahin gibt es nichts zu tun.

Doch diese Rechnung hatte ich wohl ohne unsere Gastgeber gemacht, denn plötzlich stehen zwei dieser

Hafen-Sheriffs vor unserem Schiff und stören unser geschäftiges Nichtstun. Schon wieder werde ich aus diesem ganzen Redeschwall nicht schlau und ich dachte immer, ich könne halbwegs italienisch. War wohl nichts. Was nur wollen die von uns?

Offensichtlich dürfen wir auf unserem Platz nicht bleiben, da dieser für eine andere Yacht reserviert ist, die demnächst hier ankommt. So jedenfalls interpretiere ich das wenig Verstandene aus diesem ganzen Hin und Her. Ich versuche die in mir aufkommende Panik zu bekämpfen. Andy ist doch noch gar nicht da! Zum Donnerkuckuck, was heißt 'Ehemann' auf italienisch? Immer dann, wenn man sie braucht, fällt einem die passende Vokabel einfach nicht ein. Mir jedenfalls nicht. Und ich kann doch jetzt nicht lossegeln ohne Andy? Womöglich mitten im Hafenbecken auf ihn warten? Wie lange ...? Wann kommt der denn endlich? IMMER wenn man ihn braucht ist er nicht da! Und auch ein sehnsüchtiger Blick in die Berge kann ihn nicht herbeizaubern.

Hilfe, bitte, - wie führt man ein Schiff?

Meine Gedanken schlagen Purzelbäume. Muss womöglich ich ...? Kann ich ...? Natürlich kann ich, ich habe es am Bodensee oft genug getan. In der letzten Zeit meiner Schwangerschaft übernahm beim Anlegen immer ich das Ruder, denn die Rumturnerei beim Anlegen war im achten Monat gar nicht mehr so einfach.

Aber jetzt? Mit einem fremden Schiff? Ohne meinen Mann?

Über eine Woche waren wir nun bereits unterwegs, aber bis gerade eben hatte ich mich immer erfolgreich vor jeder kritischen Situation und schon gleich ganz vor jedem Anlegemanöver gedrückt.

Aber nun muss ich wohl, denn wenn ich nicht bald etwas unternehme, machen mir diese beiden Hilfs-Sheriffs die Leinen los. Also, Kristin unter Deck, Dieter und Gisela einweisen, was zu tun ist, Motor anschmeißen - Gott sei Dank, er läuft! - und los geht's. Wird schon alles schief gehen. Wenn ich hier nicht mehr bleiben darf such ich mir eben einen anderen Platz im Hafen, es sind sicher noch mehrere frei.

Alles klappt meisterhaft und ich frage mich, warum ich immer so viel Angst vor Anlegemanövern habe. Ist doch alles ganz leicht! Und auch die beiden Hafen-Sheriffs, die uns inzwischen zu unserem neuen Liegeplatz gefolgt sind, können mich nun nicht mehr erschüttern. Ich bleibe hier bis mein Mann kommt - und auf das Schiff, das hier ankommen soll, wollen wir doch erst einmal warten!

Die beiden ziehen unverrichteter Dinge wieder ab. Sie haben sicher gemerkt, dass mit mir nun nicht mehr zu reden ist und sie nichts mehr ausrichten können. Meinen guten Willen habe ich gezeigt, aber zu mehr bin ich absolut nicht mehr bereit.

Eine halbe Stunde später kommt Andy. Fertig, kaputt, müde und am Ende seiner Kräfte. Der nette Italiener hat ihn zwar zum Supermarkt gefahren, aber zurücklaufen musste er dann schon selber. Der Bus wäre erst in drei Stunden gefahren, also schleppte er eben einen vollen Rucksack auf dem Rücken und eine Palette Dosenbier auf den Schultern über den Berg zurück zum Schiff. Jedenfalls müssen wir nun nicht mehr hungern und verdursten auch nicht.

Die Formalitäten können wir - Gott sei Dank - schneller hinter uns bringen als in Civitaveccia. Auch wenn der Hafenmeister bei unserem Anblick meint, er müsse schnell noch etwas erledigen und uns zunächst einmal eine halbe Stunde allein in seinem Häuschen sitzen lässt.

Als er endlich wieder auftaucht hat er ein ganz dringendes Telefonat - ich glaube herauszuhören, dass es seinem Freund jetzt wieder besser geht - und während er unseren 'schwierigen Fall' bearbeitet wird er durch zahlreiche weitere Funkrufe unterbrochen.

Ganze fünf Stempel - und das von einem einzigen Beamten! - bekommen wir auf unser 'permit', und auch das erst, nachdem wir ihm erklärt hatten, um was es sich bei diesem Papier handelt und nachdem er in diversen Büchern nachgelesen hatte, dass es so etwas tatsächlich gibt.

Es lebe Italien!

Auch das Tanken dauert nur eine dreiviertel Stunde, denn der Tankwart übertrifft sich selbst in seinem Bestreben, unseren 60-Liter-Tank zu füllen. Allerdings muss man ihm zugutehalten, dass die Motoryacht vor uns über 300 Liter in ihren nimmersatten Bauch verschlang.

Es ist doch tatsächlich noch hell, als wir den Hafen von San Felice Circeo hinter uns lassen.

Ein Beinahe-Unglück und schon geht's weiter

"Sagt mal, was für einen Tag haben wir heute eigentlich?" Dieter sieht in die Runde, so, als ob wir die Antwort wüssten! Wir sehen uns alle ein bisschen ratlos an.

"Wir sind am Samstag in Cogolin angekommen, also am Sonntag losgefahren", meint Dieter.

"Nein, nein", wendet Andy ein, "wir waren doch noch einen Tag im Hafen und fuhren erst am Montag los!"

"Ach ja, stimmt!", erinnert sich Dieter, "da hast du auch wieder Recht. und dann waren wir ..."

"Letzten Sonntag waren wir in Fiumicino, da hatten doch alle Tankstellen geschlossen!", denke ich laut vor mich hin und unterbreche Dieters Gedanken. "Und wie lange ist das her? Wo waren wir seitdem?"

Andy hat inzwischen das Logbuch geholt. "Also am sechzehnten waren wir in Fiumicino, das war dann wohl ein Sonntag!" Ich sehe mit ins Logbuch hinein. "Nein, nein, am sechzehnten sind wir in Fiumicino angekommen, das war ein Samstag und am siebzehnten sind wir von Fiumicino wieder los, da war dann Sonntag! Aber, schau mal nach, wo waren wir seitdem überall?"

Gott sei Dank gibt es ein Logbuch. Ein Tag ist wie der andere. Morgens geht die Sonne auf, am Abend geht sie wieder unter, wie soll ein Mensch da auch noch Wochentage unterscheiden können? Andy und ich geben unser Bestes.

"Wenn wir also am Sonntag von Fiumicino losgefahren sind, dann ist heute Dienstag. Denn seitdem waren wir ja eine Nacht in Circeo und eine Nacht in Ischia ..."

"Ach ja, in Circeo konnten wir ja dann endlich tanken."

"Und da war das doch mit dem Einkaufen ..."

"Ja und ich hab das Schiff verlegen müssen! Lass mich bloß nie wieder so alleine!", bemerke ich noch immer zitternd mit einem Blick auf Andy.

Wir sitzen gerade alle gemütlich beim Frühstück. Tisch rausgeholt und im Cockpit aufgestellt und dann alles aufgebaut, was zu einem anständigen Frühstück gehört.

Was für ein Genuss! Ruhe ... Zeit ... Freiheit ... Neapel vor uns, Rom hinter uns, dazwischen wir, irgendwo, das Schiff schreitet majestätisch durch die leichte Dünung. ... Dieter unterbricht mein Träumen:

"Also noch mal. Wenn das stimmt, dass wir an einem Samstag in Cogolin ankamen, am Montag dann los sind, letzten Sonntag in Fiumicino waren und heute schon wieder Dienstag ist ... dann muss ich ab morgen in der Praxis sein! Wir hatten mal vereinbart, dass Gisela und ich eine Woche lang bei Euch auf dem Schiff Urlaub machen, doch das sind ja jetzt schon zehn Tage! Wir müssen zurück! Sofort!"

"Also 'sofort' geht nicht und umdrehen werden wir jetzt auch nicht!", erwidere ich Dieter. "Aber wir müssen wohl wirklich zusehen, wie ihr wieder nach Hause kommt ..."

"Ja, so ist es wohl. Ich muss meine Sprechstundenhilfe, anrufen, dass sie die Patienten umbestellt, was meint ihr denn, wie und wann Gisela und ich wieder zurückkommen?"

Neapel scheint eine recht günstige Ausgangsposition zu sein für eine Rückfahrt. Ich frage Andy, der bereits mit seinem dritten Brötchen beschäftigt ist, ob er von mir mal das Ruder übernehmen könnte, und dann verschwinde ich im Bauch des Schiffes und widme mich den Hafenbeschreibungen. Wird wohl schon einer zu finden sein mit Bahnanschluss oder Flughafen in der Nähe oder irgend so was halt ... doch dann stoße ich auf ... ich schieße nach oben.

"Hey, hört mal, da gibt es einen Hafen, der heißt 'St. Marco di Castellabate', ist ganz in der Nähe von Neapel, und da ist offensichtlich genau das, was wir gesucht haben! Ich lese aus dem Hafenhandbuch vor:

"Sollten Sie irgendwelche Fragen oder Probleme haben, welcher Art auch immer, wenden Sie sich einfach an Renato Baracuda! Er spricht fließend deutsch und kümmert sich um all ihre Fragen!", was wollen wir mehr?"

"Und wo finden wir diesen Herrn Baracuda?", fragt Andy.

"Das steht hier ganz genau! Wir müssen nur" ... ich lese alles vor, was ich da Wundersames im Hafenhandbuch finden kann.

Da braucht es keiner langen Diskussionen, denn das war wohl genau das, was wir gesucht hatten! Unser Ziel für den Abend steht fest: St. Marco di Castellabate.

"Also Morgen um 14:13 fährt der Zug in Neapel ab, kein Problem, ich kann Sie da hinbringen, ich besorg Ihnen selbstverständlich auch die Fahrkarten" ...

Kristin sitzt schon längst auf Renatos Schoß, dem es sichtlich Freude bereitet, uns helfen zu können. Wir besprechen die näheren Einzelheiten. Umsteigen in Rom und dann noch mal in Genua, bis Nizza ca. zwölf Stunden. Eine Ewigkeit? Nein. Keine Ewigkeit. Schließlich haben wir mit dem Schiff für diese Strecke zehn Tage gebraucht. Zwölf Stunden erscheinen lächerlich.

Bis ins kleinste Detail sprechen wir alles durch, unterhalten uns noch über die bisherige Fahrt und über die folgende auch. Geben Ratschläge, nehmen Ratschläge, sagen tausendmal Danke, doch dann steht es unumstößlich fest:

Kristin muss Renatos Schoß verlassen. Wir müssen gehen. Unser Schiff versinkt in Trauer.

Wer letztendlich um wen mehr trauert, das lässt sich wohl nicht mehr so ganz nachvollziehen.

Kristin um Renato oder Renato um Kristin.

Wir um Dieter und Gisela oder Dieter und Gisela um uns.

Wie auch immer, es waren schöne Stunden gewesen. Und die waren nun vorbei.

Gisela packt. Sie kämpft im Cockpit mit Seesäcken und Reisetaschen und ruft Dieter in der Koje wilde Kommandos zu.

"Bitte erst mal nur die kleinen Sachen! Was will ich mit der Angelausrüstung?! Später! Gib mir mal hoch, was noch in den Seesack passt!"

"Ja, was passt denn noch in den Sack?", kommt es von unten.

"Anziehsachen halt. Kleines bitte!"

"Jetzt ist er voll. Was hast Du noch?"

"Die Angelsachen, die Anoraks, den ..."

"Die Anoraks! Hab ich glatt vergessen! Aber da ist ja auch noch ...!"

Ich hab mich in ein stilles Eck verkrochen, lese ein hochinteressantes Buch über Träume, die wir doch bitte auch leben sollten und nicht nur träumen, und bin für den Rest der Welt nicht mehr ansprechbar.

Andy übt sich in Videokünsten und Einstellungen, das bekomm ich auch noch so am Rande mit, er scheint Kristin an Deck zu filmen. Doch dann ...

"mAAAAAAAAAAAAAAAAAAAAAAAAhhhhh hhhhhhhhhhhhhhhhhhhhh"

Im gleichen Moment schnelle ich hoch. Ich sehe es aus den Augenwinkeln. Der Blick zwischen dem Niedergang und mir ist nicht mehr frei, denn dazwischen ... fällt Kristin!

Ein Bild, das eine Mutter wohl ein Leben lang nie vergessen wird: Die Tochter fällt.

Alles geschieht rasend schnell. Wie in Zeitlupe.

Kristin, nach mehr als zwei Metern am Boden aufgeschlagen, Dieter da, Andy da, ich da ... Kristin holt keine Luft mehr und läuft blau an.

Andy und ich kennen das schon. Wir müssen nur warten, bis sie bewusstlos wird, dann holt sie schon wieder Luft. Jegliche Aufregung ist Gift für sie.

Andy und ich wissen noch immer nicht, was sie sich getan hat, was tatsächlich passiert ist, - ist sie auf den Stufen des Niedergangs aufgeschlagen oder direkt durchgefallen? Hat sie sich was gebrochen? Ist sie während dem Fall womöglich mit dem Kopf unglücklich auf den Stufen gelandet? - doch im Moment scheint es das einzig wichtige zu seinen, Dieter davon abzuhalten, auf das Kind loszustürzen und die Situation nur zu verschlimmern.

Ich halte Kristin im Arm, sehe zu, wie ihre Lippen langsam blau werden, Andy und ich reden gemeinschaftlich auf Dieter ein, dass er sich doch bitte zurückhalten möge.

Dann, endlich, löst sich Kristins Erstarren, sie holt tief Luft und fängt an zu schreien.

Andy und ich durchbrechen ihr Schreien. Was tut weh? Wo tut's weh? Dürfen wir sie bewegen? Was ist tatsächlich passiert?

Nein, es ist nix passiert. Nein, Mama, mir tut nur mein Arm weh.

Doch gebrochen scheint er nicht.

Wir machen einen monströsen Verband um ihren Arm. Alles ist wieder gut. Kristin verzieht sich in ihre Koje und schläft.

Alles noch mal gut gegangen. Was für ein Glück!

Am nächsten Morgen werden Dieter und Gisela von Renato abgeholt. Alles gepackt, alles fertig, es geht ganz schnell. Und zurück bleiben: Kristin, Andy und ich.

Allein, wir sind allein, ... Warum nur war ich plötzlich so traurig? Andy - und vor allem ich - hatten uns doch so sehr darauf gefreut, endlich alleine zu sein, endlich alleine Segeln zu können!

Meine Gedanken gehen in die Vergangenheit zurück und da ist sie wieder. Diese geliebt-verhasste Stimme in mir, die mich jedes Mal aufs Neue zurückholt aus meinen Träumen und mit der Wirklichkeit konfrontiert. Ich mag sie nicht besonders, vor allem dann nicht, wenn sie mich in meinen schönen Träumen stört. Aber ich brauche sie. Vor allem in meinen Alpträumen. Und ganz besonders dann, wenn ich zu sehr vom Kurs abkomme:

"Ist doch alles Blödsinn!", meint nun diese Stimme sanft, aber dennoch entschieden zu mir, "Gisela ist nicht deine Mutter, sondern deine inzwischen zweite Stiefmutter. Und im Gegensatz zu deiner ersten Stiefmutter konntest du sie noch nie leiden. Deinen Vater hast du einst gehasst. Um dann laut zu schreien: "Ich liebe Dich! Ich liebe Dich!", damals, als er aus acht Metern Höhe Kopf voraus auf den Beton vor deinen Füßen fiel und niemand wusste, ob er es überleben würde ... In welcher Welt lebst du eigentlich? In einer, die nicht sehen möchte? In einer, die alles ganz gerne lieb und schön und nett und brav und angenehm hätte? Na ja, das hast du ja jetzt gehabt. Mehr als eine Woche lang!"

"Ja, das habe ich gehabt. Und es war doch wirklich schön gewesen! Endlich mal kein Streit und kein ..."

"Und dass Dieter gestern in einer demonstrativen Geste einfach die Tasche vor Giselas Füße fallen ließ, nur, weil sie nicht schnell genug zugriff und seinen Wünschen gehorchte? Hast Du das schon wieder vergessen? So ist er doch! Genau SO hast du ihn erlebt! Ein Leben lang! Jähzornig und herrschsüchtig und schlagkräftig. Und jetzt tust du so, als ob das alles halb so wild gewesen wäre?"

"Aber es hat doch jeder mal seine schlechten Tage", gebe ich zu bedenken.

"Schwachsinn! Mädchen, Du verdrehst da was! Dieter und Gisela hatten jetzt mal - endlich - ihre guten Tage! Das soll es tatsächlich auch geben. Und was meinst du, wie lange das noch gut gegangen wäre? Wie lange, meinst du, hätten sich alle noch beherrschen können? Einen Tag ... zwei Tage ... Wem oder was trauerst Du eigentlich nach?"

"Ich trauere den guten Tagen nach! Ich hatte sie schließlich ein ganzes Kinderleben lang vermisst!"

"Und nun willst Du die schlechten Tage einfach vergessen?"

"Ja, einfach. Doch irgendwie hast du schon Recht. Ich sollte nach vorne sehen und mich auf die kommenden Tage freuen. Wie es wohl werden wird?"

"Doris, hast Du schon nachgesehen, wo wir heute Nacht anlegen werden?" Andy reißt mich aus meinen Gedanken und bringt mich in die reale Welt zurück. Es gibt Dinge, die kann man nicht ändern und es gibt Dinge, die sind gerade wichtiger. Der Abschied war gestern, und heute ist heute. Gerade haben wir abgelegt und nehmen Kurs Richtung Süden: 180°. Ich widme mich den Hafenhandbüchern der italienischen Westküste. Doch bereits nach einer Stunde ist alles klar: Zwischen uns und der Straße von Messina gibt es keinen vernünftigen Hafen. Ich berichte Andy:

"Also alles an Häfen, was ich hier finde, ist wohl nur für einfache Fischerboote ausgelegt. Nicht für Yachten mit Tiefgang. Und 30-40 cm Wassertiefe reichen uns wohl nicht."

"Doris, das kann nicht sein! Gibt's denn an der ganzen Küste keinen Yachthafen?"

"Nein, sorry, ich hab das jetzt zigmal durchgelesen und gedreht und gewendet, aber mehr als vierzig Zentimeter Wassertiefe im Hafen kann ich Dir beim besten Willen nicht anbieten. Und das reicht uns ganz sicher nicht! Es sei denn Du möchtest ..."

"Also gibt's doch einen Hafen für unser Schiff!"

"Na ja, wie man's nimmt. Da steht halt: '... wurde im zweiten Weltkrieg schwer zerstört. Wer allerdings durch die herumliegenden Trümmer der ehemaligen Kaimauer gut hindurchmanövriert, findet sich anschließend in einem wunderschönen Hafenbecken wieder mit bis zu drei Metern Wassertiefe!' ... Sollen wir das machen?"

Andy schielt auf die Tankanzeige. "Also bis zur Straße von Messina jedenfalls reicht unser Sprit nicht mehr. Da müssen wir uns was einfallen lassen!"

"Das ist ganz einfach. Hier oben gibt es noch jede Menge Häfen. Der letzte ist in Cameroto. Da können wir tanken, duschen, essen, eigentlich alles tun, was das Herz begehrt. Du musst nur Deinen Kurs auf 95° ändern und wir sind gleich da."

"Gleich da? Das heißt ja dann, dass wir da Mittagessen können! Und was machen wir mit dem Rest des Tages?"

"Die Alternative wäre, dass wir da nur Auftanken und dann Kurs nehmen Richtung Straße von Messina. Da müssten wir morgen Mittag ankommen, das hab ich auch schon ausgerechnet."

"Also lass uns das doch machen!"

"Aye, aye, captain!"

Inzwischen ist es Nacht. Stockfinstere Nacht. Der Mond lässt auf sich warten. Ich stehe am Ruder und sehe nach vorne. Und ich sehe: Nichts. Wind still, Wasser still, Wellen still, nur der Motor läuft. Schrecklich laut. Und das Schiff pflügt durch die ruhige See. Ich kann nichts hören, außer den Motor.

Andy hat sich bereits schlafen gelegt um am nächsten Morgen die Schicht übernehmen zu können.

Es ist unheimlich. Einfach nur unheimlich. Und wenn mich jetzt jemand von hinten packt? Mädchen, reiß dich zusammen, du spinnst wohl. Ich drehe mich um. Nichts. Ist genauso schwarz wie vorne. Und wenn jetzt der Kompass nicht stimmt? Womöglich abgelenkt wird? Da gibt es doch so viele Möglichkeiten!

Nein, es ist kein Radio in der Nähe. Nein, auch keine versteckten Eisenteile. Nein, da ist ganz sicher nichts!

Aber wenn doch! Wir kollidieren GANZ SICHER gleich mit einer Kaimauer, die ich NICHT sehe! Gar nicht sehen kann! Und der Kompass geht ganz bestimmt falsch!

Kurz bevor ich überschnappe arretiere ich das Steuerrad, gehe ins Schiff zu Andy und wecke ihn.

Gott sei Dank. Mein Andy. Der beste Ehemann von allen! Er ist gleich wach und kann meinen Wunsch, er möge doch bitte im Cockpit schlafen, nur allzu gut verstehen. Es ist 'nur' sein Körper, der rebelliert, hat er doch gerade noch allzu gut geschlafen.

Doch bald ist alles umgebettet. Andy schläft im Cockpit, ich stehe am Ruder, und da kommt ganz sicher keine Kaimauer noch BEVOR ich irgendwelche Lichter eines Landwesens entdecke und sollte mich jemand von hinten angreifen wollen, dann werde ich ganz sicher mein imaginäres Schwert ziehen und ihn niedermetzeln.

Schließlich muss ich den Schlaf meines Mannes schützen, der doch immerhin ein Recht darauf hat. So wie alle Menschen ein Recht auf ihren Schlaf haben. Oder etwa nicht?

Niemals hätte ich es für möglich gehalten, doch wider Erwarten geht auch diese Nacht zu Ende. Ahne ich da nicht bereits den grauenden Morgen? Dort ist es doch, wo die Sonne aufgehen wird! Und als die ersten Sonnenstrahlen Andys Gesicht berühren bin ich überglücklich. Wie hübsch er doch ist, mein Prinz, im ersten Morgenlicht ... und wie friedlich er schläft.

Der Tag ist schön, das Leben ist schön, die Welt ist schön, es ist doch alles einfach nur herrlich. Die Sonne scheint. Und das Leben, es hat mich wieder.

Es ist noch nicht mal acht Uhr morgens, da sind alle Segel gesetzt. Ein wunderbarer Wind stellt uns seine Kräfte zur Verfügung. Andy ist inzwischen aufgewacht und die Straße von Messina nicht weit.

Wir werden es schaffen! Dieses Abenteuer. Dieses Abenteuer Mensch. Nein, was rede ich denn. Dieses Abenteuer, zu zweit, zusammen mit unserer kleinen Tochter, ein Schiff zu überführen. Wohin auch immer.

In der Straße von Messina

"**W**ie verhält man sich eigentlich in einem Verkehrstrennungsgebiet?"

Ganz stolz bin ich darauf, dass ich mir diesen Begriff 'Verkehrstrennungsgebiet' aus all dem Prüfungsstoff behalten habe. Immerhin hatte ich ja einst ganze drei Stunden lang auf die BR-Schein-Prüfung gelernt! Oder waren es weniger? Andy jedenfalls hatte es nie begriffen, denn er fing bereits ein halbes Jahr vor der Prüfung mit dem Lernen an. Schließlich war er ja auch schon eine ganze Weile draußen aus dem Lernen und da ist es anscheinend sehr schwer, wieder hineinzufinden.

Nicht so bei mir. Ich war mitten in meinem Betriebswirtschaftsstudium und Lernen war für mich kein Thema. Jedenfalls nicht dieses 'einfache' Lernen von irgendwelchen Regeln und Vorschriften. Noch dazu, wenn alle Prüfungsfragen bereits vorher bekannt sind. Die lernt frau halt einfach auswendig.

"Wie kannst Du das nur?", fragte mich damals der beste Ehemann von allen. "Also ich muss verstehen um was es geht, ich muss es nachvollziehen können, erst dann kann ich mir die Antwort auch merken."

"Na ja, bei mir ist das anders", erwiderte ich ihm damals. "Segeln lerne ich sowieso nicht in dieser kurzen Prüfungsphase, das ist doch wie mit dem Autofahren. Das lernt man auch erst nach der Führerscheinprüfung in der Praxis. Was ich jetzt machen muss, das ist einen Schein erwerben. Und da ist es vollkommen unerheblich, ob das nun ein Führerschein ist oder ein Lottoschein oder ein Teilnahmeschein an einem VHS-Kurs, oder auch ein Segelschein. Es gibt bestimmte Dinge, die man dafür tun muss - fahren lernen, Geld hinlegen, Zeit absitzen, was auch immer - und in diesem Fall stellen sie Fragen, die man beantworten muss. Na ja, und dann schreibe ich halt ganz einfach genau die Antworten hin, die von mir erwartet werden, will ich denn diese Prüfung bestehen. Ist doch ganz einfach."

"Ganz einfach?", Andy sieht mich völlig verständnislos an. "Du lernst das 'einfach so', ohne zu begreifen, was Du da lernst?"

"Ja, natürlich. Wirklich verstehen werde ich es eh erst später in der Praxis. Und wenn da 'Schnurzeldiputtifax steht als angebliche Antwort, dann lerne ich halt 'Schnurzeldiputtifax' auswendig. Das ist doch kein Problem. Die Prüfer wollen das so hören, also sag ich ihnen das so. Es geht doch nur um die Theorie, nur um ein kleines Stück buntes Papier ... oder etwa nicht?"

Kopfschüttelnd nimmt Andy es zur Kenntnis. Da ist so Vieles, was er nicht versteht. Da ist so Vieles, was er nie verstanden hat. Ich versuche es nochmals zu erklären:

"Schau mal, in der Betriebswirtschaft gibt es im Vordiplom ein bestimmtes Fach, durch das wird ausgesiebt, wer weiter ins Hauptstudium darf und wer nicht. Ist wohl in jedem Studiengang so. Und bei uns war das die Prüfung 'BWL I'. Auf die hab ich gelernt, hab die Zusammenhänge verstanden, hab die Prüfungsfragen entsprechend beantwortet und bin - durchgefallen. Na ja, hab wohl doch zu wenig gelernt. Man sucht ja immer den Fehler zuerst bei sich selbst. Und ich bekam ja eine zweite Chance. Und da büffelte ich natürlich wie irre. Ergebnis: Durchgefallen. Ich begann vollends an mir zu zweifeln. Waren denn eigene Meinungen und eigene Worte und eigenes Verstehen und Darlegen nicht mehr wichtig in der heutigen Welt? Oder war ich begriffsstutzig und hatte nichts wirklich begriffen? Ich verstand es nicht. Ich begann zu beobachten. Ich besorgte mir die Bücher des Dozenten, besorgte mir Mitschriebe von Kommilitonen, von denen ich wusste, dass sie (nahezu wörtlich) mitschrieben - um nicht zu sagen: mitstenographierten - lernte all das auswendig ... na ja, es waren nicht meine Worte, ich MUSSTE das auswendig lernen ... und bestand im dritten und allerletzten Anlauf mit 1,7. Das musst du dir auf der Zunge zergehen lassen!: EINS KOMMA SIEBEN ! Und das, weil ich 'fähig' war, wie ein Papagei nachzuplappern, was der Dozent mir vorsprach. Bitte verzeih, lieber Andy, aber das hat meinen Glauben an unser 'System' grundlegend erschüttert. Wenn ich also etwas haben oder erreichen möchte, dann plapper ich einfach nach - mit bisher grundsätzlich durchschlagendem Erfolg. Und ansonsten suche ich meinen eigenen Weg und kann nur hoffen, dass man mich in Ruhe lässt. So 'einfach' ist das. Und dann lern ich halt auch 'Schnurzeldiputtifax' auswendig, wenn ich einen (Segel-)Schein will und merke immer wieder, dass die wichtigen Dinge doch irgendwie hängen bleiben. Also nun noch mal meine Frage:

"Wie, bitte, verhält man sich in einem Verkehrstrennungsgebiet? Da war doch was ..."

"Also so genau weiß ich das auch nicht mehr! Ich glaube wir müssen uns rechts halten. Ich schau mal nach", meint Andy und verschwindet im Schiffsrumpf.

'Aha, soviel also zu auswendig lernen contra verstehen. Wo ich da nachsehen müsste, das wüsste ich selbstverständlich auch noch. Und das ganz ohne ein halbes Jahr gelernt zu haben ...' geht mir durch den Kopf und dann sind wir schon fast mittendrin in der Straße von Messina.

"Verdammt noch mal, wo bleibst Du denn? Wie muss ich jetzt fahren? Rechts oder links oder gerade aus? Welchen Kurs? Wir sind so gut wie da, die Leuchtfeuer gleich querab, was suchst Du denn noch?", rufe ich durch den Niedergang, hinter dem ich Andy vermute. Und da taucht er auch schon auf.

"Also halt Dich sicherheitshalber mal rechts, ich hab es gleich, warte, also da steht:

"Was ist ein Verkehrstrennungsgebiet?

In besonders stark befahrenen Seegebieten werden Verkehrstrennungsgebiete eingerichtet. Sie entsprechen den Autobahnen im Straßenverkehr. Das Fahrwasser wird in zwei Bereiche eingeteilt in der jeweils nur Verkehr in einer Richtung zugelassen ist."

"Ja, ist ja gut, aber wohin soll ich jetzt fahren?"

"Warte, warte, ich les ja schon weiter:

Wie fahre ich in einem Verkehrstrennungsgebiet?

Auf der Seite meiner Richtung fahre ich mit dem Sportboot soweit wie möglich rechts und halte mich frei von Trennlinien und Trennzonen. Ein- und Auslaufen darf man in diese Gebiete nur an den jeweiligen Enden dieser Fahrgebiete. In diesen Fahrgebieten sollen keine Kursänderungen von mehr als zehn Grad vorgenommen werden. Sollte es unvermeidbar sein in ein derartiges Verkehrstrennungsgebiet einzufahren, darf dieses Einfahren maximal im Winkel von zehn Grad zur Richtung des Verkehrsflusses geschehen."

"Verdammt noch mal, das krieg ich nie und nimmer hin! Wir sind schon viel zu nahe dran und ich müsste jetzt 270 Grad anlegen ... von wegen ich darf nur zehn Grad von der Fahrtrichtung des Fahrgebietes abweichen, das sind hier wohl 180° plus/minus zehn ... und nun?" Ich geh am Stock.

"Immer mit der Ruhe. Da steht ja noch mehr."

"Ja, dann lies endlich! Wohin soll ich jetzt was wie machen und mich verhalten? Da drin ist gerade kein Schiff, an dem ich mich orientieren könnte! Wir sind fremd hier! Absolut fremd! Wir sollten uns wenigstens anständig verhalten! Nun lies doch endlich!"

"Jetzt leg erst mal Kurs 270 Grad an und halte Dich rechts, an die Küste von Sizilien, und wenn Du mich mal zu Wort kommen lassen würdest, dann kann ich ja weiterlesen:

Queren eines Verkehrstrennungsgebietes
Verkehrstrennungsgebiete sollen nach Möglichkeit nicht gequert werden. Sollte es nicht möglich sein die Querung zu vermeiden, so muss die Durchfahrt mit dem Schiffskiel im rechten Winkel zur Fahrrichtung des Verkehrstrennungsgebietes erfolgen. Vom rechten Winkel des Schiffskieles darf maximal um zehn Grad abgewichen werden.

"Aha. Jetzt verstehe ich das endlich. Danke. Das heißt also, wir müssen jetzt erst mal rüber zur sizilianischen Küste, dann an der entlang fahren bis wir auf der Höhe von Reggio di Calabria sind und zuletzt quasi im Neunzig-Grad-Winkel quer rüber", ich werde langsam ruhiger, wenigstens weiß ich nun, was mich erwartet.

"Ja, genau. So steht es jedenfalls hier!", meint Andy noch und verschwindet dann wieder nach unten, um all die tollen Bücher zu verstauen, aus denen wir 'im Notfall' unser Wissen beziehen.

"Schau mal, das Motorboot da drüben, das hält sich aber auch an gar nix!", meine ich zu Andy und deute auf einen kleinen Flitzer, der gerade mitten in der Straße von Messina seine Haken schlägt.

"Na ja, Motorboote halten sich doch eh nie an gar nichts. Außerdem sind die klein und wendig und können viel schneller ausweichen als wir. Lass ihn doch!", erwidert der klügste aller Ehemänner.

"Ja aber der Dampfer da, der kreuzt doch die Straße gerade auch eher mit fünfundvierzig Grad als mit neunzig plus/minus zehn Grad. Ist der auch klein und wendig?" Ich sehe fragend zu Andy auf.

"Wir sollten uns das alles erst mal ein bisschen ansehen. Andere Länder, andere Sitten. Wir machen das zunächst mal so, wie wir es gelernt haben, und dann sehen wir weiter."

Es ist inzwischen neun Uhr morgens und ganz langsam bevölkert sich diese 'Autobahn' mit immer mehr Schiffen. Und jeder fährt ganz offensichtlich so, wie er es gerade gerne hätte. Und so weit im Süden haben sie ganz sicher noch nichts von den Regeln eines Verkehrstrennungsgebietes gehört. Jedenfalls merken wir rein gar nichts davon. Und genügend Platz hat es anscheinend auch. Ob das hier überhaupt ein Verkehrstrennungsgebiet ist?

Was soll's! Wir beschließen - nach überraschend kurzer Beratung - direkten Kurs auf Reggio di Calabria zu nehmen. Das sind gesteuerte 160 Grad, die den 'genehmigten' 90 bzw. 270 +/- 10 Grad diametral entgegenstehen, und steuern - so ganz unverfroren - unser Ziel direkt an.

Doch wir hatten eines übersehen: 'Kleine Sünden bestraft der liebe Gott gleich.'

Und er erinnert uns ganz schnell daran. Wir fahren gerade an einem Hafen an der italienischen Küste vorbei und fühlen uns wie Eindringlinge in fremdem Territorium, jedenfalls will ausgerechnet in diesem Moment, aus diesem Hafen, eine Fähre heraus. Die hat Heimvorteil. Und dann ist da noch ein anderer Dampfer, die will da offensichtlich rein. Natürlich auch mit Heimvorteil. Ach ja, und der Tanker da drüben, der zielt da irgendwie mittendurch? ... von den restlichen 'Kleinigkeiten' gar nicht zu reden. Und wir mittendrin. Mit gigantischen 7 Knoten Geschwindigkeit, die mir gerade kriechend langsam vorkommen. Anfangs noch zusehend, ausweichen wollend, dann nicht mehr ausweichen könnend, werden meine Hilfeschreie immer lauter.

"ANDYYY!" Ich sehe kein Entrinnen mehr. Und nach meinen bisherigen Erfahrungen nehmen so große Schiffskapitäne keinerlei Rücksicht auf kleine Sportboot-Eleven. Und der Platz ist nach meinem Ermessen eh schon viel zu klein für ein einlaufendes UND ein auslaufendes Schiff. Und wir sind jetzt da dazwischen ... kommt erschwerend hinzu. Ich bitte Andy darum, das Steuerrad zu übernehmen, ich persönlich ziehe es vor, mich in den Schiffsrumpf zu begeben, um mich auf das nahende Ende vorzubereiten. Andy übernimmt.

Der auslaufende Dampfer dreht und es stört ihn nicht sonderlich, dass wir uns in seinem Wendekreis befinden. Hat aber auch einen Vorteil: Das Wasser wird plötzlich ganz glatt ... ich bete fünf Ave-Marias ... sorry, muss mich berichtigen, ich hätte ganz sicher fünf Ave-Marias gebetet, und zwar freiwillig, wäre ich denn katholischen Glaubens gewesen. Ich muss unbedingt Katholik werden! All die Ave-Marias, die ich in meinem Leben in Gedanken bereits gebetet habe, die reichen womöglich noch einige Zeit! Also hätte ich als Katholik vielleicht schon heute Absolution für den Rest meines Lebens? Muss da mal genauer darüber nachdenken, wenn wir hier wieder raus sind.

Andy wird das schon deichseln. Die sich drehende Fähre nimmt Fahrt auf - und das von uns weg! Der andere Dampfer hat den Hafen inzwischen erreicht, auch der Tanker ist bereits vorbeigefahren. Und all die kleinen Motorboote flitzen eh dazwischen hin und her wie Elektronen im unendlichen Raum eines Atoms. Und so kann das Wunder geschehen: Unser Schiff schwimmt noch immer - Kiel nach unten - und zieht seine Wege durch das Wasser. Das muss von Gott gewollt sein!

Endlich ist alles wieder ein bisschen ruhiger geworden. Wir sind dem ganzen Tohuwabohu heil entkommen und ich widme mich den Hafenbeschreibungen. Doch da kommt mir etwas Interessantes zwischen die Finger.

"Andy, hör Dir das mal an!", rufe ich ihm schon im Niedergang entgegen. "Jetzt wundert mich gar nichts mehr! Wir haben hier eine Strömung, die fast so groß ist, wie die Rumpfgeschwindigkeit unseres Schiffes! Da steht nämlich:

'Durch die trichterförmige Gestalt der Meeresstraße sind die Gezeitenströme hier stärker als sonst im Mittelmeer. Die Strömung tritt als wechselnder Gezeitenstrom auf und erreicht Geschwindigkeiten von mehr als 5 sm/h, bei starken Winden kann diese Strömung sogar mehr als das doppelte erreichen.', ich sehe hoch zu Andy: "Haben wir ein Glück, dass im Moment nicht viel Wind ist! Gerade mal 2-3 Beaufort gegen uns. Jetzt weiß ich endlich, warum wir kaum vom Fleck kommen!"

Im Gegensatz zu mir ist das Andy jedoch schon längst klar. Er hat sich auf diese Reise wohl doch besser vorbereitet als ich. Jedenfalls segeltechnisch betrachtet. Und so meint er nur:

"Such Dir doch einfach mal ein paar Punkte an Land und peil die an. Dann kannst Du ja ausrechnen, wie groß die Strömung im Moment ist!"

Das lass ich mir natürlich nicht zweimal sagen. Peilen macht mächtig Spaß, wenn man es mal kann. Und so krame ich den Handpeilkompass raus und bin für die nächste Zeit vollauf beschäftigt. Und dann hab ich das Ergebnis: Vier Knoten Strom stehen gegen uns! Das heißt, dass wir bei einer Fahrt von sechs Knoten gerade mal zwei Knoten Fahrt über Grund machen. Na jetzt wundert mich gar nichts mehr!

"Dann war das vorhin mit den Dampfern da vor dem Hafen in etwa so, wie wenn eine Schnecke einem Traktor ausweichen möchte!", ist das Resümee meiner Berechnungen und mir jagt es nachträglich noch Schauer über den Rücken. Andy lächelt.

"Ja, so in etwa.", meint er ganz ruhig und völlig amüsiert darüber, dass ich dazu erst irgendwelche Berechnungen brauche und mir das nicht schon längst klar ist, so wie ihm auch. Es gibt wohl Vieles, in dem ich ihn nie wirklich verstehen werde. Aber das haben wir ganz offensichtlich gemeinsam. Dieses Nicht-Verstehen. Warum also sollte es mir anders gehen als ihm?

Kurz nach Eins sind wir endlich im Hafen. Und da hat's Duschen! Direkt am Steg! Wir stürzen uns wie ausgehungert darauf und machen uns erst später Gedanken darüber, wie bei siebenunddreißig Grad Lufttemperatur einer Leitung zwölf Grad Wassertemperatur entspringen können. Ob Reggio di Callabria das Wasser aus Sibirien bezieht?

An diesem Abend essen wir für drei. Völlig ausgehungert machen wir uns auf den Weg. Dieter, unser Smutje, ist nicht mehr an Bord, und irgendwie muss sich das wohl erst einspielen mit dem Essen kochen. Wir hatten da keinen Plan und das macht sich nun bemerkbar. Doch frisch geduscht und nett gestylt, lebenshungrig und interessiert an allem Neuen, vor allem an neuen Küchen natürlich, machen wir uns auf den Weg. Wo könnte es am besten schmecken? Ganz einfach: Da, wo am meisten los ist!

Fast eine Stunde schon wandern wir recht ratlos durch Reggio, doch ist da nichts, rein gar nichts, was unser Auge - respektive unseren Magen - erfreuen könnte. Der Hunger steigt, die Hoffnung sinkt. Doch dann, endlich, haben wir gefunden, was wir die ganze Zeit über suchten: Eine total überfüllte Pizzeria, mitten im Zentrum, da muss es einfach gut schmecken! Wären sonst so viele Leute hier? Wir finden gerade noch Platz an einem kleinen Tisch, an dem bereits ein Pärchen sitzt, wir fragen höflich und setzen uns nach bejahender Antwort.

Wir rufen den Kellner, nett, höflich, freundlich, wie wir meinen, wir lächeln, er lächelt und nickt, "uno momento per favore!" Kein Problem. Wir sehen ja selbst, dass hier die Hölle los ist.

Wir sehen dem Treiben zu, schauen uns an, was die anderen da auf ihren Tellern haben, alles so vielversprechend, ein erneuter, fragender Blick in Richtung des Kellners, dieser lächelt und nickt freundlich: "uno momento per favore" ... das kennen wir schon. Unser Hungerpegel steigt in den roten Bereich.

Wir beschließen, eine halbe Stunde später, als Alternative zur wolfsartigen Stürmung der Küche, unseren

Platz zu räumen und nach anderen Lokalitäten zu suchen. Vielleicht finden wir ja sogar noch etwas, wo wir Essen essen können und nicht nur riechen und anschauen ... Das Ausmaß unseres Hungers kann inzwischen nur noch mit vulgären Begriffen aus der Tierwelt beschrieben werden.

Mein Gehen ähnelt eher einem verzweifelten Schleppen, kurz vor dem Hungertod. Weit jedenfalls reicht es nicht mehr. Doch da! Keine zwei Straßen weiter! Tatsächlich in einer Nebenstraße ein ganz unscheinbares Schild, das auf ein 'ristorante' schließen lassen könnte. Andy sieht nach, kommt zurück:

"Ja, das ist schon ein Restaurant, die Speisekarte klingt ganz gut, aber da sitzt kein Mensch drin!"

"Das ist mir jetzt völlig egal!", gebe ich zur Antwort, Hauptsache ich bekomme jetzt irgendwas zum Essen, ob es schmeckt oder nicht ist mir inzwischen überhaupt nicht mehr wichtig! Doch womöglich hat das andere Gründe, warum hier kein Gast ist. Sind die Preise recht hoch?"

"Nein, gar nicht", meint Andy, "ich kann es mir auch nicht erklären."

"Also gehen wir da rein und dann werden wir schon sehen, was passiert!"

Und so gehen wir, gemeinsam sind wir stark, der Hunger macht uns noch stärker, hinab in die Pforten der Finsternis. Denn so in etwa mutet uns der Eingang des Lokals an, dunkel die Pforte, durch die wir nun schreiten, düster der dahinter verborgene Gang in die Unterwelt. Es wird immer schummriger. Doch dann ...

Angenehmes Licht, gedeckte Tische, wartende Kellner - und die alle für uns? Ja! Wirklich alle für uns! Wir setzen uns.

Ein Kellner bringt die Speisekarten. Einer zündet die Kerzen an. Einer bringt einen Aperitif, einer den Kinderstuhl. Einer kümmert sich um Kristin und bringt ihr gleich eine extra Speisekarte, die er ihr erklärt, einer bringt Vorspeisenhäppchen. Na die haben's nötig! Ob die alle auf uns gewartet haben? Gleich sieben Kellner, die um uns herumschwirren. Ist das wirklich eine solche Sensation, dass sich mal ein Gast hierher verirrt? Ich beobachte schweigend. Kann das Essen da überhaupt gut sein? Egal. Ich habe Hunger! Und so wähle ich aus der Speisekarte:

Als erstes natürlich einen Salat. Und wenn es hier als Vorspeise 'spagghetti bolognese' gibt, dann esse ich das natürlich als Vorspeise. Auch wenn ich das bisher nur als Hauptgericht kannte ... vergessen. Ich bin so was von hungrig! Eine Suppe natürlich als nächstes, doch dann ein Problem: Ich kann mich nicht zwischen der gemischten Fischplatte und der gemischten Fleischplatte entscheiden. Andy löst mein 'Problem' im Handumdrehen: "Ganz einfach, dann nimm doch beides!" Ich nehme beides. "Nachtisch auch?", eine nette Geste des Kellners, ich sehe es ja ein, aber ich winke zunächst mal ab. Ob ich dann noch einen Nachtisch hinunterbekomme, das erscheint selbst mir recht fragwürdig. Ich verschiebe diese Entscheidung auf 'nach dem Essen'.

Im Laufe des Abends kommen tatsächlich noch weitere Gäste. Und es wird ein fantastisches Essen! Aber Mittelpunkt ist und bleibt Kristin. Selten haben Andy und ich ein gutes Essen so genossen, denn die Kellner reißen sich geradezu darum, Kristin zu beschäftigen, damit wir in Ruhe essen können. Fantastisch. Ich muss unbedingt nach Italien ziehen!

Als Nachtisch gibt es Eis. Ich kann mich dann doch noch dazu durchringen, denn das Essen war einfach zu gut und die Ruhe zu verleitend. Außerdem können wir es unter gar keinen Umständen verantworten, Kristin und die Kellner allzu frühzeitig zu trennen. Und wer weiß, wann wir wieder etwas zum Essen bekommen, noch dazu etwas so Gutes?

Der Rückweg zum Schiff wird ungefähr genauso schwer wie der Hinweg. Nur dass wir diesmal nicht Hunger haben sondern einfach nur gemästet sind wie die ... Wahrscheinlich hätte man uns eher zum Schiff zurück rollen können. Wir sind so voll. Wir sind so zufrieden. Wir sind so glücklich ... und Kristin singt auf Andys Schultern ein Lied.

Wie es morgen weitergeht?
Woher sollen wir das heute schon wissen?
Morgen ist ein neuer Tag.

Gartenzäune in der Seekarte

Es ist Vormittag. Bestimmt schon 10:00 Uhr vorbei. Völlig unwillig blinzle ich dem neuen Tag entgegen. Warum kann das nicht immer so bleiben? So satt, so zufrieden, so ausgeruht, so glücklich? Umdrehen. Weiterschlafen. Nur dieses Gefühl nicht verlieren ... Kristin trällert vor sich hin. "Hänschen klein, ging allein, in die große Welt hinein, weinet sehr, wünsch ihm Glück, kehrt ja bald zurück." 'Interessante Kurzfassung' geht mir so durch den Kopf und ich werde doch langsam wach. In der Kajüte rumort es. Ja ja, mein Mann, der Frühaufsteher. Ergänzt sich einfach wunderbar! Ich halte nachts die Wache und er übernimmt sie morgens mit den ersten Sonnenstrahlen. Ein ideales Team.

Aber so langsam interessiert es mich doch, was da im Schiff so rumort und was hier so alles passiert, während ich eigentlich noch schlafen will ... ich quäle mich aus der Koje und öffne die Tür zum Salon.

Gerade mit größter Mühe aus Morpheus Armen befreit, zeigt sich mir ein niederschmetterndes Bild. Alle Bodenbretter weg, Kajüte unbegehbar, dazwischen der beste Ehemann von allen, völlig erstaunt zu mir blickend: "Was, Du bist schon wach? Komm, ich mach Dir gleich Kaffee!"

Ich sinke zurück in Morpheus Arme, bitte halte mich, das alles kann nur ein Alptraum sein! Doch die erste Tasse Kaffee macht es immer deutlicher sichtbar. Der Nebel verschwindet vor meinen Augen, die Rädchen im oberen Zehntel meines Körpers beginnen sich aus ihrer Erstarrung zu lösen und fangen ganz langsam an sich zu drehen ...

"Ich wollte hier nur Klarschiff machen! Nach der ganzen Zeit muss hier endlich mal geputzt werden! Tut mir leid, ich dachte, Du schläfst noch eine Weile!", so einen liebevoll sich entschuldigen wollenden Mann kann Frau doch einfach nur lieb haben ... schließlich hat er doch recht! Nach fast zwei Wochen Fahrt riecht es hier ganz sicher nicht mehr besonders gut.

Ich nehme die mir angebotene zweite Tasse Kaffee dankbar entgegen und sehe Andy zu. Ist doch einfach nur toll. Ich sitze hier, bei einer Tasse Kaffee, völlig entspannt und nur genießend, und sehe zu, wie andere arbeiten. Genau so muss es einfach sein.

Bei der dritten Tasse Kaffee formiert sich so langsam eine Idee in mir. Andy ist fertig, er passt gerade die Bodenbretter wieder ein, und jetzt könnte doch ich ... auch aufräumen! Denn nach Gogolin fuhren wir ja mit unserem Auto. Aber das war inzwischen wieder in Deutschland, Ingrid hatte es ja zurück gefahren. Wenn wir also in Zadar ankommen, dann müssen wir mit dem Zug zurück. Und so viel wir auch am Anfang benötigten, inzwischen ist das eine oder andere wohl entbehrlich geworden. Und so hatten wir vorsorglich Postpakete mitgenommen, damit wir bereits unterwegs wenigstens einen Teil unseres Gepäcks mit der Post zurückschicken können und es eben nicht auf unserer Bahn-Heimreise mitschleppen müssen. Ich krame die Postpakete heraus. Als erstes kommt Kristins Schneeanzug hinein. Ich halte ihn in den Händen, betrachte ihn von allen Seiten wie ein Relikt aus urzeitlicher Vergangenheit, und versuche ihn mit meinem Bikini und den 37 Grad, die gerade draußen an Lufttemperatur herrschen, in Einklang zu bringen. Es gelingt mir nicht. Der Schneeanzug verschwindet im Paket. So wie all die bereits gebrauchte Wäsche auch und noch so vieles, was ich ursprünglich mal als wichtig erachtete, was aber ob der herrschenden Bedingungen und Temperaturen einfach nur lächerlich wirkt.

Fünf Postpakete der Größe 'Large' sind so schnell gepackt und zurück bleibt nur das Wichtigste. Dass wir am südlichsten Punkt unserer Reise angekommen sind und die Fahrt nun wieder gen Norden geht, das realisiere ich erst viel, viel später. Zu spät?

"Mein Gott, sag mal, wo warst Du denn so lange?", empfange ich meinen Mann sieben Stunden nach seinem Aufbruch zur Post. Es ist inzwischen dunkel geworden.

"Du wirst es nicht glauben. Ich bin fix und alle. Machst Du mir bitte einen Kaffee? Ich muss mich erst mal hinsetzen. Alles der Reihe nach. Gleich erzähl ich Dir ...!"

"Also anfangs war das ja ganz lustig. Ich mit den fünf Paketen, zwei auf jeder Seite, eins auf dem Rücken, die Straßen hier sind nicht so breit. Ich habe die für mich alleine gebraucht. Du kannst Dir gar nicht vorstellen, wie das war, all die anderen Passanten hüpften und quetschten sich irgendwie an den Straßenrand, als ich mit meinen fünf Paketen kam! Im Grunde genommen hatte ich die Straße für mich. Und als ich dann endlich zur Post kam, da wollten sie gerade Mittagspause machen. Aber das war mir egal. Ich drängelte mich mit meinen Paketen gerade noch rein."

"Ja und dann?"

"Na ja dann, als der Postbeamte mich sah, da winkte er ab."

"Was heißt, er winkte ab?"

"Keine Ahnung! Vielleicht hatte er einfach keine Lust mehr, noch vor der Mittagspause einen so 'schwierigen Fall' zu bearbeiten. Aber ich bestand darauf."

"Was heißt, Du bestandst darauf?"

"Na ja, ich hab die fünf Pakete auf seine Waage geworfen und ihm klargemacht, dass die weggeschickt werden müssen. Er wollte sie nicht auf seiner Waage haben, ich habe gesagt, die bleiben da!"

"Ja, und dann?", frage ich mit höchster Bewunderung meinen geliebten Mann, denn schließlich kam er ja ohne die Pakete zurück ...

"Na ja, dann hat er mir ein paar Formulare in die Hand gedrückt und mir gesagt, ich muss für jedes Paket den Schein ausfüllen und ganz genau aufschreiben, was drin ist."

In diesem Moment bleibt mir einfach die Luft weg. Das kann doch kein Mensch mehr wissen, in welchem Paket nun die dreckigen Unterhosen und in welchem die sperrigen Winterjacken waren! Was ging in dem Beamten nur vor? Hatte er wirklich 'nur' keine Lust mehr? Oder sind das die Vorschriften hier in diesem Land? Völlig unvorstellbar. Und zu Andy gewandt:

"Ja, und was hast Du dann gemacht? Du hättest doch alle Pakete wieder aufreißen müssen um zu sehen, was drin ist!"

"Also Doris! Was denkst Du denn von mir? Der kam mir gerade recht! Ich habe ihm fünf ganz lange Listen geschrieben!"

"Und was hast Du da hineingeschrieben?"

"Na ja das, was drin war! Weißt Du es denn noch? Ich habe mir einfach das Wörterbuch geschnappt, alles was mit Kleidung zu tun hat nachgeschlagen, und dann schrieb ich munter drauflos: 'Fünf paar schmutzige Socken, zehn gebrauchte Unterhosen, eine nicht benötigte Skijacke, drei getragene Hosen, fünf schmutzige Pullover, ... und immer wenn ich dachte das reicht für ein Paket, dann schrieb ich auf dem nächsten Zettel weiter!"

"Ja und das hat der Postbeamte dann geschluckt?"

"Hat er schlucken müssen! Ich hatte ja ziemlich viel Zeit, bis die Mittagspause wieder zu Ende war. Und danach brauchte ich noch immer eine ganze Weile, bis all die Zettel ausgefüllt waren. Jedenfalls kam ich dann an den Schalter und hatte zu jedem Paket ein Inhaltsverzeichnis", Andy kichert laut vor sich hin, "doch der gute Mann am Schalter hat mir das nicht glauben wollen! Ich war inzwischen auf hundertachtzig und sah den Postbeamten nur an, deutete nacheinander auf einen Zettel und dann auf ein Paket und sagte nur: DAS ist DA drin!" Und da hat er es dann abfertigen müssen. Es sei denn, er hätte die Pakete selbst aufreißen wollen. Aber das wäre dann noch mehr Arbeit gewesen, und die wollte er sich sicher nicht auch noch aufhalsen. Nun ging er dazu über, die Abfertigung hinauszuzögern, und irgendwann meinte er mir erzählen zu müssen, die Post würde jetzt schließen. Ich sollte doch bitte am nächsten Tag wieder kommen. Da hab ich ihm erzählt, ich würde mit meinen Paketen bleiben, bis das erledigt sei! Und wenn es die ganze Nacht dauern würde! Plötzlich ging alles sehr schnell.

"Und Du meinst, die Pakete sind jetzt tatsächlich auf dem Postweg?"

"Ja natürlich. Und wenn was ist: Hier sind meine ganzen Belege! Mit italienischen Stempeln nur so gespickt! Die sollen es nur wagen ...!"

Auch wenn es an dieser Stelle vorgegriffen ist: Die Pakete kamen tatsächlich bei uns daheim in Deutschland an. Und zwar mehr als drei Wochen später, am gleichen Tag wie wir selbst ...

An diesem Abend machen wir es uns auf dem Schiff gemütlich. Frisch geduscht, frisch geputzt, auf-, ausgeräumt und bereit für neue Taten. Wir besprechen den weiteren Weg.

"Während Du bei der Post warst, hab ich mir mal den weiteren Weg angesehen", beginne ich vorsichtig, denn das, was ich nun zu berichten habe, ist nicht so prickelnd ...

"Also hier unten schaut es wirklich schlecht aus mit Häfen. Irgendwie sind die hier nicht auf Yachten-Tourismus eingestellt, sondern eher auf Fischerboote mit wenig Tiefgang. Aufgetankt haben wir heute und Gas zum Kochen hast Du ja auch mitgebracht, aber wenn der Wind gegen uns ist, dann müssen wir in Crotone wieder tanken. Um von hier aus gleich bis zu Italiens Absatz durchzufahren reicht unser Tank nicht. Der Hafen klingt zwar nicht besonders toll, vor allem die Anfahrt soll recht kompliziert sein wegen aller möglichen Untiefen und ein paar gesunkenen Schiffen, aber es ist weit und breit der einzige Hafen mit Tankstelle, wenn wir keinen größeren Umweg in den Golfo di Taranto machen wollen. Was hältst Du davon?" Erwartungsvoll sehe ich zu Andy.

Er betrachtet alles eine Weile selbst auf der Karte und meint dann: "Ja, das ist wohl richtig. Doch was hältst Du davon, wenn wir uns in jedem Fall vornehmen, möglichst gleich weiter nach Léuca zu fahren? Der Hafen klingt doch richtig gut und interessant!" Ich kann mir ein bestimmtes Lächeln nicht verkneifen, denn genau das war es, auf was ich hinauswollte! Das ging ja leichter als gedacht!

"Na ja, wir müssen dann morgen halt sehr früh los, damit wir in Léuca nicht mitten in der Nacht ankommen. Und außerdem muss der Wind auf unserer Seite sein, denn allein unter Motor schaffen wir die Strecke nicht. Wollen wir's anpacken?"

"Ja klar! Wir sind doch jetzt ausgeruht, was hindert uns daran? Weißt Du was? Ich lege morgen früh alleine ab, dann kannst Du noch ausschlafen!"

"Also wenn Du alleine ablegst, dann werde ich nicht schlafen, dann werde ich Dich filmen!", entgegne ich meinem Mann und schon bald ist alles beschlossene Sache. Wir besprechen noch ein paar Einzelheiten und legen unser Reiseziel nicht absolut fest, sondern machen es abhängig von unserer Verfassung nach der erneuten Nachtfahrt und von Wind- und Wetter- und Sprit-Bedingungen am übernächsten Morgen.

Doch zunächst ist Schlafen angesagt, damit wir auch ausgeruht sind für unsere nunmehr dritte Nachtfahrt. Dabei sollte es doch ursprünglich bei einer Nachtfahrt bleiben!

"Kommst Du? Wir können ablegen! Ich habe alles vorbereitet, die Kamera ist oben. Oder möchtest Du doch lieber weiterschlafen?" Andy sitzt bereits fix und fertig neben mir in der Koje und versucht mich zu wecken. Dabei bin ich doch gerade erst eingeschlafen! Es muss kurz nach Mitternacht sein.

"Schau mal, die Sonne scheint, ..."

"Wie viel Uhr haben wir denn?", unterbreche ich Andy noch völlig verschlafen und kämpfe gleichzeitig verzweifelt darum, endlich wach zu werden. Immer diese Frühaufsteher. Die können manchmal richtig ätzend sein, wenn sie in aller Herrgottsfrühe so frische Laune versprühen.

Aber dann fällt mir alles wieder ein und ich bin schlagartig wach. Natürlich muss ich raus, ich will ja filmen! Und so bewaffne ich mich mit der Kamera und gehe mit hoch ins Cockpit.

Es ist wirklich furchtbar hell da draußen. Ob in Italien die Sonne morgens heller scheint als woanders? Oder bin nur ich so empfindlich? Ich habe keine Zeit weiter darüber nachzudenken, denn jetzt geht die ganze Action los. Gott sei Dank hat Andy die Kamera vorbereitet und ich muss nur aufs Knöpfchen drücken. Er macht sich wirklich gut so ganz alleine! Doch dann hakt's doch.

Die Heckleinen sind gelöst, das Schiff nimmt Fahrt auf, weil die Muring nach vorne zieht, jetzt heißt es schnell handeln, wenn man alleine ist, denn die Muring vorne muss rechtzeitig gelöst werden bevor sie auf Spannung kommt. Ansonsten schnalzt das Schiff, ähnlich wie bei einem gespannten Gummiseil, wieder zurück.

Andy springt über das Schiff wie eine junge Geiß. Ich schwenke mit der Kamera mit und habe alles im Bild. Doch plötzlich stimmt irgendwas nicht, das Schiff bremst plötzlich ab. Erschrocken sehe ich hoch und erkenne es sofort: Unser Rettungsring hat sich mit dem vom Nachbarschiff verhakt.

Andy vorne am Bug, die Muring zieht, und ich springe mitsamt der Kamera quer über das ganze Cockpit, um die Rettungsringe wieder voneinander zu lösen. Die Kamera noch immer in der einen Hand ist es gar nicht so leicht, zwei verkeilte Rettungsringe mit nur einer freien Hand zu lösen. Und viel Zeit habe ich nicht, der Zug auf die beiden Rettungsringe wird sekündlich stärker: Unser Schiff strebt nach vorne, das Nachbarschiff jedoch will bleiben. In letzter Sekunde schaffe ich es, die Verstrickung zu lösen und gehe wieder zurück an meinem Platz. Die Kamera läuft noch immer. Ich filme weiter, ganz so, als ob gar nichts geschehen wäre. Ist ja auch alles gut gegangen!

Andy hat inzwischen die Muringleinen von den Bug-Klampen gelöst und springt zurück zum Steuer. Gang einlegen, noch ein prüfender Blick, ob der Weg auch frei ist und alle Leinen gelöst - ganz langsam schieben sich fast dreizehn Meter Schiff aus dem Liegeplatz der vergangenen zwei Tage heraus. Wir verlassen den Hafen von Reggio di Callabria, bereit zu neuen Abenteuern. Ich kann wieder schlafen gehen.

Den ganzen Tag pflügt unser Schiff durch fast spiegelglattes Wasser. Kaum Wind und dieses bisschen auch noch aus der falschen Richtung. Es ist zum aus der Haut fahren. Da haben wir ein wunderschönes Segelboot und müssen ständig motoren. Das ist so frustrierend, es ist fast so als würde man Skifahren gehen und müsste seine Skier mangels Schnee die meiste Zeit tragen.

Am Spätnachmittag kommt endlich etwas mehr Wind auf und wir setzen die Segel. Aber wir haben uns wohl zu früh gefreut, der Wind steht keine dreißig Minuten. Also wieder runter mit den Segeln.

Eigentlich so, wie es uns auf dieser Fahrt fast ständig geht: Segel setzen, denn da könnte ja ein bisschen Wind sein. Segel einholen, denn ein Schneckentempo von zwei Knoten Fahrt können wir uns bei dieser Überführung einfach nicht leisten.

Aber uns bleibt ja noch Zeit in Jugoslawien! Bisher sind wir gut vorwärts gekommen und so hegen wir die Hoffnung, dass wir vielleicht sogar mehr als eine Woche an der jugoslawischen Küste mit Segeln verbringen können. Wir freuen uns schon sehr darauf. Inzwischen ist es dunkel geworden.

"Sag mal, weißt Du, was das Funkellicht da vorne bedeutet? Es ist mitten auf dem Wasser! Sieh mal nach, ob Du irgendwas darüber in der Karte oder in Beschreibungen findest!" Ich gehe kurz hoch ins Cockpit, um mir das selbst anzusehen. Es ist kurz vor Mitternacht und stockdunkel, aber vor uns leuchtet tatsächlich ein Licht, das da nicht sein sollte. Ich gehe runter ins Schiff und suche die Seekarten ab. Was nur könnte das sein? Ich finde nichts. Ich gehe wieder zu Andy.

"Also in den Karten ist rein gar nichts verzeichnet. Es dürfte vor uns eigentlich auch gar kein Licht sein! Das einzige, was mir aufgefallen ist, da sind lauter so komische Gartenzäune in der Seekarte und ich finde nichts darüber. Weißt Du, was die bedeuten könnten?"

"Nein", meint Andy, "über Gartenzäune in der Seekarte weiß ich nichts. Und Du sagst über das Licht da vorne steht auch nichts drin? Bring mir mal bitte die Taschenlampe hoch!"

Ich hole die Taschenlampe und frage: "Was willst Du denn mit der? Willst Du uns jetzt den Weg ausleuchten? Das kann ich Dir gleich verbindlich sagen: Mit der Taschenlampe kommst Du da nicht weit!"

"Nein nein, ich hab nur so ein ungutes Gefühl!", wir beide starren weiterhin gespannt auf dieses ominöse Funkellicht. Andy nimmt die Taschenlampe, knipst sie an, leuchtet neben das Schiff ... und dann geht alles furchtbar schnell.

Mit voller Wucht reißt Andy, das Steuerrad herum, so, dass das Schiff eine Schräglage von locker fünfundvierzig Grad bekommt. Ich werfe mich im gleichen Moment mit einem Hechtsprung auf den Gashebel am Boden um auszukuppeln, denn im Schein der Taschenlampe sind ... Netze!

Einfach unvorstellbar. Das Funkellicht ist noch gute zwei bis drei Seemeilen vor uns und hier sind völlig unbeleuchtete Fischernetze! Müssten die nicht an ihren Enden beleuchtet sein? Aber auch das ist in Italien wohl anders, wie so Vieles. Wir beschließen Schleichfahrt.

Die Netze sind überall. Vor uns, neben uns, hinter uns, was für ein Glück nur, dass sich unsere Schraube noch immer dreht! Denn Tauchen, um die Schraube von eventuellen Netzen zu befreien, möchte jetzt und hier, mitten in der Nacht, mitten auf See, eigentlich niemand so wirklich gerne!

Nach einer halben Stunde Schleichfahrt haben wir das System erkannt. Das Funkellicht scheint in der Mitte von mehreren Stellnetzen zu stehen, die sternförmig ausgebracht sind. Wir vergewissern uns noch eine Weile, aber dann sind wir sicher, dass nun kein weiteres Netz mehr auftauchen wird und so nehmen wir wieder Fahrt auf. Wir haben schließlich noch eine ganz schöne Strecke vor uns!

Gegen Morgen kommt endlich Wind auf. Es ist fünf Uhr und wir beschließen, Segel zu setzen. Ein herrliches Gefühl: Endlich Segeln! Unter diesen Umständen verblasst natürlich der Gedanke an Crotone und wir peilen Léuca direkt an. Ein paar Stunden nur muss der Wind halten, dann klappt es bis Léuca. Hält er nicht, dann müssen wir wieder zurück nach Crotone. Aber daran mag keiner denken.

Andy ist müde und will schlafen. Wir binden sicherheitshalber noch ein Reff ein und dann verkriecht sich Andy in seine Koje.

Kann es was Schöneres geben? Als bei leichter Schräglage mit sechs Knoten Fahrt in den neuen Tag zu segeln? Nur der Wind, das Meer, unser Schiff und ich. Zum ersten Mal stehe ich bei solchen Wetterbedingungen alleine am Steuer. Vier bis fünf Windstärken sind einfach ideal zum 'Eingewöhnen' und ich fange an, Segeln lieben zu lernen.

Abends um sieben stehen wir vor dem Hafen von Leuca. Der Wind hat genau vier Stunden gehalten. Das war ganz sicher nicht zu viel, aber auch nicht zu wenig. Den Rest schafften wir unter Motor.

Und nun nehmen wir direkten Kurs auf die Hafeneinfahrt, na ja, nicht ganz direkten, denn da sind so viele Fischerboote unterwegs, an denen wir anstandshalber in gebührendem Abstand vorbeifahren. Wir können uns deshalb auch deren Blicke nicht so ganz erklären, denn offensichtlich scheinen wir gerade vom Mars eingeflogen zu sein. Oder so ähnlich. Vielleicht auch haben diese Fischer in ihrem Leben noch nie eine so große Yacht gesehen. Und das unisono. Die Blicke, die uns begleiten, kommen aus weit aufgerissenen Augen. Wir haben keine Zeit uns weiter darum zu kümmern, denn die Hafenlichter sind direkt vor uns, wir können einlaufen, doch ...

"Das gibt es nicht!", entfährt es Andy, als wir mit dem Schiff in der Hafeneinfahrt stehen. Denn eigentlich sollte da ein Hafen sein - aber da ist keiner! Hinter der monströsen Hafeneinfahrt noch eine kleine Pfütze, jede Menge Fischerboote auf dem Trockenen, doch wo war das in der Hafenbeschreibung versprochene neu ausgebaggerte große Hafenbecken? Mit all den Duschen und sanitären Einrichtungen und Tankstellen und ... und ... so schnell also können Träume platzen, Andy legt den Rückwärtsgang ein. Zum Wenden reicht der Platz nicht. Unsere Fassungslosigkeit ist bodenlos und unter den uns begleitenden ebenso fassungslosen Blicken der Fischer nehmen wir wieder Fahrt auf. Doch wohin jetzt, übermüdet wie wir sind, so ganz ohne Plan?

"Jetzt fahr einfach mal weiter die Küste entlang, ich suche derweil in den Karten nach dem nächsten Hafen. Wir brauchen ja auch einen, wo wir tanken können. Wird schon werden.

Ich gehe zum Navigationstisch und sehe mir die Karte an. Spätestens jetzt weiß ich, warum wir uns einst die Mühe machten und lauter bunte Punkte in die Karte malten. Ich sehe es auf einen Blick: Tricase ist der nächste geeignete Hafen. Gerade mal elf Seemeilen, das können wir locker noch schaffen. Ich lese sicherheitshalber noch mal in der Hafenbeschreibung nach und kann es dann Andy melden:

"Andy, das ist gar nicht so weit. Wir müssen nach Tricase, das sind elf Seemeilen, vielleicht zwei Stunden noch, das schaffen wir schon! Du musst fünfundzwanzig Grad anlegen."

Keine zwei Stunden später sehen wir den Hafen schon von weitem. Na endlich. Wir beide sind übermüdet, haben Hunger, sind schon viel länger unterwegs als eigentlich für diese Etappenfahrt geplant war. Aber jetzt hat das hier ja ein Ende. Wenn nur diese verdammt riesige Kaimauer nicht wäre ...

"Sag mal, steht da was darüber in der Hafenbeschreibung? Tricase muss ja eine gewaltig große Kaimauer haben, die geht fast über die ganze Bucht! Schau mal nach!", bittet mich Andy und ich gehe runter und suche.

Doch ich finde: Nichts.

"Nein, da steht nichts darüber geschrieben. Das ist eine ganz normale Hafeneinfahrt an Land. Aber ich trau hier nichts und niemandem mehr. In den Büchern stand ja auch, dass Léuca einen tollen Hafen hat!"

Wir werden und werden nicht schlau aus dieser unüberwindlich scheinenden Kaimauer. Sie ist fantastisch beleuchtet. In regelmäßigen Abständen sind da richtig helle Lichter. Doch egal wohin wir unser Schiff auch wenden, zum Hafen selbst scheint kein Durchkommen möglich. Diese Mauer hat einfach keinen Durchlass. Ganz verzweifelt motoren wir schon seit über einer Stunde vor dieser ominösen Kaimauer herum. Dabei ist der Hafen ganz klar zu erkennen! Doch zwischen uns und der Hafeneinfahrt versperrt dies monströse Ungetüm den Weg.

"Weißt Du was, wir fahren jetzt einfach mal auf diese Mauer zu. Und wenn wir dann dran sind, dann fahren wir an ihr entlang und dann werden wir schon irgendwo einen Durchlass finden!", meint Andy. "Gehst Du mal runter und beobachtest die Tiefe?"

Ich gehe runter und beobachte. Da ist mehr als genug Wasser. Mehr als genug Tiefe. Der Tiefenmesser zeigt gar nichts an. Der ist sicher kaputt!

Wir fahren - mal wieder in Schleichfahrt - auf die Mauer zu. Direkter Crash-Kurs. Wir sind müde. Nach über 40 Stunden Fahrt einfach nur müde.

"Buona sera", nicken wir freundlich dem Fischer zu, der da in seinem kleinen Boot sitzt und mit einem gigantisch hellen Halogen-Scheinwerfer auf Tintenfischfang geht. So wie all die anderen 'Hafenmauer-Beleuchtungen' auch. Es ist einfach nur lächerlich. Wie kann man Tintenfisch-jagende Italiener nur für Kaimauerbeleuchtungen halten? Doch das geht offensichtlich ganz leicht, wenn man müde und hungrig ist und das Etappenziel weit hinter dem ursprünglich geplanten liegt. Unsere einzige Entschuldigung. Bitte verraten Sie es niemandem!

Um 22:45 Uhr können wir endlich im Hafen festmachen. Der war ganz leicht zu finden - hinter dieser völlig irrealen Kaimauer!

"Komm, mach schnell, ich würde gerne noch Essen gehen. Ich hab einen Wahnsinnshunger! Lass doch einfach alles so liegen und stehen wie es ist!", ein flehentlicher Blick von mir zu Andy. Wir schließen das Schiff ab und ziehen los. "Meinst Du wirklich, in so einem kleinen Dorf bekommen wir um diese Zeit noch was zum Essen?", fragt mich Andy ungläubig.

"Keine Ahnung, aber ich möchte es zumindest probieren! Schau, dort steht ein Schild mit Pfeil: 'Ristorante Bellavista', soweit kann das doch nicht sein! Tricase bedeutet 'drei Häuser', also kann das hier nicht besonders groß sein und die Wege demzufolge nicht besonders weit!" Wir machen uns auf den Weg. Es geht steil bergauf. Aber es heißt ja auch Ristorante 'Bellavista'! Wo sonst sollte man eine schöne Aussicht genießen können, wenn nicht von ganz weit oben?

Eine Stunde später, es ist kurz vor Mitternacht, stehen wir auf der Spitze des Berges. Da ist tatsächlich ein

Restaurant. Und - welch unglaubliche Fügung des Schicksals - da ist tatsächlich noch Licht! Wir treten ein.

Nett, gemütlich, angenehme Atmosphäre, ein paar Einheimische sitzen an den Tischen. Wir suchen uns einen Platz am Fenster, von dem aus wir den Hafen betrachten können. Ganz weit in der Ferne, ganz weit unter uns, sehen wir unser Schiff ruhig im Hafenbecken liegen. Die Bedienung kommt und wir fragen nach der Speisekarte.

"Tut mir leid, aber die Küche hat bereits um 23:00 geschlossen. Möchten Sie etwas trinken?" Ich bin kurz davor, in Tränen auszubrechen. Seit gestern Morgen sind wir unterwegs, dann noch dieser Kraftakt zum nächsten Hafen mit anschließender Bergbesteigung, und das alles nur um mir anzuhören, es gäbe nichts mehr zum Essen? Mein Zustand muss die Bedienung erweicht haben. "Warten Sie einen Moment, ich frag mal nach!" Keine dreißig Sekunden später kommt sie mit zwei Speisekarten zurück. "Die Chefin hat gesagt, sie können gerne noch etwas essen. Suchen Sie nur in Ruhe aus!"

Oh ja, Italien. Es lebe Italien. Ich liebe Italien. Vor allem diese gebotene Gastfreundschaft, der wir hier ständig begegnen, ist einfach nicht zu übertreffen. Wir suchen aus. Wir suchen in Ruhe aus. Und wir sind nur zu gerne bereit, den Tagesumsatz dieser netten Chefin nun ad hoc zu verdoppeln. Zumal wir das mit dem 'Zurück-Rollen' heute ja wörtlich nehmen können: Bis zu unserem Schiff geht's nur bergab.

"Jetzt weiß ich endlich, was diese Gartenzäune in der Seekarte bedeuten, ich hab's gefunden! Bin ich froh, dass ich das vorgestern noch nicht wusste!", mir jagt es noch immer Schauer über den Rücken, während ich Andy von meinen neuesten Erkenntnissen berichte.

"Was bedeutet es denn? Hast Du in der Kartenlegende nachgesehen?", fragt Andy, während wir unserem nächsten Ziel entgegendümpeln. Kein Wind weit und breit, kaum Diesel im Tank, da die Tankstelle in Tricase unauffindbar blieb, haben wir alles gesetzt, was sich Segel nennt - oder auch nur nennen könnte. Bis Brindisi sind es über sechzig Seemeilen, für höchstens zwanzig Seemeilen haben wir noch Sprit.

"Jetzt sag schon, was bedeuten denn diese ominösen Gartenzäune in der Seekarte?"

"Das sind Wracks! Da sind in der Karte alle bisher gesunkenen Schiffe eingezeichnet, die ein Hindernis für die Schifffahrt darstellen könnten."

"Na ja, das ist halt der Kap-Effekt, den sicher auch Italiens Stiefel hat. Da geht es wohl öfters recht stürmisch zu und nicht immer so ruhig und windstill wie bei uns", meint Andy vollkommen sachlich, während ich nachträglich tausend Tode sterbe.

Aber das ist er wohl. Der Unterschied. Der Unterschied zwischen meinem Mann und mir: Ihn interessieren nur die Tatsachen und ich bin froh, wenn ich nichts von ihnen weiß. Es ist wie mit den drei Affen: Augen zu, Mund zu, Ohren zu. Und irgendwie geht's schon weiter.

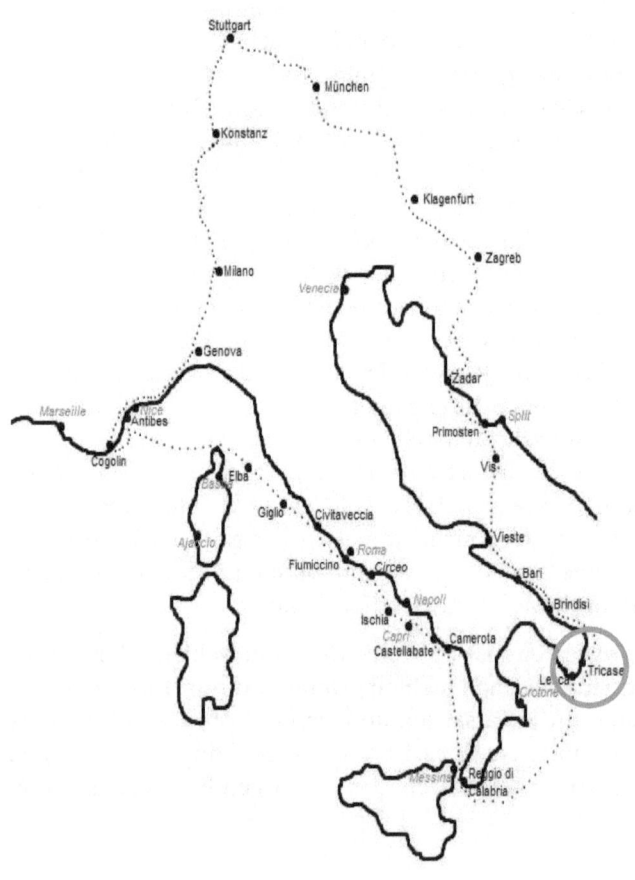

Es ist kurz nach elf Uhr in der Nacht, ich schreibe ins Logbuch: "Funkel-Tonne Brindisi gesichtet, Segel ein, Motor an." Es sind wohl noch so um die zehn Seemeilen, doch dafür müsste der Sprit reichen.

Gut zwei Stunden später stehen wir vor der Hafeneinfahrt. Rechts eine grüne Boje auf dem Wasser, links der rote Leuchtturm auf den Felsen. Die erste Einfahrt.

Die zweite Einfahrt wird dann schon enger, das grüne Licht zeigt den Beginn der seeseitigen Kaimauer an. Meine Herren, haben die sich was einfallen lassen! Diese Kaimauer hier übertrifft unsere 'Fata-Morgana-Mauer' von Tricase um ein Vielfaches. Und die hier ist echt!

Vom Hafen selbst noch weit und breit keine Spur.

Die nunmehr dritte Einfahrt führt uns dann endlich ins eigentliche Hafenbecken. Gemütlich ist es hier nicht besonders, das wissen wir aufgrund der Hafenbeschreibung schon länger, aber die Versorgungsmöglichkeiten hinsichtlich Wasser, Strom und Sprit sind umso besser. Schließlich wird dieser Hafen von der italienischen Mafia beherrscht. Und auch die italienische Marine hat hier ihren Sitz. Genial. Einfach nur genial. Alles ist beieinander. Es ist der Umschlagplatz nach Albanien, nach Griechenland und in die Adria auch. Wir wagen uns in die Höhle des Löwen, den Umständen gehorchend, denn ohne Tanken geht's einfach nicht weiter. Es ist zwei Uhr morgens.

"Schau mal, da vorne an der Straße, an der Mauer da, da liegen schon ein paar Yachten, was meinst Du? Legen wir uns einfach dazu?", frage ich Andy, denn nachts um zwei noch nach einem geeigneten Yachthafen zu suchen erscheint mir etwas unwirklich. Zumal wir um diese Zeit wohl niemanden mehr finden werden, der uns einweisen könnte und schlimmstenfalls würden wir - an falscher Stelle geparkt - womöglich glatt versenkt werden ... wir wollen es lieber nicht darauf ankommen lassen.

"Ja, klar, da passen wir gut dazwischen. Du weißt ja, wir müssen ankern. Übernimm mal das Steuer, dann mach ich den Anker klar!"

Ich übernehme, mit nicht gerade berauschenden Gefühlen. Ich und ankern! Mir bleibt auf dieser Fahrt auch wirklich nichts erspart. Die Kaimauer nähert sich.

"Anker läuft!", das Kommando von Andy, ich peile rückwärts die Kaimauer an, vergiss es. Da hält nichts. Schon gleich gar kein Anker. Also noch mal von vorne.

Anker einholen, Schleife drehen, Schiff neu in Position bringen ... "Anker fällt!", kommt von Andy, ich rückwärts zur Kaimauer, fallen mag er wohl, aber halten tut er nicht. Klappe die dritte. Ich hole noch weiter aus.

Anker einholen, Schleife drehen, Schiff wieder in Position bringen ... "Anker läuft fallend", oder irgendwie so, das Kommando von Andy - auf dem Schiff nebenan sind sie ob unserer dilettantischen Manöver schon längst wach geworden - ich peile rückwärts die Kaimauer an.

Anker hält! Unglaublich. Das war noch nie da gewesen. Der hält tatsächlich?

"Lass mal ein bisschen Leine nach, sonst reicht es mir nicht bis zur Kaimauer", nun meinerseits das Kommando zu Andy.

Die verschlafenen, aber dennoch menschenähnlichen Wesen aus dem Nachbarschiff breiten die Arme aus, um unsere Heckleinen in Empfang zu nehmen. Und so schaffen wir es gemeinsam tatsächlich, dass ich um 02:15 Uhr ins Logbuch schreiben kann: "Fest vor Buganker (aber wie!) im Hafen von Brindisi."

Soviel Mithilfe hat natürlich ihren Lohn verdient. Und so geben wir einen aus und sitzen noch eine Weile zusammen, die drei Schweizer vom Nachbarschiff, und wir. Seemannsgarn mag spinnen.

"Sag mal, was war denn nun schon wieder los?", mit fragendem Blick sehe ich Andy entgegen, der gerade von der Capitanerie kommt, wo er uns anmelden wollte. Ich werde mich wohl nie daran gewöhnen können, dass in Italien alles immer ein bisschen länger dauert. Dabei haben wir doch Zeit. Und vielleicht auch sollte ich endlich meine deutsche Hektik ein bisschen ablegen. Das würde mir sicher gut tun! Wie auch immer, Andy jedenfalls hat nichts Gutes zu berichten.

"Doris, Du kannst Dir gar nicht vorstellen, was da los ist! Irgendwas muss letzte Nacht passiert sein, da war eine ganze italienische Familie versammelt. Und Du kennst ja Italien! Also da war sicher der Großonkel und die Uroma und alle 12 Geschwister samt Familie da! Alle sprachen und schrien sie auf den Hafenmeister ein, ich glaube, da wird jemand vermisst ..."

"Ach, dann war womöglich deshalb heute früh dieses ganze Aufgebot?! Ich hatte heute Morgen um fünf den Eindruck, die komplette Marine rückt aus! Und dann all die kleinen und größeren Motorboote noch dazwischen ... ich habe mich eh schon gewundert und gefragt, ob da womöglich plötzlich Marine und Mafia an einem gemeinsamen Projekt arbeiten - oder wie sonst hätte ich es mir erklären sollen?"

"Ich hab da gar nichts davon mitbekommen", antwortet Andy und an Christian gewandt, den Skipper der Schweizer Crew, der sich gerade zu uns gesellt: "Hast Du da was mitbekommen heute früh? Doris erzählt gerade, da wäre fast der ganze motorisierte Hafen ausgelaufen ...!"

"Nein, ich habe geschlafen. Aber da wurde heute Nacht wohl ein Schmugglerboot abgeschossen. Auf dem war ein Vater mit seinem Sohn und die werden jetzt vermisst."

"Woher weißt Du das denn?", frage ich Christian erstaunt.

"Ich war vorhin kurz in der Capitanerie. Da reden sie nur davon!"

"Ja kannst Du denn so gut italienisch?"

"Na klar.", meint Christian, so als ob es das selbstverständlichste der Welt wäre.

"Ja und? Was sagen sie?", frage ich ihn, denn schließlich hängt vom Ausgang dieser Sache auch ab, wann und wie schnell wir von hier wieder wegkommen.

"Also heute Nacht ist es ja noch recht stürmisch geworden, ihr habt ja unterwegs schon das Wetterleuchten gesehen, und ich vermute mal, dass die Marine dieses Schmugglerboot einfach ohne Vorwarnung abgeschossen hat. Die erwischen die sonst doch nie! Und das Wetter war wohl ein geeigneter Vorwand, um gleich schießen zu können. Das jedenfalls macht die Familie der Marine zum Vorwurf. Die Marine weiß natürlich von nichts und geht davon aus, dass das tiefliegende, überladene und übermotorisierte Boot ein Opfer der Wetterbedingungen wurde. Da kann man nachträglich auch nicht mehr rekonstruieren, wie es tatsächlich gewesen ist."

"Ja heißt das dann", ich bin inzwischen kreidebleich geworden, "die würden uns da draußen auch einfach so abschießen, wenn wir gerade mit einem Sturm kämpfen?"

"Aber nein!", beruhigt mich Christopher sofort, "die setzen zuerst mal Signalflaggen, dass man anhalten muss. Und wenn man darauf nicht reagiert, dann schießen sie einem vor den Bug. Und erst wenn man darauf noch immer nicht reagiert, dann schießen sie scharf. Ist irgendwie schon verständlich, die Marine wird doch sonst des Schmuggels hier nicht Herr!"

Fragend sehe ich Andy an. "Sag mal Andy, weißt Du, welche Flaggen da gesetzt werden? Was bedeutet STOPP in der Flaggensprache?"

"Das sind, glaube ich, zwei Flaggen übereinander. Aber welche, das weiß ich jetzt auch nicht", erwidert Andy und mir wird immer schlechter. Wenn wir hier in diesem Gebiet weitersegeln wollen, dann gilt es das wohl ganz schnell in Erfahrung zu bringen!

"Die schießen doch dann immer noch erstmal vor den Bug!", versucht mich Christian zu beruhigen, als er mein verschrecktes Gesicht sieht. "Und das ist ja wohl ein eindeutiges Zeichen, oder nicht? Und überhaupt habt Ihr ein Segelschiff. Und das interessiert die doch gar nicht."

'Und wenn doch? Na hoffentlich können die gut zielen!', geht mir so durch den Kopf, aber ich sage es nicht laut, denn Christian und Andy sind bereits mit ganz anderen Themen beschäftigt. Bin wohl bloß ich so ein verschrecktes Huhn, das sich nun alle möglichen Szenarien ausdenkt und bereits Pläne schmiedet, falls auf der

Weiterfahrt so etwas vorkommen sollte. Wer weiß das schon?

Inzwischen haben sich auf unserem Boot noch ein paar mehr Schweizer versammelt. Vier zähle ich auf unserem Schiff und weitere drei auf dem Nachbarschiff. Also sind sie zu siebt unterwegs! Das muss furchtbar eng sein dort drüben.

Doch mit der Zeit wird auch dieses Bild klarer: Neun Schweizer, so erfahren wir schließlich, sind auf dem Nachbarschiff unterwegs, und ihr Ausgangshafen war einst Zadar. Ja das trifft sich aber gut! Da können Erfahrungen ausgetauscht werden über Häfen, Kurse, Inseln, ... noch aktueller kann kein Hafenhandbuch sein! Ganz zu schweigen davon, dass es tausend Dinge gibt, die wir nie in einem Handbuch oder auch in einer Beschreibung finden werden.

Und sie sind auf dem Weg nach Nizza. Die Schweizer. Das gibt es nicht! Sie machen den gleichen Törn wie wir, nur umgekehrt! Also Auslaufen, so beschließen wir nach nur kurzer Bedenkzeit, werden wir heute ganz sicher nicht mehr. Wir müssen uns unbedingt Zeit nehmen und miteinander reden. Zumal in der Capitanerie heute eh nichts mehr zu erreichen ist, denn die sind anderweitig beschäftigt. Und wir selbst liegen ja gut in unserem Zeitplan, also ist so ein Tag interessanter Pause locker drin.

Am Abend sind wir alle auf unserer Ladoka versammelt. Neun Schweizer und wir. Also so schwer ist deren Dialekt nun auch wieder nicht, dass man ihn nicht verstehen kann. Auch wenn so einige von diesen Schweizern offensichtlich aus der tiefsten Tief-Schweiz kommen ... dem Dialekt nach zu urteilen ... man gewöhnt sich an alles. Es wird ein hochinteressanter Abend.

Am nächsten Tag ziehen Gewitter auf. Gleich mehrere. Eins nach dem anderen. Manche auch gleichzeitig. Wird wohl wieder nichts mit Auslaufen, wenigstens sind die Hafen-Formalitäten inzwischen erledigt. Andy und ich beschließen, uns die Umgebung und die Stadt ein bisschen genauer anzusehen und ziehen los.

Doch wir haben die Rechnung ganz offensichtlich ohne den Wirt gemacht, sprich: Die italienische Polizei ist mit unseren Ausflugsplänen nicht so ganz einverstanden. Wir sind noch keine hundert Meter vom Schiff entfernt, da werden wir schon umringt.

"Ihren Ausweis bitte, Sie dürfen da nicht gehen.", so ganz 'unauffällig', nett, aber uneinnehmbar stehen sie vor uns. Wir zeigen unsere Ausweise, die uns sofort abgenommen werden. "Bitte folgen sie uns."

"Ja warum? Wir wollen nur in die Stadt gehen und ein bisschen die Umgebung erforschen! Dürfen wir das nicht?"

"Folgen Sie uns!", nun etwas forscher im Ton, uns bleibt nichts anderes übrig, als den beiden zu folgen. Sie haben unsere Pässe. Haben wir was verbrochen? Wir sind uns keiner Schuld bewusst. Wir folgen und gehen die hundert Meter wieder mit zurück.

Dann das erste Segelschiff an der Kaimauer, wir hatten es bisher nicht beachtet, die Polizisten bleiben stehen und wundern sich, warum wir einfach weitergehen.

"Ist das hier nicht ihr Schiff?", fragen sie in perfektem Italienisch, das ich eher verstehe als selber sprechen kann.

"Nein, dieses Schiff - unser - da", antworte ich in recht dilettantischem Italienisch, das aber offensichtlich doch verstanden wird, und deute auf unsere Sun-Shine-Ladoka.

"Das ist wirklich IHR Schiff?", werde ich gefragt, während wir uns weiter auf unsere 'Ladoka' zu bewegen.

"Ja, natürlich!"

"Dann entschuldigen Sie bitte! Hier sind ihre Pässe. Es ist alles in Ordnung."

Andy und ich können uns keinen Reim darauf machen, aber wir tun einfach so, als wäre das alles ganz normal, verabschieden uns höflich von den Beamten und starten einen neuen Versuch, Brindisi zu erkunden. Dieses Mal begegnen wir keinen Problemen, auch keinen Polizei- oder ähnlichen Beamten. Wir begegnen nur einer absolut furchtbaren und niederschmetternden Brindisi-Wirklichkeit. Diese Stadt ist und bleibt einfach nur hässlich.

Am Abend sitzen wir - schon wieder - mit den Schweizern zusammen. Ich muss gestehen, ich wusste vorher nicht, dass in unserem Salon locker elf Personen Platz finden. Wir erzählen von unserem 'Polizei-Erlebnis' und geben es zum Besten. Alles lacht. Und auf meine Frage hin, dass ich es noch immer nicht verstehe, meint Christian:

"Aber das ist doch ganz klar! Die haben Euch für die Polen gehalten. Das Segelboot da vorne segelt unter polnischer Flagge und die Besatzung darf das Schiff nicht verlassen, solange sie hier sind. Wisst Ihr das denn nicht?"

Nein, wir wissen von gar nichts. Und die Vorstellung, dass es Nationalitäten gibt, die derart restriktiv behandelt werden, die versetzt mich ganz persönlich geradezu in Rage. Von der Perestroika hat hier wohl noch niemand was gehört?! Offensichtlich nicht so wirklich. Ich behalte es deshalb besser für mich und lausche gespannt den ganzen Berichten und Informationen all der Schweizer, die da heute und hier bei uns versammelt sind. Eine kunterbunte Mischung. Eine hochexplosive Mischung. Eine interessante Mischung.

Der nächste Tag wird auch nicht besser. Gewitter und Wind, Wind und Gewitter, wir an dieser ungemütlichen Kaimauer, direkt an der Straße. Motor schon wieder an, denn die Batterie wird sonst noch ganz leer. Was für eine Umweltverschmutzung! Den Diesel nur laufen lassen, damit die Batterien wieder aufgeladen werden. Warum, verdammt noch mal, gibt es hier keinen Strom? Na ja, eigentlich gibt es schon Strom, in der Marina, die Segelbooten vorbehalten ist, aber da kommt wohl auch nur rein, wer gute Beziehungen zur Mafia hat. Wir haben sie nicht. Wir harren nach wie vor an der Kaimauer aus und wenn wir Strom brauchen, dann muss halt der Motor laufen. Mir ist das alles so zuwider, aber ich allein kann daran sicher auch nichts ändern. Motor läuft, Generator läuft, Batterien werden aufgeladen. Muss wohl so sein.

Am Abend sitzen wir, wie sollte es anders sein, wieder mit den Schweizern zusammen. So stürmisch auch die Tage, die Abende sind lau. Wir machen es uns im Cockpit gemütlich.

Das Cockpit bietet ungleich weniger Platz wie der Salon, wieder eine neue Erfahrung. Trotzdem finden wir alle elf irgendwie Platz. Andy geht um zwei in die Koje. Er verabschiedet sich. Er ist müde. All die Schweizer bleiben. Es ist alles so wahnsinnig interessant, so unheimlich lustig, die Gesprächsthemen gehen offensichtlich überhaupt gar nicht aus.

Um drei Uhr beschließe ich spontan, dass uns jetzt die Getränke ausgegangen sind. Warum bin ich da nicht vorher schon drauf gekommen? Um kurz nach vier verlässt endlich der letzte Schweizer unser Schiff.

"Also im Grunde genommen ist das hier doch jeden Tag das Gleiche!", meint Christian am nächsten Abend, und fasst damit nur unser aller Empfinden zusammen. "Tagsüber haben wir hier Gewitter ohne Ende, da stürmt es und peitscht es, aber am Abend ist alles wieder ruhig und klar. Da fragen wir uns dann, warum wir nicht ausgelaufen sind! Oder geht's Euch anders?"

Nein, uns allen geht es gleich. Denn hier in Brindisi hält uns nichts, diese Stadt ist wirklich nur für die Mafia interessant. Unter Touristen läuft sie wohl eher unter dem Motto: 'Am besten gleich wieder vergessen.' Denn da ist nichts. Wirklich rein gar nichts, was einen Touristen interessieren, geschweige denn halten könnte.

Und so fassen wir alle den Beschluss: Morgen laufen wir aus. Komme was da wolle. Egal wie das Wetter auch immer zu sein scheinen mag. Am Abend ist doch eh wieder alles ruhig und vergessen und die See spiegelglatt.

Wir sprechen noch das notwendigste durch, auch die Frequenzen, auf denen wir uns so lange wie möglich über Funk verständigen wollen, und dann geht alles schlafen. Denn morgen müssen wir gerüstet sein.

Der Ausbruch

Um fünf Uhr am anderen Morgen verlässt das erste Schiff den Hafen. Es ist der Katamaran neben uns, er segelt unter dänischer Flagge. Ein Ehepaar ist darauf und soweit wir in Erfahrung bringen konnten wollen sie nach Griechenland. Um sieben Uhr kommen sie wieder zurück.

Der Skipper deutet auf die heraufziehende Wolkenwand und schüttelt den Kopf. Aber das wissen wir ja selbst, tagsüber stürmt es, erst gegen Abend beruhigt sich das Wetter wieder.

Die Schweizer Crew läuft aus. Es wird ein richtig großer Abschied, man ist sich in den paar Tagen doch ein wenig näher gekommen. Wir wünschen uns noch gegenseitig alles Gute und Mast- und Schotbruch und so, dann sind auch sie weg.

Wir treffen noch ein paar Vorbereitungen, machen das Schiff sturmklar, ziehen und zurren alles fest, besprechen noch einmal die Strecke. Wir wollen erst gegen später los, damit wir nicht so lange bei widrigen Winden unterwegs sind und die sicherlich ruhigere Nacht ausnutzen können. Unser Reiseziel ist Vieste, das wir am anderen Morgen zu erreichen gedenken.

Um ein Uhr am Mittag brechen auch wir auf. Es ist stark bewölkt, Windstärke 4-5, die Schweizer erzählen uns über Funk, dass das Wetter zwar unangenehm ist, aber dennoch zu segeln. Nun denn, wir sind gerüstet.

Die ganzen Hafenausfahrten kennen wir bereits, es hat ja mehrere an der Zahl, und als wir endlich draußen sind auf dem offenen Wasser legen wir Kurs an. Die Segel packen wir erst gar nicht aus, war ja klar, wir müssen mit dem Motor gegenan. Der Wind bläst uns genau entgegen. Die Wellenhöhe beträgt etwas mehr als einen Meter. Es kann losgehen. Nur weg von diesem Brindisi. Einen 'Urlaub' hatte ich mir ganz sicher ganz anders vorgestellt. Und noch mehr bin ich mir sicher: Hier nicht!

Ich stehe am Steuer und steuere unserem nächsten Ziel entgegen. Doch plötzlich erweckt das Wasser vor mir meine Aufmerksamkeit. Es sieht komisch aus.

Kurs 310 Grad muss ich halten. Unmöglich. Der führt genau auf dieses komische Wasser zu. Da will ich nicht hin, irgend so eine Stimme in mir. Es ist mir einfach nicht geheuer. Es ist so weiß dort und so flach, so ganz anders als die andere Umgebung, womöglich ein Strudel, der uns in die Tiefe reißt? Soll es doch geben, solche Tiefenströmungen mit Sogwirkung, was weiß ich denn? Jedenfalls gefällt mir das nicht und ich will da weg. Ich gebe Andy meinen neuen Kurs durch: 295 Grad, gerade mal eine Stunde sind wir unterwegs.

Doch das Ding verfolgt mich. Zwar habe ich jetzt meinen Kurs geändert, aber so wirklich davon zu entfernen scheine ich mich nicht. Noch ist es ja ziemlich weit weg. Ich schätze so 3-4 Seemeilen, aber das ist ganz sicher auch der Mindestabstand, mit dem ich an diesem komischen Fleck Wasser vorbei möchte. Ich halte den neuen Kurs. Vielleicht sind es dann nicht ganz drei Seemeilen Abstand, aber das muss einfach reichen. Weiß der Himmel, was das vor mir auf dem Wasser zu bedeuten hat!

Um mich herum lauter Wolkenbänke und Regenwände. Die Wellen inzwischen eher bei zwei Meter. Der Wind eher bei sechs Beaufort. Doch da vorne auf dem Wasser, da hat es keine Wellen. Fast wie mit dem Zirkel ausgeschnitten. Und plötzlich öffnet sich der Himmel.

Es ist eine Situation, denke ich, in der man keine Zeit mehr hat zum Überlegen. Es ist eine Situation, in der man keine Möglichkeit mehr hat auszuweichen. Es ist eine Situation, in der man nicht mehr denkt. Nur tut. Oder auch nicht.

"Die Kamera, hol die Kamera!", schreie ich Andy zu und versuche den ohrenbetäubenden Lärm zu übertönen. Dieses dunkle, hohle, in tiefen Frequenzen surrende Geräusch, das einer Windhose entspringt. Denn eine solche hatte sich gerade eben neben uns aufgetan aus diesem 'seltsamen Stück Wasser' und ich kann nicht mal mehr sagen, ob sich der Schlauch von unten nach oben oder von oben nach unten gebildet hat. Er kam so urplötzlich und nun kommt er auf uns zu.

Mit sieben Knoten Fahrt diesem Ding ausweichen zu wollen erscheint so lächerlich, dass ich nicht einen einzigen Gedanken daran verschwende. Nicht mal einen halben. Andy kommt mit der Kamera nach oben, die Windhose ist keine fünfzig Meter mehr von uns weg. Wir liegen auf ihrem direkten Kurs. Andy prüft die Kamera, schaltet sie ein. Also die Ruhe hätte ich auch gerne! Die Windhose dreht ab, ganz so, als hätte sie es sich anders überlegt und nun doch kein Interesse mehr an uns.

Andy filmt, kann aber in der ganzen Aufregung diesen Erde-Himmel-Verbindungsschlauch nicht in den Sucher bekommen. Die Verbindung bricht ab, die Windhose fällt genauso schnell in sich zusammen, wie sie sich vor nicht mal einer Minute aufgebaut hat. Der Spuk ist vorbei. Gefilmt ist nichts und wir segeln weiter.

Es ist doch alles ganz geblieben! Das war bestimmt nur ein Traum. Ein grässlicher Traum, ich gebe es ja zu, aber Wirklichkeit kann das gar nicht gewesen sein. Ging ja auch alles viel zu schnell.

Oder war es ein Zeichen? Ein Zeichen, dass wir besser umkehren sollten? Vielleicht ist es ja heute nicht so, wie in den vergangenen Tagen. Vielleicht beruhigt sich ja heute nichts und das Wetter wird zunehmend schlimmer?

Andy übernimmt das Ruder.

Ich sitze am Funkgerät. Christian erzählt mir, dass die Schweizer inzwischen den Motor angeworfen haben, weil der Wind ganz eingeschlafen ist.

"Ja und wie ist die See?", frage ich. "Spiegelglatt!", kommt prompt die Antwort. Na also. Wir sind nur zu ungeduldig. Bei uns wird es schon auch noch besser werden. Kann ja nicht sein, dass die Schweizer keinen Wind mehr haben und bei uns wird es immer mehr! Irgendwann muss dieser Spuk doch vorbei sein.

Kristin spielt in der Bugkoje und ist einfach nur begeistert. Aus kindlicher Sicht muss das ja einfach nur herrlich sein, dieses Geschaukle, dieses ständige 'Fahrstuhl-Fahren'. Die Wellenhöhe nähert sich den drei Metern. Kristin strahlt, wenn es rauf geht und sie jauchzt, wenn es runter geht. Soviel kindliche Freude ist beruhigend. Bin wohl nur ich, die sich Sorgen macht.

Das Schiff schiebt sich gegen Wind und Wellen. Geht es rauf, dann strebt es nach oben. Doch geht es runter, dann wird es immer öfters in der Talfahrt unterbrochen und kracht mit der Schiffsmitte in die nächste Welle. Das macht höllische Schläge. Eigentlich müsste das Schiff jetzt zerbersten. Im Grunde genommen müsste diese Wucht des Aufpralls das Schiff in der Mitte entzweibrechen. Es ist unfassbar. Das geht jetzt schon eine ganze Weile so, aber das Schiff hält. Da bricht nichts.

Welle rauf - runter - Crash.

Welle rauf - runter - Crash.
Welle rauf - runter - Crash.

Kristin freut sich und singt ein Lied.
Ich stehe zwischen Salon und Bugkoje und sehe und höre und fühle dem Treiben zu. Und das geht so weiter. Immer so weiter. Über eine Stunde lang betrachte ich es aus allen Blickwinkeln.

Welle rauf - runter - Crash.

Kristin singt in der Bugkoje.
Andy am Ruder kämpft mit Wind und Wellen. Wie lange er das wohl noch durchhält?

Ich verzieh mich in die Navi-Ecke und schau mir das alles noch mal in der Karte an.
Der Weg zurück: 20 Seemeilen. Der Weg nach Vieste: 90 Seemeilen. Der Weg nach Bari als Alternative: 30 Seemeilen. Ich kann es drehen und wenden wie ich will, doch der einzig vernünftige Weg scheint der Rückzug nach Brindisi. Der Wind legt zu, die Wellen werden immer höher, von einer 'Beruhigung' ist hier weit und breit nichts zu sehen. Und was Christian erzählt, das mag vielleicht auf den südlichsten Teil Italiens zutreffen, doch wir wollen nach Norden. Bei uns schaut es schlichtweg ganz anders aus. Und können wir uns eine Nacht lang Sturm 'leisten'? Mit nur einem wirklichen und echten Segler an Bord?
Ganz genau dieses Szenario hatten wir doch durchgesprochen, damals, in unserem Wohnzimmer, bei den Vorbereitungen, und waren zu dem Schluss gekommen: 'Solche Situationen gilt es zu vermeiden. Im Zweifelsfall der nächste Hafen und nicht lange überlegen!'
Ich setze mich in den Niedergang und rede mit Andy. Ich erzähle ihm von unseren Möglichkeiten und

auch von dem, was wir zuhause immer besprochen hatten. Und ich gebe zu, dass auch ich eigentlich nicht wieder zurück nach Brindisi möchte, aber unter diesen Umständen sei das ja wohl die einzige 'vernünftige' Entscheidung.

Wir müssen nicht lange diskutieren, Andy hatte wohl insgeheim schon auf ein derartiges 'Signal' gewartet. Er meint: "Oki, alles klar, wir drehen um." Ich gehe beruhigt zurück in den Salon. Es ist, als ob eine schwere Last von mir gefallen wäre. Kristin singt noch immer in der Bugkoje, ich widme mich Kreuzworträtseln.

Es ist 17:00 Uhr. Gut eine halbe Stunde ist es jetzt her, dass ich mit Andy über das Umkehren sprach und alles klar war. Dachte ich jedenfalls.

Ich hätte mich nicht so intensiv meinen Kreuzworträtseln widmen dürfen. Ich wache auf. Wir sind doch noch immer auf gleichem Kurs! Das kann nicht sein. Ich gehe wieder zum Niedergang, um mich mit Andy zu besprechen. Jeder weitere Schritt wäre zu gefährlich, da müsste ich mich anziehen, den Lifebelt anlegen, wäre dann womöglich nass ... und ... und ... und ... also ich wage mich nur bis in den Niedergang und frage Andy, warum er noch nicht gewendet hat. Ich verstehe es nicht.

"Doris, das wird gleich besser. Ganz bestimmt eignet sich die nächste Welle zum wenden!" Ich sehe Andy an, ich sehe die Wellen an, ich betrachte das alles eine Weile und lass es auf mich wirken.

"Doris, ich merk das doch schon länger. Das wird ganz sicher gleich besser! Mit der nächsten Welle drehe ich um!" Die Wellen haben die drei Meter schon längst überschritten. Ich gehe zurück in den Salon.

Wie war das, während ich Kreuzworträtsel machte? Ist da wirklich irgendwas 'besser' geworden? War es nicht vielmehr so, dass ich selbst mich beruhigt hatte, doch das Wetter seither stetig schlimmer wurde? Auf was wartet Andy da? Vom Salon aus betrachte ich ihn durch den Niedergang.

Er steht und kämpft. Mit jeder Welle. Und die werden stetig größer, nicht kleiner! Ich hab eine Wut. Eine furchtbare Wut. Warum dreht der Mann nicht einfach um? Er weiß es doch! Ich habe es doch Andy-gemäß ganz sachlich erklärt! Wir haben das doch ganz sachlich besprochen! Es war doch rein sachlich absolut klar!

Und dennoch steht er da draußen und steuert weiter. Welle für Welle. Das Schiff schlägt und stampft. Welle für Welle.

Welle rauf - runter - Crash.
Welle rauf - runter - Crash.
Welle rauf - runter - Crash.

Ja hätte ich ihm denn meine Gefühle erklären sollen? Dass ich das Gefühl habe, wir dürfen und sollen und können nicht weiter in diese Richtung? Dass ich das Gefühl habe, Wind und Wellen werden stetig schlimmer und in dieser Nacht wird sich nichts beruhigen - ganz im Gegensatz zu den vorangegangenen Nächten? Dem hat er doch noch nie nachgegeben. Er ist doch nur sachlichen Argumenten zugänglich. Und genau diese 'sachlichen' Argumente hatte er von mir erhalten!

Aber Andy steht weiterhin da draußen. Welle für Welle. Das Schiff schlägt und stampft. Welle für Welle. Und nichts, aber auch rein gar nichts lässt darauf hoffen, dass Andy wenden wird.

Könnte ich ihm erzählen, was das Schiff mir sagt? Könnte ich ihm je erklären, dass ich mit dem Schiff und den Wellen und mir und der Situation rede und in ständigem Zwiegespräch bin? Nein. Unvorstellbar.

Dafür hatte mein Andy in den ganzen neun Jahren, die wir nun zusammen sind, niemals Verständnis. Er braucht sachliche Argumente. Aber offensichtlich reichen die gerade nicht. Ich fasse einen Entschluss.

Ich ziehe mich an, mache mich klar, nehme mir Zeit dazu. Ich ziehe mich richtig an. Ich wappne mich bewusst dem, was da nun auf mich zukommen mag. Ich denke an mich und an das Ruder da draußen. An den Regen und an den Wind und an die Wellen. Ich lege meinen Overall und meinen Lifebelt an, gehe ins Cockpit und klinke meinen Lifebelt am Steuer ein.

"Andy, ich übernehme jetzt das Ruder!"

Ich stehe da. Fordernd. Unumstößlich. Andy mag 'natürlich' nicht weichen. Männer halt. Habe ich einkalkuliert.

"Andy, wir müssen jetzt umdrehen!"

"Ja meinst Du denn, dass Du das besser kannst?"

"Ich habe Dir jetzt fast eine Stunde lang zugesehen. Du wendest nicht. Ist das ein Problem für Dich? Wenn nicht: Dann wende: Jetzt!"

"Du hast ja keine Ahnung! Natürlich werde ich wenden. Da kam halt bisher noch nicht die richtige Welle! Du musst nur noch ein bisschen abwarten, ich merke es schon länger, es wird jetzt besser."

Ich merke schon länger, dass es ständig schlimmer wird. Aber das behalte ich für mich. Und an Andy gewandt:

"Wie lange möchtest Du noch auf diese perfekte Welle warten? Du tust das schon seit fast einer Stunde! Wann meinst Du denn, dass sie kommt?"

"Übernimm doch Du, wenn Du meinst, dass Du es besser kannst - da!", ein Wutschrei von Andy und er schmeißt mir das Steuerrad entgegen - hätte er es denn schmeißen können. Ich übernehme. Andy geht ins Schiff.

Also Andy hat ja schon Recht. Diese Welle ist nun wirklich nicht geeignet zum Wenden. Die ist zu steil. Die ist zu hoch. Da kommt bestimmt noch eine bessere!

Ich stehe nun am Ruder und kann meinen Mann nur allzu gut verstehen. Denn auch ich weiß natürlich um der Gefahren beim Wenden. Jetzt fahren wir ja gegen die Wellen, doch nach dem Wenden segeln wir mit den Wellen. Der kritische Punkt jedoch, der liegt dazwischen. Ein kurzer Augenblick nur, aber just in diesem Moment steht unser Schiff quer zu den Wellen. Und wenn die Wellen so steil und kurz sind, wie hier ... und wenn die Wellen eine Höhe erreicht haben, die über den Schiffsrumpf hinausgeht ... und wenn ... ja ja, alles klar, ich nehme doch besser die nächste Welle.

Nein, die ist zu steil. Das geht nie gut.

Es kommen nur steile Wellen.

Keine fünf Minuten schau ich mir das an und überlege und denke nach und lenke und steuere ... Mädchen, wenn Du so weitermachst, dann bist Du in exakt sechzig Minuten auf dem gleichen Stand, auf dem Andy auch schon war. Also nimmst Du jetzt die nächste Welle, völlig egal ob die zu hoch oder zu tief oder zu steil oder zu unangenehm oder zu ... was hattest Du alles noch für Ausreden? ... ist, vergiss sie. Einfach. In der nächsten Welle wird gewendet!

Wellenkamm anfahren. Schräg nach links. Bin Rechtshänder. Keine Zeit zum Weiterdenken.

Wellenkamm hinunterfahren. Schräg nach rechts. Im Wellental wenden und von der nächsten Welle emporheben lassen. Steuer im genau richtigen Moment weiter nach rechts ... noch weiter ... Welle von hinten ... das war doch in Gedanken immer so einfach! Ist ein rein physikalisches Problem. Nur hatte mir nie jemand was von dem Druck erzählt, der auf dem Ruder liegt, und auch nichts von einem Mast und dessen Hebelwirkung, die erschwerend hinzukommt ... da sind die Wellen, das Schiff und ich, die Kraft am Ruder, das Schiff gehorcht, keine Ahnung, was passiert ist, das Schiff hat doch tatsächlich gemacht, was ich wollte, ich lege Kurs 150 Grad an ... hab tatsächlich ICH das Schiff gerade gewendet? Ich kann es kaum fassen.

Hab auch gar keine Zeit dazu.

Welle links hoch, rechts runter.

Links hoch, rechts runter.

Jetzt kommen sie von hinten.

Ich steh am Steuer, Andy navigiert, oh verdrehte Welt!

Ich stelle fest, dass Rudergehen richtige körperliche Arbeit sein kann. Nun denn, ich gehöre zwar zum angeblich schwachen Geschlecht, aber so schwach bin ich nun auch wieder nicht. Das wäre ja gelacht, wenn ich das nicht packe.

Welle von hinten, Heck hebt sich, gegensteuern, ein bisschen nur, ja nicht zu viel, Welle geht unten durch, Ruder zurück. Wir surfen mit bis zu neun Knoten Fahrt die Wellenkämme hinunter. Verdammt noch mal, das ist zu viel, das ist zu schnell, das kann gewaltig ins Auge gehen. Pass bloß auf, Mädchen, ein kleiner, unkonzentrierter Lenkfehler und dir fliegt das Schiff um die Ohren.

Keine Zeit zum Nachdenken. Welle von hinten, lenken, Welle geht unter dem Schiff durch, gegensteuern, nächste Welle ... es hört einfach nicht auf. Das hört ganz sicher nie auf. Welle von hinten ...

Gute zwei Stunden später peilt Andy das linke Hafeneinfahrtslicht, das rote, mit 210 Grad. Er zeigt es mir, ich versuche es zu erkennen, versuche zu sehen, wo ich hinsteuern muss. Doch das ist gar nicht so einfach. Sind wir im Wellental sehe ich nämlich rein gar nichts.

Ich rechne zusammen: Freibord ca. einen Meter fünfzig, bis zum Cockpit-Boden schätze ich mal einen Meter, ich selbst bin fast einen Meter siebzig, also summa summarum ist meine Augenhöhe vom Schiff aus betrachtet wohl so um die zwei Meter und sechzig bis zwei Meter und siebzig. Bei einer Wellenhöhe von über drei Metern sehe ich das Land also nur, wenn ich gerade auf einem Wellenberg bin und ich nicht zu sehr mit dem Steuern beschäftigt bin. Und dann diese ganzen Gewitter um uns herum.

Mal sehe ich, wenn ich mit dem Schiff gerade 'oben' bin, das ganze Ufer in gleißendes Licht getaucht. Einer Blitzlichtaufnahme gleich, denn es geht ja gleich wieder abwärts. Gegensteuern, das Surfen wenigstens ein bisschen ausbremsen, nächste Welle kommt ...

Mal sehe ich nur die vielen Lichter am Ufer, ganz kurz nur, sie sind alle so bunt, so viele, so verschieden, eines davon muss das Hafenlicht sein. Aber welches? Und abwärts gehts.

Mal sehe ich gar nichts, bin geblendet, Blitze sind verdammt hell. Ich beschließe mein 'Sehen' zu verbessern. Denn es scheint unmöglich, in diesen ultrakurzen Momenten, in denen ich das Land sehe, auch noch gleichzeitig irgendetwas erkennen zu können.

Welle von hinten, Heck strebt nach oben, steuern, spüren, lenken, runter gehts. Rauf gehts. Ohne Unterlass. Ununterbrochen.

Verdammt noch mal, ich bin mit steuern beschäftigt! Einer steuert und einer navigiert. Anders funktioniert es nicht. Wenn ich doch nur einen Blick auf die Karte werfen könnte. Mir ein Bild verschaffen könnte vom Ufer.

Ich bin der Navigator, nicht Andy. Andy ist der Schiffsführer, nicht ich. Warum nur ...

'Mädchen, reiß Dich zusammen, so ist es im Moment nun mal, daran kannst Du nichts, aber auch rein gar nichts ändern. Finde Dich mit den Tatsachen ab! Und dann sieh zu, was Du tun kannst', ich rufe mich selber zur Ordnung zurück. Schließlich habe ich ein fotografisches Gedächtnis. Genau das gilt es nun einzusetzen. Ich habe Zeit, denn da kommen ganz sicher noch ganz ganz viele Wellen, die mich emporheben werden und dann kann ich meine 'Aufnahmen' machen. Ich beginne.

Bild eins, in grelles Blitzlicht getaucht, ich behalte es.

Bild zwei, ganz dunkel, nur schwache Lichter an Land, ich behalte es und versuche es mit dem vorangegangenen Bild abzugleichen. Welche Übereinstimmungen gibt es? Keine.

Bild drei, dunkel, Übereinstimmungen mit den Bildern von vorher? Nein. Finde keine.

Doch da bleibt Andys immer wieder ausgestreckter Arm der rechten Hand, mit dem Zeigefinger deutend: "Siehst Du es denn nicht? Da ist es doch, das rote Licht der Hafeneinfahrt!" Ich weiß nicht, was er sieht, ich sehe viele rote Lichter, die erscheinen mir aber alle viel zu weit weg, und keines davon bekommt von mir das innere Okay, das rote Hafeneinfahrtslicht von Brindisi sein zu dürfen.

Bild 20, dunkel. Und dunkel schiebt sich mir auch eine Vorahnung in den Sinn. Von See kommend erstreckt sich hinter der Hafeneinfahrt von Brindisi eine große Bucht. Eine große, flache Bucht. Soviel habe ich noch von unserer ersten Brindisi-Ansteuerung in Erinnerung, als ich damals navigierte. Und all diese Lichter, die ich sehe, die scheinen genau da hinten in der Bucht zu liegen. Doch da dürfen wir auf gar keinen Fall hin!

Da werden wir lange vorher stranden, bei unserem Tiefgang!

Ich berichte Andy von meiner Vermutung. Aber er zeigt sich umso sicherer. Ich spüre geradezu seine Unsicherheit. "Nein, Doris, siehst Du es denn wirklich nicht? Ich sehe es inzwischen immer deutlicher. Das ist das Hafeneinfahrtslicht. Da müssen wir hin!"

Aber es erscheint mir nur wie ein Akt der Verzweiflung. 'Verdammt noch mal, ich will auch mal Recht haben, nicht immer nur Du!', so womöglich Andys innere Stimme? Es scheint mir der falsche Moment für eine derartige Auseinandersetzung. Es scheint mir auch eine völlig unpassende Gelegenheit, das mit dem 'Recht haben' auf eine derart subtile Weise auszutragen. Es geht im Moment ganz sicher nicht darum, wer jetzt 'Recht hat' sondern einzig und allein darum, dieses Schiff - einschließlich Insassen - heil und unversehrt an Land zu bringen.

Die letzte Welle hat mir mehr Kraft abverlangt als alle vorherigen. Es wird immer schlimmer. Ich drehe mich um.

Warum nur? Warum nur habe ich das getan? Was nur hat mich dazu verleitet? Diese Frage wird wohl für immer unbeantwortet bleiben. Ich sehe der Welle hinter mir direkt in den Bauch.

Eine schwarze Wasserwand, sie ist zum Greifen nahe, direkt hinter mir, ich kann gar nicht glauben, was ich da gerade sehe. Mein Blick schweift unwillkürlich nach oben, dahin, wo diese Welle aufhören müsste, dahin, wo diese Welle zu Ende sein müsste, doch sie hat kein Ende. Sie ist einfach nur da.

Meinen Blick nach oben gerichtet, den Kopf bereits soweit im Nacken, dass es schmerzt, kann ich dann doch noch den Wellenkamm erblicken. Ich sehe wieder nach vorne und tue einen heiligen Schwur: "Nie wieder werde ich mich umdrehen!"

Andy hat vollkommen Recht. Es ist nur mein extrem stark ausgeprägtes Ego, das mich daran hindert, auch in ihn und seine Navigationskünste mal Vertrauen zu fassen. Nur weil ich etwas schon viel öfters getan habe heißt das doch noch lange nicht, dass er das nicht auch könnte. Ich beschließe ihm blind zu vertrauen und mich darauf zu verlassen, dass auch er ganz sicher keinerlei Absichten hat, unser Schiff samt unserer Tochter und uns zu versenken.

'Vertrau doch, wenigstens einmal in deinem Leben, einem anderen Menschen. Völlig egal, welche Erfahrungen du bisher damit gemacht hast, Andy ist dein Ehemann! Und - das musste ich einfach auch vor mir zugeben: Er war und ist ein sehr guter Ehemann! Also mach jetzt hier keine Philosophie draus, die Dinge sind so, wie sie sind, er navigiert, Du steuerst, und wenn da kein Vertrauen besteht, dann hättet ihr diese Reise gar nicht erst antreten dürfen. Doch ihr habt sie in Angriff genommen, also hab nun auch Vertrauen!'

"Du musst jetzt Kurs 250 Grad anlegen, damit wir in den Hafen einlaufen können", Andys Worte bringen mich in die Wirklichkeit zurück. Ich lege 250 Grad an. Dieser Kurs ist nun mehr als ungemütlich, die Wellen jetzt noch mehr von der Seite, ich kämpfe verbissen. Dieses Schiff muss einfach zurück in den Hafen, komme was da wolle. Und Andy bringt mich diesem Ziel näher. Ich bin ein Hasenfuß. Ich habe Angst. Schlichtweg einfach nur Angst. Und gut im Steuern war ich noch nie.

Aber da ist noch etwas anderes. Welle für Welle wird schwieriger zu steuern. Welle für Welle wird die Gewissheit in mir immer größer, dass ich in diese Richtung einfach nicht weitersegeln darf!

Doch was ist die Alternative?

Hinaussteuern in die Nacht.

Hinaussteuern auf das offene Meer.

Eine ganze Nacht lang am Ruder stehen und kämpfen. Und wenn ... das Gefühl in mir wird zur tödlichen Gewissheit und in der nächsten Welle wende ich.

Habe da tatsächlich ich gewendet? Ich kann es kaum fassen. Warum habe ich gewendet? Ich weiß es nicht. Eine ganze Nacht nun vor mir, in diesem Sturm, in diesen Gewittern, in diesen Wellen, eine ganze Nacht lang Kampf ohne Ende? War es das, was ich möchte? War es das, was ich gewollt hatte?

Und wenn schon! Sorry. Aber ich konnte einfach keinen Meter mehr weiter in diese Richtung fahren. Und jetzt frag mich bloß niemand, warum nicht. Es ging einfach nicht!

Von Andy, der im Niedergang stand und den meine Wende ohne Vorwarnung traf, erfahre ich später, dass ihm in diesem Moment nur ein einziger Gedanke durch den Kopf schoss: "So ist es also, wenn es zu Ende geht."

Wie es weitergeht weiß niemand so wirklich. Und ich schon gleich gar nicht. Ich bin am Ende meiner Kräfte und steuere das offene Meer an. Ich muss verrückt sein.

Direkt vor uns tanzt ein grünes Licht auf den Wellen. Es ist bald so nah, dass ich es selbst im Wellental noch sehen kann. Wo kommt das denn her? Wir können uns keinen Reim darauf machen.

In meinem Kopf schießen fieberhaft die Gedanken durcheinander. Grün ist Hafeneinfahrt steuerbord, also rechts. Hafeneinfahrt? Egal wie, egal was auch immer. Jedenfalls wenn irgendwelche Regeln der Seefahrt hier noch gelten, dann bin ich mit dem Schiff automatisch in Sicherheit, wenn ich mich links von einem grünen Licht bewege. Das grüne Hafeneinfahrtslicht der ersten Brindisi-Hafeneinfahrt ist auf einer Boje. Unwirklich. Völliger Schwachsinn. Wo ist dann das linke, rote Licht?

Egal. Links neben dem grünen Licht ist Sicherheit. Da fahr ich jetzt einfach hin! Und dann sehen wir weiter. Ich ändere meinen Kurs und habe nun die Wellen wieder fast von vorne. Von wegen Hafeneinfahrt! In keiner Hafeneinfahrt der Welt hat es fast vier Meter Wellen!

Doch das rote Hafenlicht sehen wir dann beide fast gleichzeitig. Das steht ja oben, auf den Klippen. Genau auf den Klippen, auf die wir vor ein paar Minuten noch zugesteuert hatten.

Die Wellen werden zunehmend schwächer. Und dann sehen wir sie ganz deutlich vor uns: Die zweite Hafeneinfahrt von Brindisi. Rechts grün, links rot, die Bilder in meinem Kopf nehmen Formen an. Ich kenne sie von unserer ersten Ansteuerung vor nunmehr fast einer Woche. Wir sind durch, die Wellen werden niedriger, ich kann wieder sehen. Was für ein Wunder.

Um kurz nach acht machen wir unser Schiff an der Kaimauer im Hafen von Brindisi fest. Es ist unser alter Platz, nur dass wir diesmal längsseits liegen und nicht ankern. Selbst im geschützten Hafenbecken haben die Wellen noch über einen Meter, der Wind bläst mit sechs Beaufort.

In dieser Nacht schlafen wir nicht.

Meine Welt ist aus den Fugen geraten. Wohin wollte Andy mich letzte Nacht steuern? Direkt auf die Klippen? Er ist doch der beste Ehemann von allen! Ist er es wirklich?

Unter welchen Voraussetzungen segelten wir denn einst los? Er ist ein guter Segler und ich ein guter Hiwi. Er segelt, ich helfe ihm gerne beim Segeln, völlig egal wie auch immer das Wetter sein mag. Und ich navigiere. Natürlich bin ich ein Panik-Mensch, aber vielleicht kann ich gerade deshalb so gut damit umgehen, denn Übung macht bekanntlich den Meister. Und Panik hatte mich noch nie handlungsunfähig gemacht. Zwar wird das Denken erheblich verlangsamt und gestaltet sich schwieriger, aber ich weiß aus Erfahrung, dass ich weder völlig ausraste, noch vor Schreck erstarrt zu keiner Handlung mehr fähig bin.

War jemals die Rede davon, dass ich in Extremsituationen das Ruder übernehmen muss? Was für eine absurde Idee. Es war doch immer klar, dass meine Segelkünste dazu absolut nicht ausreichen!

Und doch war ich diejenige, die gestern am Steuerrad stand. Stehen musste. Meine Wut formiert sich von Neuem. Wie kann man einen solchen Törn auch nur in Erwägung ziehen, wenn 'Mann' nicht weiß, wie 'man' im Ernstfall reagiert? Unfassbar. Einfach nur unfassbar. Für mich. In welcher Welt lebte ich eigentlich? Welchen Illusionen hatte ich mich hingegeben?

Der weitere Verlauf unseres Törns scheint nun ganz offensichtlich von mir abzuhängen. Und ich muss an die Worte denken, die ein Schweizer erst vor wenigen Tagen zu mir sagte:

"Doris", so meinte er, "weißt Du, wenn es wirklich hart auf hart kommt, dann segle ich lieber mit Frauen!" Ich konnte mir ein gewisses Lächeln nicht verkneifen. Welcher Mann segelt nicht lieber mit Frauen? Allein, zu zweit, auf einem Segelschiff, lautlos dahingleitend ...

"Nein, nein, Du verstehst das falsch! Denn meine Erfahrung ist, in Extremsituationen reagieren Frauen einfach sachlicher. Sie sind da. Auf sie kann man zählen. Dann, wenn 'Mann' längst aufgegeben hat, wächst 'Frau' über sich selbst hinaus. Das ist es, was ich an Frauen so sehr schätze! Auf die kann man sich einfach verlassen."

Nun ja, damals konnte ich nicht so mitreden. Ich hatte dem nichts entgegenzusetzen. Und die Vorstellung, dass ich selbst jemals über mich hinauswachsen würde ... könnte ... sollte ... müsste ... die schrieb ich eher einem Science-Fiction-Roman zu, als dass ich sie für mich hätte gelten lassen. Ich selber ging doch unangenehmen Situationen möglichst aus dem Weg. Wozu sonst hatte ich den besten Ehemann von allen?

Und genau der sitzt jetzt mir gegenüber. Wir sind beim Essen. Doch außer ein paar belanglosen Floskeln hat unsere Konversation nichts aufzuweisen. Ich muss gestehen, ich widme mich in diesem Moment wirklich lieber dem Essen.

"Sag mal, das gibt es nicht, da hatten wir bereits über zwei Meter Wellen!", fassungslos verfolge ich am Bildschirm die Aufnahmen des gestrigen Tages. Das ist einfach nur lächerlich, wenn ich die Bilder hier am Fernsehschirm so betrachte. Leicht gekräuseltes Wasser und sonst nix los. Und bei dieser lauen See kam eine Windhose auf uns zu?

Es erscheint mir fast so, als würde ich auf dem Bodensee bei leichten Windstärken so um die 2-3 segeln und dann erzählen, ein Hurrikan hätte uns gestreift. Jedenfalls weiß ich jetzt endlich, wie Seemannsgarn gesponnen wird.

Wir sitzen gemütlich bei Norbert und Alfred auf deren Motorsegler. Sie kommen aus Ludwigsburg, nur ein paar Kilometer von unserem Heimatort entfernt. Was sich in Brindisi nicht alles trifft!

Auch Norbert und Alfred überführen ein Schiff. Sie kommen gerade von Mallorca und wollen nach Jugoslawien, auf die Insel Krk (*im heutigen Kroatien, Anm. der Autorin*), um genauer zu sein, also im Grunde genommen wusste ich ja schon immer, dass die Welt klein ist.

Im Gegensatz zu uns jedoch sind sie mit allem ausgestattet, was die moderne Technik zu bieten hat. Selbstverständlich auch mit Satelliten-Leit-System und überflüssig zu erwähnen, dass sie an Bord nicht nur über einen Fernseher, sondern auch über ein Videogerät verfügen.

Selbiges machen wir uns natürlich sofort zunutze, um uns unsere bisherigen Videokünste mal anzusehen. Norbert und Alfred stellen ihren Videorecorder nur allzu gerne zur Verfügung. Ist doch sonst schon langweilig genug, dieses Leben!

Und Andy und ich sind bodenlos enttäuscht von unseren bisherigen Aufnahmen.

"Ja wie habt Ihr denn gefilmt?" fragt Norbert.

"Also bei diesen Aufnahmen hier, da stand ich noch am Mast. Kann mich ganz genau erinnern, weil das gar nicht mehr so einfach war! Die Wellen hatten ja schon so über zwei Meter und in der Adria hier sind die so verdammt kurz und steil! Ich hatte den Lifebelt an und war mit mindestens einem Karabiner immer irgendwo eingeklinkt. Das erschien mir sonst zu gefährlich bei dieser Schaukelei. Und außerdem hatte ich ja nur eine Hand frei, weil ich in der anderen Hand die Kamera hielt. Das war vielleicht ein Balanceakt! Später traute ich mich dann gar nicht mehr filmen, als das immer schlimmer und schlimmer und schlimmer wurde ...!"

"Jetzt überleg mal, Doris!", Norbert sieht mich an wie ein kleines Schulkind. Und Alfred kann sich ein Grinsen nicht verkneifen. "Wenn Du vorne am Mast stehst, dann sind ja allein Deine Füße schon fast zwei Meter über dem Wasser! Du filmst also quasi aus der Vogelperspektive. Natürlich sieht das nach nichts aus! Und wenn Du dann noch im Weitwinkel filmst ..."

"Ja, das habe ich getan", gebe ich inzwischen recht kleinlaut geworden zu. "Ich wollte doch so viel wie möglich auf den Film bringen, auch die ganzen entfernten Windhosen und Wolkenbänke und Regenschauer und Gewitter und so!"

Norbert lacht. "Na, dann brauchst Du Dich auch nicht zu wundern!

Solche Aufnahmen verschaffen Dir vielleicht einen Überblick über die umliegenden Sehenswürdigkeiten, aber ganz sicher kannst Du auf diese Weise keinen Sturm einfangen und zeigen, wie es sich auf dem Schiff selbst anfühlt, wie es da zugeht!"

"Ja, das heißt also, ich muss immer alles ganz dicht herzoomen? Aber dann sieht man doch auf dem Film nichts weiter als nur Wasser!", ich bin ein bisschen fassungslos, denn genau diese Aufnahmen schienen mir bisher immer extrem langweilig.

"Aber Doris, das ist doch genau das, was Ihr seht! Wenn Du im Cockpit stehst, dann gehen Dir zwei Meter

Wellen bereits bis zur Brust. Und wenn Du im Cockpit sitzt, dann siehst Du schon nichts mehr, weil sie höher sind als Du selbst. Wenn Du ungemütliches Wetter oder gar einen Sturm einfangen möchtest, dann musst Du ihn aus genau der Perspektive filmen, aus der Du ihn selbst siehst! Nur so bekommt auch jemand anders einen Eindruck davon!"

"Ach so", nicke ich ganz kleinlaut und am liebsten wäre ich die ganze Strecke noch einmal abgefahren, um endlich richtige Aufnahmen machen zu können. Genau die nämlich, die interessant wären, und wo bisher kein Mensch auf die Idee kam, sie so zu filmen. Schließlich hatten wir ja immer alle Hände voll zu tun. Geht leider nicht mehr. Ich kann es nur ab jetzt besser machen.

"Und dann", meint Norbert, "musst Du Dir noch einen festen Punkt auf dem Schiff aussuchen, der immer an der gleichen Stelle bleibt. Denn Du selbst bist ja bestrebt, das ganze Schaukeln auszugleichen. Macht jeder automatisch. Doch wenn Du das ausgleichst und mit der Kamera rauf und runter gehst, dann sehen die Wellen natürlich aus wie glattes Wasser."

Hätte ich das nur vorher gewusst! Bisher hatte ich alle 'interessanten Momente' im Weitwinkel mit Ausgleichsstreben gefilmt. Wie dilettantisch! Ich gelobe Besserung. Obwohl ich zu diesem Zeitpunkt noch gar nicht weiß, dass wir auf diesem Törn noch einmal die Gelegenheit bekommen werden, einen richtigen Sturm 'richtig' zu filmen. Aber da kann ich das dann. Und als Andy Wochen später die Aufnahmen seinen Geschäftskollegen zeigt, verlassen einige davon den Raum in Richtung Toilette.

Die richtige Filmtechnik ist wirklich alles!

Am nächsten Abend gehen wir alle fünf gemeinsam Essen. Norbert und Alfred, Andy, Kristin und ich. Norbert meinte doch glatt, der Glasbau da im Hafen würde ihn schon länger interessieren. Da sähe es so gepflegt und gut aus. Ob wir nicht auch Lust hätten? Ich frage nach.

"Na, den Glaspavillon da vorne, meine ich", erklärt Norbert, "da, wo die ganzen Mafia-Boote liegen!"

Ich höre Mafia und sehe rot. Und da soll ich freiwillig hin? "Wieso meinst Du denn, dass das Mafia-Boote sind?"

"Also das sieht man doch schon hundert Meter weit gegen den Wind! Diese umgebauten übergroßen Nussschalen dort, völlig ohne Ballast und sonstigen Firlefans, damit möglichst viel Ware aufgenommen werden kann. Die liegen unbeladen doch schon mit fünfundvierzig Grad Schräglage an ihrem Platz! Sind Dir die noch nie aufgefallen?"

"Doch schon, weil da so viele gleiche Boote liegen. Und alle mit NA-Kennzeichen, was mich irgendwie wunderte, weil wir doch hier in Brindisi sind und nicht in Neapel ... aber wieso liegen die denn so schräg drin?", frage ich, bei aller gebotener Distanz, und doch auch ein bisschen neugierig geworden.

"Das ist doch klar!", mischt sich Andy in das Gespräch ein. "Mit ihren zweihundert PS-Motoren, die sie hinten drin haben, gibt das nun mal ein ganz schönes Gewicht da im Heck. Wenn sie voll beladen sind, dann liegen sie sicher waagerecht. Aber wenn sie hier im Hafen liegen, dann sind sie halt unbeladen ..."

Norbert grinst. Alfred grinst noch mehr. "Also, was ist, wollen wir nun gehen?"

Ich sehe mir Alfred an. Mit seinen durchtrainierten Minimum zwei Zentnern Lebendgewicht erscheint er mir als der Mann, hinter dem ich mich im Notfall verstecken könnte. Ich habe die Männer eh alle gegen mich. Also auf in die Höhle des Löwen!

Wir werden tatsächlich eingelassen. Selbst ich kann letztendlich nicht widerstehen, die Speisekarte klingt einfach zu verlockend. Gedämpftes Licht, angenehme Atmosphäre, und alles so sauber, so wirklich richtig sauber, das ist so ungewöhnlich für diesen Landstrich hier, schon gleich ganz für Brindisi. Ich hatte da ganz andere Erfahrungen.

Mit einem dennoch flauen Gefühl in der Magengegend halte ich mich mit Kristin hinter meinen drei Männern. Wir werden nicht gleich wieder höflich hinauskomplimentiert, wir werden aber auch nicht wirklich empfangen. Eine komische Stimmung hier. Oder ist die nur in mir?

Wir suchen uns einen freien Platz und setzen uns. Und dann kommt sie. Die Bedienung.

Ach was sage ich. Was da auf uns zukommt, das kann gar keine Bedienung sein. Das ist ein durchtrainierter Kleiderschrank auf zwei Beinen. Wir werden ganz sicher gleich wieder rausgeworfen!

Wortlos reicht uns der Kleiderschrank die Speisekarten. Fünf an der Zahl. Ich sehe mir seine Oberarme an. Er muss mal Preisboxer gewesen sein, wenn er es nicht heute noch ist, in seiner Wohnung stehen sicher jede Menge Trophäen.

Wortlos geht er wieder. Ob er nicht reden kann? Vielleicht braucht er das hier auch nicht!

Wir alle sehen uns ein bisschen verunsichert an, aber der Hunger siegt. Alle vertiefen sich in die Speisekarten. Ich beobachte lieber noch ein bisschen.

In der Mitte des Raums steht ein riesiges Büffet. Das sieht wirklich eher nach geschlossener Gesellschaft aus. Doch wir wurden nicht ausgeschlossen. Die Bedienungen durchweg nur durchtrainierte Kleiderschrank-Boxer, genauso, wie ich mir immer die Bodyguard eines Mafia-Bosses vorgestellt hatte. Rings um uns keine Wände, sondern nur Glas. Ob es Panzerglas ist? In Gedanken sehe ich eine rivalisierende Bande das Lokal stürmen. Alle Gäste stürzen unter die Tische, die Kellner ziehen ihre MGs. Und wir mittendrin ...

Mädchen, spinn Dich hier nicht zusammen, ihr seid beim Essen, es sieht lecker aus, zumindest was das Büffet anbelangt, die Speisekarte lässt keine Wünsche offen, jetzt hab Dich nicht so! Orientier Dich an den anderen, denn die wissen schon längst, was sie essen wollen! Ich schlage die Speisekarte auf.

Also zuerst natürlich mal einen Salat. Und dann die Suppen, die klingen so lecker ...
"Suppe ist gut, da nehme ich auch eine!", kommt es von Alfred, und bald haben sich alle angeschlossen. Wir suchen und wählen. Wohlbedacht. Dem Ambiente entsprechend. Wir haben Hunger.

Als der Kellner wieder an unserem Tisch erscheint wissen wir alle, was wir essen möchten. Jeder mindestens drei verschiedene Gerichte, mancher auch vier, dazu die Getränke, vielleicht doch vorher einen Aperitif?

Der Kellner sieht uns fragend an. Jeden einzelnen. Der Reihe nach. Und wir alle sagen unser Sprüchlein auf. Jeder sagt, was er haben möchte.
Es wird mit einem Nicken und dem Blick zum nächsten quittiert.

Dieser Mann ist ganz sicher stumm! Mein Gott, was haben die ihm nur angetan? Ob ihm die Zunge herausgeschnitten wurde?

Nun bin ich an der Reihe.

"Also ich hätte gerne zuerst einen Salat. Aber bitte nur Blattsalat, und vor allem keinen Mais!" Nicken.

"Und dann bitte die Krebsschaumsuppe", kein Nicken, unverwandter Blick.

Also ich lass mich doch von dem Kerl da nicht einschüchtern! Schließlich habe ich erst vorgestern ein Schiff samt Mannschaft gerettet! Was wollte ich noch? Ich bin ganz durcheinander.

"Anschließend hätte ich gerne die Dorade und dann das 'Steak maritim alà Chef. Aber bitte die Dorade ohne Beilagen, nur mit Spinat, und den Salat vom Steak nicht noch einmal, sondern das ist der Salat, den ich vorneweg esse! Und das Steak bitte mit Kroketten, ist das möglich?"

Nicken.

"Und ob ich dann noch einen Nachtisch möchte, das weiß ich im Moment noch nicht!"

Stoischer Geradeaus-Blick.

"Ach ja, zum Trinken hätte ich gerne einen Sherry, aber medium bitte, sonst bitte keinen Sherry, und danach bitte ein Spezi, gibt es das hier?"

Nicken.

Nacheinander hatten wir alle unser Sprüchlein aufgesagt. Jeder so das Seine. Und der Kellner hatte keine Miene verzogen, nur ab und an genickt.

Wir sind fertig.

Er sammelt die Speisekarten wieder ein und geht.

Norbert hat sich als erstes von seinem Schrecken erholt:

"Völlig egal was der bringt, - ich esse alles!", meint er mit noch immer unter Schock stehender Stimme. Wir schließen uns spontan an. Wir auch! Haben wir denn eine andere Wahl?

Der Kellner bringt mir Teller und Besteck und meint mit freundlicher Stimme: "Bitte bedienen Sie sich am Büffet!"

Wir alle sind völlig perplex. Dieser Kleiderschrank kann ja doch reden! Niemand von uns hatte daran mehr geglaubt. Aber es geschehen eben doch noch Zeichen und Wunder.

Ich bediene mich am Büffet. Sieben Meter lang ist das. Unvorstellbar. Eigentlich brauche ich nur deshalb so lange, weil ich mir das alles ganz genau ansehen möchte. Was da aufgetischt ist! Und alles so frisch und ansprechend und hergerichtet und angerichtet, und ich dachte doch einst etwas derartiges wie in Reggio di Callabria wäre nicht zu übertreffen. Doch hier war der Gegenbeweis.

Und dann der absolute Höhepunkt: Jedes Gericht trifft bei jedem Einzelnen von uns in der bestellten Menge und Größe und Reihenfolge und Änderung ein, in der wir es bestellt hatten.

Unfassbar. Einfach unglaublich. Es wird ein absolutes Festmahl für uns alle.

Und wir reden noch sehr sehr oft davon. Selbst Jahre später noch. Vor allem von Norberts Satz, den niemand von uns je wieder vergessen wird, weil er uns damals aus tiefster Seele sprach:

"Egal was der bringt, ich esse alles!"

Die Tage vergehen, einer wie der andere, Sturm, Sturm und noch mal Sturm. Die einheimischen Fischerboote laufen schon längst nicht mehr aus. Auch die Griechenland-Fähre nicht, die vor ein paar Tagen hier eingelaufen ist.

Von sieben Meter Wellen erzählt uns die Mannschaft. Doch das kann einfach nicht sein. Die Wellenhöhe hängt immer mit der Wassertiefe zusammen. Und im Handbuch steht es schwarz auf weiß: "Höchstmögliche Welle der Adria: Vier Meter!"

"Nein, es waren sieben Meter!", beharrt die Mannschaft der Griechenland-Fähre. Und mit breitem Grinsen erzählen sie uns auch, dass auf dieser Fahrt so wenig Essen wie noch nie ausgegeben wurde. Die meisten Passagiere hätten eh nur über der Reling gehangen.

Die Deutsche Welle verkündet seit Tagen: "Brindisi - Nordost - zwei"

Wir rätseln darüber, wie diese Angabe von nur zwei Windstärken, und das just in Brindisi, in dem wir ja auch liegen - samt Fischerbooten und Fähre und Mafia und Marine - wohl zustande gekommen sein könnte.

Der, der die Winde hier misst, hat ganz bestimmt sein Windmessgerät in Sicherheit gebracht und liest nun in seinem windgeschützten Keller ab: "Brindisi - Nordost - zwei".

Wir messen im Hafen, mehr als vier Kilometer vom offenen Wasser entfernt, bis zu acht Beaufort.

Andy und ich diskutieren darüber, wie diese Überführung nun zu Ende gebracht werden soll. Schließlich hat er nur vier Wochen Urlaub, und die laufen in ein paar Tagen ab.

Sein Vater bietet an, nach Brindisi zu fliegen und die Überführung mit mir zu Ende zu bringen. Lieber Gott, bewahre mich. Mein Schwiegervater und ich allein auf einem Schiff ... was ich einst über meinen Vater sagte, gilt doppelt und dreifach für meinen Schwiegervater!

Doch welche Wahl hatten wir - welche Wahl hatte ich? -, wollten wir dieses Schiff tatsächlich nach Zadar bringen?

Andy telefoniert mit seinem Arbeitgeber und bekommt eine weitere Woche unbezahlten Urlaub. Aber bis dahin muss das hier dann erledigt sein!

So das Wetter will.

Thorsten und Ingrid, die Schiffseigner, sind gerade auf der Interboot in Friedrichshafen. Sie bleiben, ganz zufällig und völlig fasziniert, vor einem Wetterstand stehen. Wie faszinierend diese Datenmenge und wie der Kerle damit umgeht! Wie das Wetter gerade in Brindisi ist? Kein Problem! Moment ...

Er tippt ein paar Zahlen in seinen Wettercomputer ein und kurz darauf rattert der Drucker. Alle Hochs und Tiefs verzeichnet, in Brindisi und um Brindisi und um Brindisi herum.

"Also hier sehen sie", der gute Mann stutzt, unterbricht, sieht nach ... "Moment bitte."

Er gibt ein paar weitere Daten ein. "Also eigentlich müsste es ...", bitte warten Sie kurz.

Nach einer halben Stunde kommt er endlich zu einem absolut klaren Ergebnis und meint mit inzwischen leicht verunsichertem Blick zu Thorsten und Ingrid:

"Also im Grunde genommen kann es da drunten nur besser werden!"

Genau so schlau sind wir inzwischen auch. Aus lauter Verzweiflung segeln einige Schiffe im Hafen herum. Schließlich haben wir hier sechs Windstärken und gut einen Meter Wellen, das eignet sich hervorragend zum Üben.

Die erste Hafeneinfahrt von Brindisi ist so in etwa zweieinhalb Seemeilen von uns entfernt. Wie es 'da draußen' aussieht, das können wir nur erahnen. Mit dem Fernglas beobachten wir die Wellen, die über die seeseitige, fast fünf Kilometer entfernte Kaimauer schlagen, als sei diese schlichtweg nicht existent.

"Wir kommen hier nie wieder raus!", denke ich laut vor mich hin, doch Alfred versucht mich sofort zu trösten:

"Ganz sicher kommen wir hier wieder raus! Wir müssen nur auf den nächsten Sommer warten."

Ganz offensichtlich gibt es Menschen, die ihren Humor wohl nie verlieren. Es ist bereits unser zehnter Tag in Brindisi. Ich komme gerade von der telefonischen Trinkwasser-Bestellung, denn das wird hier in großen Tankwagen geliefert, genauso, wie bei uns in Deutschland das Heizöl. Und genauso wie bei uns das Heizöl ist das nicht gerade billig, doch wenn sich mehrere Schiffe zusammentun, weil die Tanks mal wieder alle leer sind, dann wird es günstiger. Schon längst hatte ich aufgehört, die Bestellungen zu zählen. Das gehörte einfach zum ganz normalen Brindisi-Wahnsinn: Trinkwasser nur auf Bestellung, Strom gar nicht, unsere Diesel laufen oft mehrere Stunden am Tag.

Einen Vorteil jedoch hat diese Stadt doch: Der Hafen verfügt über mehrere Tankstellen. Diesel können wir haben, soviel wir wollen. Nur nützt uns der nichts, wenn wir hier nicht rauskommen aus diesem vermaledeiten Hafen.

In der letzten Nacht war es mal wieder so schlimm, dass wir alle am Kai vor unseren Schiffen saßen, zogen, zerrten und zurrten, da etwas Leine nachlassen, da etwas festzurren und dann Hoffen und Beten, dass das Schiff nicht auf die Kaimauer schlägt. Denn bei diesem Wellengang hier und dem in den Hafen drängenden Seewasser ist nichts mehr sicher. Unser Schiff nicht und unser Schlaf schon gleich dreimal nicht. Das Wasser steigt langsam, aber unaufhaltsam.

Nur Norbert und Alfred schlafen. Einen so begnadeten Schlaf hätte ich auch gerne. Wir versetzen ihre Fender stündlich mit, legen noch ein paar Springs, bis wir sicher sein können, dass auch deren Schiff gut versorgt ist. Wozu die Leute wecken, wenn sie schlafen? Wir können es halt nicht. Schlafen. Und all die anderen Besatzungen der anderen Segelboote auch nicht.

"Und Ihr habt letzte Nacht wirklich nichts bemerkt?", völlig fassungslos sehe ich Norbert und Alfred an.

"Nein. Wir haben sehr gut geschlafen. War es denn wirklich so schlimm?"

"Na ja, Ihr wart jedenfalls die einzigen, die in der letzten Nacht geschlafen haben. Alle anderen hatten Angst um ihr Schiff. So wie wir auch!"

"Vielleicht liegt es ja daran, dass das nicht unser Schiff ist, sondern dass wir es nur überführen", meint Norbert gelassen.

Solche Nerven hätte ich auch gerne. Wird man wirklich so unempfindlich, wenn man ständig auf dem Wasser unterwegs ist? Vermutlich schon. Ich wechsle das Thema.

"Was meint Ihr? Irgendwie hat sich das Wetter heute doch ganz schön beruhigt nach dieser Nacht. Ob wir morgen auslaufen können?"

Norbert grinst. "Also hat es Dich jetzt auch gepackt?"

Ein bisschen verständnislos erwidere ich: "Was soll mich gepackt haben?"

Norbert grinst noch breiter und meint: "Hab ich das nicht mehr richtig im Ohr? Da war doch was mit: 'Also bei mehr als vier Windstärken laufen wir gar nicht erst aus. Das ist viel zu gefährlich für uns, weil wir doch nur zu zweit sind ...' oder täusche ich mich da?"

"Ja aber das hilft uns hier jetzt auch nichts! Irgendwann müssen wir hier mal raus und Andys Urlaub ist
bereits abgelaufen und wir haben nicht mehr viel Zeit!

Und in diesem ... ich schlucke einmal kräftig das mir
auf der Zunge liegende Wort hinunter ... 'Brindisi' hält
mich nun wirklich mehr als nur nichts. Hier hält mich
rein gar nichts!"

"Siehst Du, und genau das meine ich", fährt Norbert
unbeirrt fort, "heute laufen wir nicht aus, da hat es einfach zu viel Wind draußen ... am nächsten Tag regnet
und stürmt es weiter ... nein, heute laufen wir nicht aus,
wenn es wenigstens nicht mehr regnen würde ... am
dritten Tag ... na ja, Regen ist ja nicht so schlimm, aber
so viel Wind muss es doch nicht sein ... am vierten Tag
... also wenn nicht gerade Orkan ist, das bisschen Regen
da ... und so schaukelt sich das jeden Tag hoch und je
länger man im Hafen sitzt, desto mehr nimmt man in
Kauf, nur um wieder auslaufen zu können. Kennst Du
das nicht?"

Ich bin nachdenklich geworden. Und ob ich das
kannte! Genau das hatte uns ja letzte Woche in diese
verdammt schwierige Situation gebracht!

Über eine Woche war das jetzt schon her? Ich kann
es kaum glauben. Wir müssen vorsichtig sein. Ich muss
vorsichtig sein.

Am nächsten Tag um elf Uhr legen wir ab. Gemeinsam mit Norbert und Alfred. Wir haben uns gerüstet,
alles festgezurrt, uns selbst vermummt und festgebun-
den, hier im Hafen werden wir auch weiterhin nicht
wissen, wie es draußen auf dem offenen Wasser aussieht.

Eine halbe Stunde später haben wir die dritte und letzte Hafeneinfahrt von Brindisi hinter uns gelassen und motoren in einer drei Meter hohen Dünung. Kein Lüftchen regt sich mehr. Und Dünung sind schließlich keine Wellen. Sie ist weiter auseinander, flacher, das Schiff kann hinauf- und auch wieder hinuntersegeln. Kein Krachen und Schlagen, nur ein 'langsam hoch' und 'sachte runter', ganz gemächlich, es tut richtig gut, endlich wieder tiefes Wasser unter den Planken zu spüren.

Leider haben wir die Rechnung ohne den Wirt gemacht.

"Wenn wir nach Vieste wollen, dann musst Du jetzt Kurs 310 Grad anlegen!", Andy steht am Ruder, ich navigiere, meine Welt ist wieder 'in Ordnung'.

Ich ernte einen kritischen Blick von Andy. "Du weißt schon, was passiert, wenn ich jetzt diesen Kurs anlege!?"

Ich sehe mir die Wellen an sowie die von mir präferierte Richtung, und nicke gequält. "Ja, ich weiß es".

Andy ändert den Kurs.

Wir liegen quer zu den Wellen.

Und was vorher ein angenehmes Rauf und Runter war wird nun zu einem äußerst unangenehmen Hin und Her.

Versuchte da nicht gerade die Backbordseite an der linken Welle zu nippen? Nein! Jetzt ist es die Steuerbordseite, die ganz gerne was von der rechten Welle abhaben möchte ... es wird schnell klar, dass dieser Kurs bei dieser Dünung einfach nicht zu halten ist.

Ich sehe fragend zu Andy:

"Leg mal den Kurs an, von dem Du meinst, dass Du ihn gerade noch so segeln könntest." Notfalls kreuzen wir uns halt nach Vieste hoch oder wir verlegen die Überfahrt über die Adria auf gleich, hier und heute, oder was weiß ich ... so schnell gebe ich meine Hoffnungen nicht auf, Brindisi zu entkommen.

"Also im besten Fall sind es 10 Grad. Mehr geht beim besten Willen nicht!"

Das ist wenigstens mal eine Aussage! Ich rase hinunter zum Navitisch und beginne zu rechnen. 10 Grad, das bringt uns in etwa in die Nähe von Dubrovnik. Ist wenigstens schon mal nicht mehr Albanien.

Sind ungefähr 150 Seemeilen, dazu brauchen wir bei sechs Knoten Geschwindigkeit cirka fünfundzwanzig Stunden - können wir vergessen. Was wird sein, wenn das Wetter nicht hält? Der nächste Hafen weit weg?

Albanien scheidet als Zuflucht aus ... "Die Risikobereitschaft wird mit jedem Hafentag größer ...", Norberts Worte klingen mir im Ohr, nein, bitte nicht schon wieder. Weitere Möglichkeit:

Nach Vieste kreuzen, Bari gibt es ja auch noch ... ich schlage nach, rechne aus, hilft alles nichts, die Schläge sind zu groß. Mit jedem Schlag nur zehn Grad an Höhe gewinnen, da ist es sinnvoller gleich nach Dubrovnik durchzufahren. Und wenn das Wetter ... und wenn der Wind ... und wenn Andy ... es sind so verdammt viele 'Wenn'.

Ich gehe wieder zu Andy ins Cockpit. Niedergeschlagen. Aller Hoffnungen beraubt. Ich gebe mich geschlagen und schüttle nur den Kopf. Von meinen Berechnungen sage ich schon gleich gar nichts, waren wohl eher Wunschvorstellungen.

"Also wieder zurück", meint Andy, der wohl auch manchmal Gedankenlesen kann. Das war dieses Mal aber nicht besonders schwer.

Ich nicke.

"Wisst Ihr eigentlich, was das tolle an einem Segel-schiff ist?", Norbert sieht am Abend fragend in die Runde.

Nein, wir wissen es nicht. Denn Norberts Blick nach zu urteilen hat er etwas ganz Bestimmtes im Kopf, auf das wir sowieso nicht kommen. Nicht kommen können.

"Was ist es denn?", frage ich zurück.

"Na, dass es einen Mast hat!", und auf unsere ver-dutzten und fragenden Blicke hin lächelt er und meint:

"Wir haben Euch vorhin in den Wellen immer gese-hen! Auch wenn ihr im Wellental verschwunden wart, ein kleines Stück vom Mast ragte immer noch raus. So haben wir ständig gewusst, wo ihr seid!"

Aha. Nun konnte ich mir einen Reim darauf machen, wie das so von außen aussieht, wenn ein Schiff in drei Meter Wellen oder Dünung - oder was auch immer - segelt. Mal ist es da, mal ist es weg. Kenne ich ja schon. Mal ist es oben, mal ist es unten ...

Gemeinsam hatten wir an diesem Tag nach nur einer viertel Stunde Kurs halten über Funk beschlossen, in den Hafen zurückzukehren. Wenn man die Götter ge-gen sich hat - welche auch immer - sollte man sich beu-gen. Sie sind einfach stärker. Der Gott des Windes, der Gott des Meeres, der Gott der widrigen Umstände, und wie sie alle heißen mögen. Und der liebe Gott da droben im Himmel schon gleich ganz.

Es ist Abend geworden, wir sitzen mal wieder, zum - ich hab nicht mehr gezählt wie viel - 'ten Mal gemütlich zusammen. Und zum ersten Mal, seit wir uns kennen, erzählt Alfred von sich.

Ich hatte es bisher wohl vergessen zu erwähnen: Auch wir hatten so einen stillen, stummen, großen Kleiderschrank auf zwei Beinen unter uns. Nicht ganz so furchtbar, nicht ganz so grimmig, nicht ganz so groß - Kellner hätte er in besagtem Lokal wohl nicht werden können - aber immerhin.

"Du hast Schwangerschaftsstreifen???", da hatte ich mich wohl gerade verhört. Also nur um das mal klarzustellen: Ich bin Mutter, ich habe ein Kind auf die Welt gebracht, ich weiß, was Schwangerschaftsstreifen sind. Und jetzt sitzt da vor mir ein grinsend lächelnder Kleiderschrank und hat die Stirn zu behaupten, dass es Männer gibt mit Schwangerschaftsstreifen?

Ich muss das noch mal kurz überdenken. Denn die Wissenschaft ist ja inzwischen sehr weit fortgeschritten. Und mein Arzt hatte mir mal gesagt, dass es heutzutage rein technisch kein Problem mehr sei, dass auch Männer Kinder bekommen könnten. Schließlich sei der Mutterkuchen ein Parasit und würde sich überall festfressen.

Ich hatte da also ganz offensichtlich eine medizinische Sensation vor mir! Und die schweigt seit Tagen, was sage ich, seit Wochen?! Es ist kaum zu glauben. Meine nächste Frage erscheint mir also durchaus logisch:

"Ja hast Du denn ein Kind bekommen?"

Alles lacht.

Ich verstehe noch weniger, war denn meine Frage wirklich so unlogisch?

Alfred fängt sich als erstes und meint: "Na ja, vielleicht kann man das ja auch so sehen. Aber nicht wirklich. Nein, kein Kind so wie Du es hast. Ich bin halt mal durch die Sahara gelaufen ..."

'Ich bin halt mal (eben gerade so, weil mir danach war) durch die Sahara gelaufen ...', den Satz muss ich erst verdauen. Den muss ich mir auf der Zunge zergehen lassen. 'Ich musste halt eben mal auf die Toilette ...', halt, nein, er hat gesagt, er ist gerade mal eben einfach so durch die Sahara gelaufen ... ich fasse es nicht.

"???", jetzt bin ich es, der die Worte fehlen. Und das will was heißen.

Also das erste Fragezeichen steht für meinen Blick, das zweite für mich und das dritte für die Sahara. Doch Alfred versteht wohl keine Blick-Fragen, ich muss deutlicher werden.

"Sag mal, welcher Teufel hat Dich da geritten? Man kommt doch nicht einfach so auf die Idee, gerade mal eben durch die Wüste zu reiten, was sage ich, Du hast gesagt, Du bist durch die Wüste g-e-l-a-u-f-e-n?"

"Weißt Du, mir war mein Leben einfach so langweilig. Ich empfand es als so nichtssagend. Und den Wunsch hatte ich halt schon immer! Wie ist das, in der Wüste, allein auf sich selbst gestellt, all diese Entbehrungen, ist ja alles so anders wie in dem Leben, das wir gewohnt sind ..."

"Das kann man wohl sagen!", unterbreche ich seinen 'Redeschwall' und kann mir eine gewisse Bewunderung nicht verkneifen. "Und wieso hast Du deshalb Schwangerschaftsstreifen?", ich kann es noch immer nicht fassen.

"Na ja, das war nicht ganz so einfach, wie ich es mir vorgestellt hatte. Trotz aller Vorbereitungen. Und dann hab ich natürlich abgenommen, schließlich war ich ein paar Wochen unterwegs. Und zum Schluss bin ich fast verhungert ...", Alfred unterbricht seine 'Erzählung', sie scheint ihn selbst noch zu bewegen.

"Jedenfalls habe ich es dann doch geschafft. Und als ich zurückkam hatte ich natürlich Hunger. Und dann hab ich in ein paar Monaten sechzig Kilo zugenommen. Und der Arzt hat später gemeint, das sei wie bei einer Schwangerschaft, da nehmen die Frauen auch immer zu wie verrückt, und das hätte halt mein Bindegewebe nicht ausgehalten."

Mehr ist leider aus Alfred nicht mehr herauszubekommen.

"Ja wie war das denn da?"

"Heiß halt! ... Na ja, in den Nächten dafür umso kälter!"

"Wie hast Du Dich gefühlt?"

"Hungrig!"

"Wie ist das mit den Oasen, findet man die?"

"Du musst sie finden, sonst bist Du tot."

"Und als Du wieder zurück kamst?"

"War ich halt wieder zurück"

Doch die 'Schwangerschaftsstreifen', die lass ich mir noch zeigen. Da gebe ich nicht nach. Ich kann das alles erst glauben, wenn ich sie gesehen habe ... Alfred krempelt irgendwann in dieser Nacht noch seinen Pulli hoch. Und dann sehe ich sie.

Schwangerschaftsstreifen bei einem Mann. Schwangerschaftsstreifen, wie ich sie nie zuvor derart ausgeprägt gesehen habe. Sie erzählen mir viel mehr, als es Alfreds Worte je vermochten. Sie erzählen von Entbehrungen und von Niederlagen. Sie erzählen von Tod und von Auferstehung. Sie erzählen von aufgegebenen Hoffnungen und neu gewonnenem Mut.

Sie erzählen von einem Leben.

Sie erzählen von der Geburt eines neuen Kindes, eines neuen Lebens.

Am nächsten Morgen verlassen wir - endgültig und für immer - den Hafen von Brindisi.

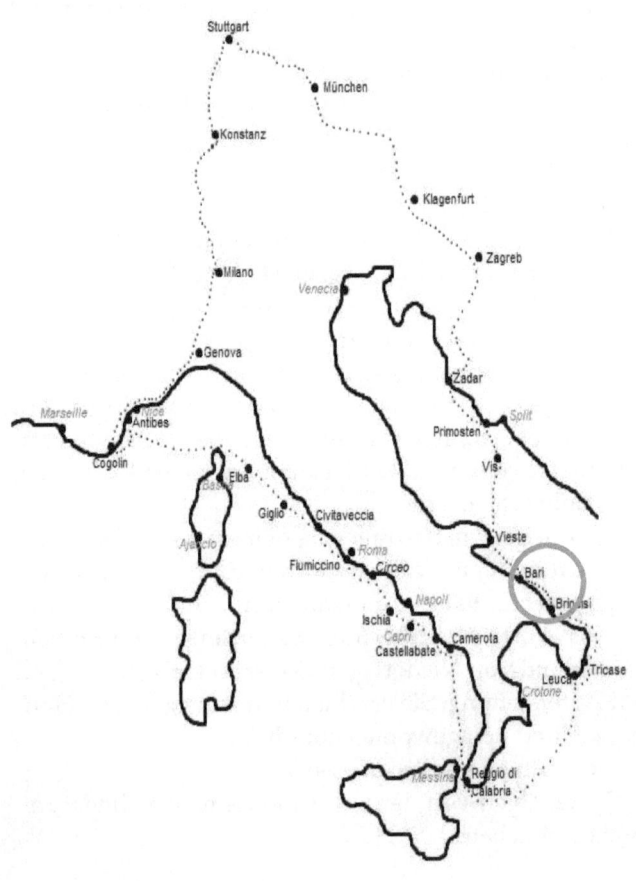

Von Brindisi nach Vieste

Norbert und Alfred legen mit den ersten Sonnenstrahlen ab. Wir dagegen lassen uns Zeit und schlafen noch mal richtig aus, denn bis Vieste werden wir wohl so um die vierundzwanzig Stunden brauchen. Also mal wieder eine Nachtfahrt, aber da sind wir inzwischen fast geübter als in den Tagfahrten. Diesmal planen wir diese große Strecke nicht, weil an der Ostküste Italiens keine Häfen sind - da gibt es genug -, nein, die Zeit sitzt uns im Nacken und wir müssen die Überführung nun so schnell wie nur irgend möglich hinter uns bringen.

Doch bevor es losgeht brauchen wir einen vollen Tank.

Auf dem Weg zur Tankstelle begegnen wir einer wunderschönen Holzyacht, topp gepflegt und gestylt bis ins kleinste Detail, ich schätze sie auf achtzehn bis zwanzig Meter Länge. Ein wunderbares Schiff. Ich kann mich gar nicht satt sehen daran. Dass just diese Yacht zwei Tage später aus dem Hafen von Brindisi gestohlen wird, das wissen wir zu diesem Zeitpunkt noch nicht.

Um elf Uhr lassen wir die letzte Hafeneinfahrt von Brindisi hinter uns. Hier draußen auf dem Wasser empfangen uns so um die ein Meter hohe Wellen, doch das stufen wir inzwischen als 'spiegelglatt' ein. Der Wind weht mit zwei Beaufort aus Ost.

Wir beschließen Groß und Genua zu setzen, gleichzeitig jedoch den Motor mitlaufen zu lassen, denn das bisschen Wind reicht einfach nicht, um schnell genug vorwärts zu kommen. Aber immerhin kann dieses 'bisschen Wind' den Motor kräftig unterstützen und wir sparen Diesel.

Bereits eine Stunde später können wir auf die Motorkraft verzichten, denn der Wind hat stetig zugenommen. Inzwischen bläst er mit vier bis fünf Windstärken und auch die Wellen haben ein bisschen zugelegt. Sie nähern sich jetzt der Zwei-Meter-Marke. Norbert meldet sich über Funk:

"Doris, habt Ihr heute schon aufs Barometer geschaut? Geh mal hin und klopf drauf!"

Ich mache was mir aufgetragen wurde und werde leichenblass. Mein Magen rumort. Bitte, bitte, nicht schon wieder! Das Barometer ist auf einen Schlag um sieben Hektopascal gefallen.

Ich gehe ans Funkgerät und melde Norbert meine furchterregende Beobachtung. Norbert bestätigt. Auch bei Ihrem Barometer wären sie zum gleichen Ergebnis gekommen. Die Zeichen stehen auf Sturm.

"Jetzt mach Dir mal nicht gleich in die Hose!", meint Norbert, als ich ihn frage, ob man bei einem derartigen Barometersturz nun mit einem Orkan rechnen müsste.

"Nein, nicht unbedingt! Das kann auch daher kommen, weil wir ja länger im Hafen waren und niemand so wirklich auf das Barometer achtete. Aber behalte es ab jetzt lieber im Auge!"

Und ob ich das tun werde! Denn ein Barometerfall von einem Hektopascal in der Stunde, so hatte ich einst gelernt, bedeutet Sturm.

Also stehe ich ab sofort pünktlich jede Stunde vor unserem Barometer. Es fällt weiter. Und es fällt weit mehr als nur einen Hektopascal in der Stunde. Und auch der Wind hat inzwischen auf mehr als fünf Beaufort aufgefrischt. Und die Wellen nähern sich wieder unseren inzwischen 'gewohnten' drei Metern. Es ist Abend geworden.

Um achtzehn Uhr gehe ich zu Andy an Deck. Wir reffen die Segel. Wind steigt.

Um zwanzig Uhr beschließen wir Bari anzulaufen, das Barometer ist inzwischen um insgesamt achtzehn Hektopascal gefallen. Dieses Risiko sind wir nicht bereit einzugehen.

Kaum steht unser Entschluss fest, da besinnt sich der Wind auf vier Windstärken zurück. Doch davon lassen wir uns nicht beirren. Womöglich holt er nur kurz Luft um dann richtig zu blasen? Wir haben kein Interesse daran, das auszutesten.

Kurz vor Mitternacht sichten wir die Hafeneinfahrt von Bari und um ein Uhr schreibe ich ins Logbuch: "Fest in Porto di Bari. Wind fünf, See zwei, keine Sicht"

Andy und ich sind ein bisschen niedergeschlagen. Zwar sind wir Brindisi nun endlich entkommen, doch wie soll es weitergehen? Wir beschließen, am nächsten Tag - wenn irgend möglich - so früh wie möglich auszulaufen. Immerhin hatten wir heute stolze sechsundsiebzig Seemeilen geschafft. Morgen würde in etwa noch mal die gleiche Strecke auf uns warten, wollten wir denn Vieste erreichen. Wir gehen früh schlafen.

Am nächsten Tag werden wir in aller Herrgotts Frühe äußerst unsanft geweckt. Es ist fünf Uhr. Und vor unserem Schiff stehen zwei Hilfssheriffs und brüllen und schreien und trommeln auf unser Deck. Noch ganz schlaftrunken wanken wir hinaus.

"Hier haben Sie nichts zu suchen! Weg da! Weg da!", sie scheinen äußerst aufgebracht zu sein. Andy fängt sich als erster:

"Aber das hier ist doch der Hafen von Bari?"

"Natürlich ist das der Hafen von Bari! Aber der ist nicht für fremde Schiffe! Sie können hier nicht bleiben!

Weg da!", diese beiden Typen sind tatsächlich bereits dabei, unsere Leinen los zu machen. Also das gibt es doch nicht!

Andy springt an Land und gibt sehr deutlich zu verstehen, dass das unsere Leinen sind und wenn überhaupt jemand, dann würde er sie lösen und niemand anderes!

Wir wechseln nur einen kurzen Blick, dann steht es fest: Nichts wie raus hier!

Andy löst die Leinen selbst und wir legen ab. Das Wetter hat sich wider Erwarten beruhigt, wir wollten eh möglichst früh los, also warum nicht gleich, hier, jetzt und sofort? Wenn wir nicht Gast sein dürfen, dann wollen wir auch nicht Gast sein!

Draußen erwarten uns zwei Meter Wellen, oder Dünung, oder irgend so was dazwischen, also eigentlich fast noch spiegelglatt, und ganze zwei Windstärken. Als unser Morgenkaffee endlich aus den Tassen dampft haben wir die Hafenlichter von Bari schon längst hinter uns gelassen.

Motor läuft, Groß und Genua sind gesetzt, es geht Vieste entgegen.

Hatte ich eigentlich bereits erwähnt, dass wir uns auf einem Segelschiff befinden? Also das muss ich einfach an dieser Stelle noch einmal klarstellen: Wir haben kein Motorboot. Wir haben nicht einmal einen Motorsegler. Was wir hier überführen, das ist ein völlig normales Segelschiff, ausgestattet mit Großsegel, Rollgenua, Blister und einem Diesel-Motor, dessen sechzig PS einzig dafür gedacht sind, die Hafenmanöver unseres fast Sechs-Tonnen-Schiffes etwas zu erleichtern. Dem angemessen selbstverständlich auch das Tankvolumen, das 'im Normalfall' ganz sicher locker für mehrere Wochen ausreichen würde, würde man denn dieses Segelschiff seiner ursprünglichen Bestimmung entsprechend nutzen.

Leider halten Segelschiffe nicht besonders viel von vorbestimmten Kursen und geplanten Wegen, am allerwenigsten jedoch halten sie etwas von Überführungen unter Zeitdruck.

Ich hatte das mal in einer stillen Stunde, während einer Nachtfahrt, mit unserer ‚Ladoka' besprochen. Damals hatte ich sie ausgiebig gelobt, weil sie sich doch auch unter 'Hilfsmotor' so tapfer hielt ...

Inzwischen jedenfalls hatten wir 856 Seemeilen unter Motor zurückgelegt. Unter Segeln jedoch nur schlappe 141 Seemeilen. Darüber muss man einfach lachen, denn zum Weinen reicht es nicht mehr.

Am Abend stehen wir vor dem Hafen von Vieste. Der Wind hat schon längst aufgefrischt auf nette fünf Windstärken, die Wellen überschreiten mal wieder fast die Drei-Meter-Marke.

Verdammt noch mal, wie geht das nur? Wie nur können sich derartige Wellen bei so geringen Windstärken aufbauen? Diese Windstärken wehen ja nicht seit Tagen! Die kommen und gehen zwischen Sonnenaufgang und Sonnenuntergang, zwischen Sonnenuntergang und Sonnenaufgang. Irgendwo muss es gewaltig blasen, denn anders ist die See hier nicht zu erklären.

Doch das nur so am Rande. Wir selbst stehen gerade vor einem ganz anderen Rätsel.

Vieste hat nur ein Hafeneinfahrtslicht, nämlich das rote an Backbord. In Italien ist Vieles anders, wie ich der Seekarte entnehmen kann, ganz offensichtlich auch die Befeuerung von Häfen im Allgemeinen und die von Vieste im Besonderen.

Links neben diesem Backbord-Hafen-Einfahrtslicht ist laut Karte noch ein weiteres rotes Licht, das vor der neben dem Hafen liegenden flachen Bucht warnt. Da ist auch so ein Gartenzaun drin, hat also schon mal jemand probiert neben dem Hafen anzulegen und ist gescheitert.

"Cäsar cum vidisset, portum plenum esse, dextra navigavit", nein, nicht dass ich Latein wirklich könnte, aber diesen Satz aus meiner Schulzeit hatte ich mir gemerkt. "Als Cäsar sah, dass der Hafen voll war, schiffte er daneben" ... so in etwa die wörtliche Übersetzung. Doch ganz sicher war das hier in der Bucht nicht Cäsars Schiff, wo bin ich schon wieder mit meinen Gedanken?

Da draußen hat es ein ganz anderes Problem. Und zwar ein gewaltiges!

Wir stehen vor DREI roten Hafeneinfahrtslichtern.

Fünf Windstärken.

Inzwischen über drei Meter Wellen.

Hafen greifbar nahe.

Und ich hatte einst gelernt: 'Rechts grün, links rot'.

Halte ich mich links von einem grünen Licht, dann bin ich IMMER in Sicherheit. Ganz genauso, wie wenn ich mich rechts von einem roten Licht bewege. Genau das hatte mir doch damals, bei dieser Ausbruchs-Rückkehr nach Brindisi so sehr geholfen! 'Links neben grün bist du sicher'.

Aber hier war kein Grün!

Nur dreimal rot.

Und jetzt?

Andy und ich rätseln schon seit geraumer Zeit. Genauer gesagt, seit wir eben genau diese drei roten Lichter sehen. Doch wenn es dunkel ist, wenn es Wind und Wellen hat, wenn die Hafeneinfahrtslichter nur ab und zu mal vor den Augen vorbeikommen, woher soll man - oder auch frau - dann wissen wohin steuern?

Die Hafeneinfahrt selbst sehen wir nicht.

Nur drei rote Lichter. Jedes steht auf einem Felsen. Verd.....

"Doris, schau, der Fischer dort! Der sieht aus, als ob er in den Hafen möchte. Dem fahren wir jetzt einfach hinterher!" Die Idee ist - fast - genial. Wenn da nicht unser Tiefgang wäre, dessen es dem Fischer schlichtweg mangelt.

Aber hier gibt es nur einen Hafen. Und der ist auch für uns tief genug. Also wenn der Fischer nicht gerade in die Bucht will, dann müsste Andys Rechnung aufgehen. Ich stimme zu.

Der Fischer hält genau zwischen die beiden rechten roten Lichter und verschwindet dann irgendwo im Dunkel. Wir tun es ihm nach. Und siehe da, die Felsen öffnen sich, ebenso wie das dahinterliegende Hafenbecken.

Es ist gerade mal halb acht, schlapper Spätnachmittag also, als wir just an diesem Fischer längsseits anlegen. Einen anderen Platz konnten wir nicht finden.

In meinem Kopf geht es drunter und drüber.

Mir geht und geht einfach dieses Manöver von mir nicht aus dem Sinn. Damals, bei diesem Ausbruchsversuch aus Brindisi. Da bin ich doch nur deshalb den Klippen entkommen, weil mir mein Gefühl sagte, ich dürfte keinen Meter mehr weiter in diese Richtung segeln.

Und ich hatte damals doch nur den Hafen gefunden, weil mein Verstand mir sagte: 'Links neben grün bist Du sicher!' Ja, aber was ist schon 'sicher'?

Wäre Vieste Brindisi gewesen, dann hieße das analog: 'Rechts von Rot bis du sicher.' Doch ein 'rechts von rot' hätte mich HEUTE auf die Klippen geführt! Das mag mal ein Mensch verstehen. Ich nicht.

"D-o-r-i-i-i-i-s!", schallt es durch die ganze Bucht, nun ja, mit knapp drei Jahren, da hat man noch keine Hemmungen. Und seit Kristin in Erfahrung gebracht hat, dass ihre Eltern auch Vornamen haben, hat sie ein neues Hobby gefunden. Wir sind unterwegs und erkunden Vieste, Andy und Kristin weit voraus, denn schließlich bin ich es gerade, die filmt. Und auch das braucht Zeit.

Vieste, das genau am Sporn von Italiens Stiefel liegt, scheint wie von einem Künstler in einer besonderen Mußestunde malerisch in die Umgebung verteilt worden zu sein. Es ist, als gehörte hier alles zusammen. Italien, der Sporn, die Bucht, das Dorf, die Menschen, die Gelassenheit. Ich kann mich gar nicht genug satt sehen daran. Was für eine Idylle!

Ja, genau hier würde ich wohnen wollen. Hier und nirgends anders auf der Welt. Hier ist es einfach nur schön. Das Schöne ist hier einfach. Das Einfache ist hier schön. Die Menschen freundlich und gelassen und ruhig und offensichtlich mit ganz viel Zeit.

Zeit, was ist das? Genau hier scheint sie stillzustehen.

Am Abend lernen wir Toni aus Österreich kennen. Und Toni kennt sich aus!

"Was, Ihr wollt gleich nach Primosten durch? Warum denn? Peilt doch erst mal Vis an! Da könnt Ihr gut einlaufen, das ist überhaupt kein Problem!"

"Vis? Du meinst die Insel Vis? Aber die ist doch militärisches Sperrgebiet! Also diese Sperrgebiete, die wollten wir eigentlich alle, wenn irgend möglich, weiträumig umfahren!"

"Nein nein, das war mal. In diesem Frühjahr haben die ihre Grenzen aufgemacht. Vis ist jetzt kein Sperrgebiet mehr, das könnt Ihr ruhig anlaufen!"

Also wenn das so ist ... wir hören es nur allzu gerne! Denn eigentlich hatten wir ja beschlossen, so um Mitternacht rum auszulaufen, damit wir in einer akzeptablen Zeit in Primosten ankommen. Doch das war zu umgehen? Liebend gerne lassen wir uns überreden! Dann können wir ja wenigstens diese Nacht noch mal schlafen ...

Am nächsten Morgen laufen wir um sechs Uhr und fünfzehn Minuten aus und verlassen den Hafen von Vieste. Die Adria-Überquerung steht an.

Wind zwei, See drei, keine Sicht.

Es ist noch dunkel. Und der Ruhe hier am Anfang trauen wir nicht so ganz.

Der Kampf beginnt

Ich sitze am Navitisch und schaue mir den Wetterbericht der Deutschen Welle vom Vorabend noch mal an, den ich schon längst in unsere Wetterkarte übertragen hatte. Und Andy hatte auch schon längst alle Hochs und Tiefs und natürlich auch die Fronten fein säuberlich eingezeichnet.

Ganz normaler Segler-Alltag, doch dieser Wetterbericht fasziniert und erschreckt mich zugleich. Noch nie hatte ich gehört, dass die Deutsche Welle Seehöhen in Ihren Wetterberichten angibt. Auf der anderen Seite Italiens kachelt es gewaltig:

Sturmtief 993 westlich Korsika, zunächst Süd, später Ost ziehend, anfangs noch vertiefend.
Tief 995 Adria, Nord-Ost ziehend.
Kaltfront 1003 südliches Ionisches Meer, 1005 Westlibyen, langsam Ost schwenkend.
Umfangreiches Hoch 1038 westlich Irland, festliegend, noch etwas verstärkend.

Die Aussichten bis morgen Mittag:
Golf du Lion: Nordwest bis Nord, neun bis zehn, in Schauerböen elf, mittlere bis gute Sicht, See fünf Meter.
Balearen: Nordwestliche Winde um fünf, Schauerböen, gute Sicht, Nord-Ost-Dünung vier Meter.
Ligurisches Meer: Nordost, zunehmend acht bis neun, Schauer und Gewitterböen, mittlere Sicht, See fünf Meter.
Tyrrhenisches Meer: Südwestliche Winde vier bis fünf, zunehmend sechs bis sieben, Schauer- und Gewitterböen, mittlere Sicht.
Adria Nordteil: Nördliche Winde um sechs, Regen, mittlere Sicht.

Südteil: Südwest bis Süd um fünf, Schauer und Gewitter-
böen, mittlere Sicht.
Ionisches Meer: Süd bis Südwest um sechs, Schauer- und
Gewitterböen, mittlere Sicht.
Ägäis: Süd sieben, strichweise Regen, mittlere Sicht.
Biskaya: Nord bis Nordost, sechs bis sieben, Schauerböen,
gute Sicht.

Bei uns draußen hat es gerade mal zwei Windstärken, das Wasser ist ein bisschen unruhig, aber weiter
nichts los. Ich überlege, ob wir wohl noch zum Südteil
der Adria zählen oder vielleicht doch eher schon zum
Nordteil - und wird sich das Wetter an diese Grenzen
halten?

Bestimmt gehört Vieste noch zum Südteil, Vis dagegen schon fast zum Nordteil. Wie auch immer, unangenehm kann es in jedem Fall noch werden. Mit Windstärken zwischen fünf und sechs müssen wir einfach
rechnen und diese 'Schauer- und Gewitterböen', die
finde ich nun überhaupt nicht lustig. Denn da kann sich
der Wind schon mal so kurzfristig verdoppeln. Doch
geht das auch schnell wieder vorbei. Nach meiner Erfahrung jedenfalls. Böen sind immer etwas Unange-
nehmes.

Ich frage Andy, ob er einen Kaffee möchte. Es ist elf
Uhr. Wir fahren mal wieder unter Motor, denn nicht
nur, dass der Wind viel zu wenig bläst, er kommt uns
natürlich auch fast noch entgegen. Als ich Andy den
Kaffee bringe schaue ich mich ein bisschen um auf dem
Wasser.

"Voraus kommt nichts Gutes!", meint Andy mit einer
Kopfbewegung nach vorne, ich sehe es selbst. Das Wasser scheint ziemlich aufgewühlt zu sein und der Horizont erscheint bleiern und dunkel. Ob das die gemelde-

te Front ist? Aber wenn die Richtung Ost zieht, dann zieht die ja von uns weg. Wer weiß, vielleicht treffen wir die ja gar nicht mehr.

Eine halbe Stunde später sind wir mitten drin in der aufgewühlten See. Ich schreibe ins Logbuch:

Nordost-Dünung gut zwei Meter, Südwest-Dünung knapp zwei Meter und Wellen aus Nord so um die zweieinhalb Meter." Es wird ungemütlich. Sehr ungemütlich. Doch der Wind hält weiterhin an seinen zwei Windstärken fest.

In der Ferne sehen wir die ersten Blitze aufzucken unter der bleiernen Himmelsdecke. Nach weiteren knapp drei Stunden Fahrt haben wir sie fast erreicht. Ich gehe unter Deck und bringe Kristin in die Steuerbord-Heckkoje. Das ist ihre Koje. Ausgestattet mit jeder Menge Plüschtiere und Spielzeug und all dem, was Kristin am liebsten mag. Doch Kristin mag nicht bleiben.

Ob Kinder einen siebten Sinn haben? Ganz sicher. Ich versuche mit ihr zu reden und ihr zu erklären, dass Papa und Mama jetzt keine Zeit für sie haben werden. Und dass es doch am besten sei, wenn sie hier in ihrer Koje spielt. Da wären doch so viele interessante Dinge ... es dauert eine Weile, bis ich genau das gefunden habe, was Kristin ablenkt und so fasziniert, dass sie gerne bleibt.

Ich gehe wieder in den Salon zurück und höre, wie Andy das Vorsegel setzt. Ich schieße ins Cockpit hinaus. Ja ist er denn verrückt geworden?

Doch es hat sich nur von unten so furchterregend angehört.

"Den Quadratmeter Segel brauchen wir, um das Schiff zu stabilisieren, wenn da jetzt Wind kommt. Aber mehr Segel lass ich lieber noch nicht raus, denn ich habe keine Ahnung, was da wirklich kommt!"

Alles klar. Fast. Nein, doch nicht so ganz. Bisher jedenfalls hatte Andy noch nie Vertrauen in nur zum Teil aufgerollte Vorsegel gehabt. 'Doris, da hält mal irgendwas nicht, und plötzlich hast Du das ganze Segel stehen, wenn eine Böe kommt! Ich hab das schon zu oft erlebt. Diese Art zu reffen ist einfach nicht sicher!'

Doch haben wir eine andere Wahl?

Ein zweites Vorstag steht uns nicht zur Verfügung. Also entweder Vertrauen in ein Vorsegel-Roll-Reff, oder kein Segel. Ich weiß in diesem Moment nicht, was schlimmer ist.

Bei einem plötzlich voll stehenden Segel fliegt uns der Mast um die Ohren. Was wiederum ein Schiff im Sturm nur unter den günstigsten Umständen übersteht.

Mit keinem Segel fliegt uns bei entsprechenden Windstärken womöglich gleich das ganze Schiff um die Ohren.

Also einen Versuch ist es ganz sicher Wert.

Dieses bleierne Grau mit den zuckenden Blitzen rückt unaufhaltsam näher.

Unter Motorkraft schieben wir uns bei zwei Windstärken mit sechs Knoten Fahrt durch das aufgewühlte Wasser.

"Ich geh mal runter und mach mich auch fertig!", sage ich zu Andy. Doch der nickt nur und beobachtet weiter.

Es ist halb drei.

Eine Viertelstunde später haben wir es erreicht. Ich sitze oben im Cockpit, hatte noch ein paar Filmaufnahmen gemacht von dem herannahenden Unwetter, die Kamera jedoch inzwischen wieder sicher im Schiff verstaut. Es könnte ja sein, dass ich beide Hände zur freien Verfügung brauche. Andy steht am Ruder.

Mit sechs bis sieben Windstärken erwischt es uns. Nicht ganz so schlimm wie befürchtet, aber unangenehm genug.

"Also genau an dem Tag seid Ihr da rüber?", es ist einen Monat später, wir sitzen mit Norbert auf unserem Balkon. Und Norbert erzählt:

"Das war genau der Tag, an dem auch wir versuchten, aus Manfredónia auszulaufen."

"Was, Ihr wart da noch in Manfredónia? Aber wieso denn? Ihr wart uns doch weit voraus!", unterbreche ich Norbert fragend.

"Ja, das schon, wir sind von Brindisi direkt nach Manfredónia gefahren. Da waren wir dann in der Nacht, in der Ihr in Bari wart. Unser Funkkontakt war ja vorher schon abgebrochen ... und da wollten wir uns dann eindecken für die Überfahrt und das war nicht ganz so einfach, wie wir dachten, und so mussten wir noch einen weiteren Tag in Manfredónia bleiben. Das war dann der Tag, an dem Ihr nach Vieste seid."

"Menschenskind, wenn wir das gewusst hätten, dann hätten wir ja wieder funken können!"

"Ja, hätten wir", Norbert lächelt, "aber wir haben es nicht gewusst. Jedenfalls wollten wir an diesem Tag auch rüber nach Jugoslawien."

"Und warum seid Ihr nicht?", ich weiß, ich kann sehr nervig sein.

"Ha, was glaubst Du denn, was da los war, als wir endlich um den Sporn von Italien rum waren?! Da ging es zu, das kannst Du Dir nicht vorstellen! Ich meine, wir hatten da ein paar mehr PS als Ihr, schließlich hatten wir einen Motorsegler, aber das half uns auch nichts. Es war sehr schnell klar, dass wir da nicht weiterkommen!"

"Also dann habt Ihr irgendwie ganz anderes Wetter gehabt als wir!", stelle ich fest, "ich schätze mal, dass wir so um diese Zeit schon zur Hälfte drüben waren und kaum Wind hatten."

"Ja, vermutlich. Doch wir hatten den Wind gegen uns. Und dann haben wir beschlossen umzudrehen. Diese beschissene Kreuzsee, die gibt es auch nur im Mittelmeer. Und dieses mit Gewalt gegenan, das hat doch keinen Wert!"

Irgendwie beruhigt mich diese Aussage auf recht ungewöhnliche Art und Weise. 'Berufsschiffer' kennen also auch Winde, bei denen sie besser umdrehen? Und ich dachte immer, das sei nur mangels Erfahrung, oder weil frau zu feige ist.

"Ja und dann?", frage ich Norbert ungeduldig.

"Also was dann kam, das könnt Ihr Euch gar nicht vorstellen! Sieben Stunden haben wir gebraucht, um den Hafen von Manfredónia wieder zu erreichen. Irgendwie hatte der Wind gedreht, der war jetzt schon wieder gegen uns ... also völlig egal, in welche Richtung wir fuhren, der Wind kam uns immer entgegen! - Es war einfach unfassbar!" Norbert lacht. Ich sehe ihn fragend an.

"Und dann war da noch dieses Fischerboot. Dem ging es genauso wie uns. Es schien, als würden wir uns auf der Stelle bewegen, und das bei äußerster Motorkraft! Über drei Stunden fuhren wir nebeneinander. Wir kamen einfach keinen Meter vorwärts."

In Gedanken male ich mir die Situation aus mit unserem Schiff und den uns zur Verfügung stehenden sechzig PS. Unvorstellbar. Im Grunde genommen schlichtweg chancenlos. Was für ein Glück wir doch hatten, genau dieses Loch erwischt zu haben, in dem wir über die Adria kamen ...

Draußen steht Andy am Ruder, seit über einer Stunde schon bei netten sechs bis sieben Windstärken, und er hält sich tapfer.

Ich versuche ein bisschen was von den Wellen auf den Film zu bekommen, ist gar nicht so einfach. Anfangs sitze ich noch angeschnallt und verkeilt im Cockpit, äußerst bemüht, auch ja immer den gleichen Fleck Reling in der gleichen Position im Sucher zu halten ... mein Gott, da wird einem ja schlecht beim Filmen! Ab und zu muss ich einfach nach oben schauen, um die Orientierung wenigstens nicht ganz zu verlieren.

Irgendwann gehe ich dazu über, die Kamera einfach auf den Niedergang zu stellen, Nahaufnahme, ganz groß, und nur auf den Knopf zu drücken. In den Sucher kann ich so zwar nicht sehen, aber im Grunde genommen müsste das doch genau die Perspektive sein aus der Sicht des Steuermanns. Zuhause werden wir es schon sehen. Im Moment erscheint mir dieses 'Sehen' schlichtweg zu gefährlich.

Kristin singt in Ihrer Koje ein Kinderlied.

Um siebzehn Uhr peile ich Palagruza mit 185 Grad und Susac mit 45 Grad. Sind wohl auch die stärksten Leuchtfeuer in der Umgebung, es ist inzwischen stockdunkel.

Andy steht am Ruder und steuert.

Welle rauf, Welle runter ... nein, nur halb runter, Dünung von links, die von rechts wird schlichtweg ignoriert, Welle ... wie sonst sollte man in diesem Chaos steuern außer nach Kompass, seinem Ziel entgegen?

Allein das bisschen gesetzte Segel verhindert, dass das Schiff haltlos in alle Richtungen pendelt. Noch hält das Rollreff und setzt dem Schiff Grenzen: 'Von aufrecht bis Lee kannst und darfst du schaukeln', scheint das Segel sagen zu wollen, 'mehr erlaube ich nicht'. Wir segeln zehn Grad gegen den Wind.

Ob Andy etwas 'wieder-gut-machen' möchte? Das damals, bei Brindisi?

Er scheint kämpfen zu wollen.

Er scheint wild entschlossen, diesmal dieses Schiff selbst steuern zu wollen. Seit über sieben Stunden steht er nun schon da draußen und trotzt Wind und Wellen. Gott sei Dank muss ich da nicht raus. Ich kann gar nicht genug Stoßgebete zum Himmel senden.

Doch dann kommt er. Der Aufschrei von Andy, den ich wohl nie vergessen werde. Er kommt um exakt siebzehn Uhr und dreißig Minuten:

"Jetzt müssten wir doch da durch sein, verdammt noch mal!"

Und er hat Recht! Das Gewitter ist vorbei, es zieht hinter uns ab.

Doch was wir zu diesem Zeitpunkt noch nicht wissen, aber doch schon ahnen, ist: Es wird stetig schlimmer. Es fängt jetzt erst richtig an.

"Also in Reggio di Callabria, da war es ja wirklich so toll, wie Ihr beschrieben habt! Wir sind da auch einen ganzen Tag liegen geblieben, um Kräfte zu sammeln", Andy telefoniert gerade mit Christian, dem Skipper der Schweizer Crew, die wir in Brindisi kennen gelernt hatten. Seit über einem Monat sind wir nun schon wieder zurück in Deutschland.

"Aber was dann kam, das habe ich in meinem ganzen Leben noch nicht erlebt", erzählt Christian weiter. "Und ich mach das jetzt schon ein paar mehr Jahre. Und mir ist schon viel untergekommen. Aber man lernt wohl immer wieder Neues dazu."

Andy lauscht angespannt am Telefon. Der Lautsprecher ist eingeschaltet.

"Also von Reggio aus sind wir los und wollten nach Neapel. Ihr habt ja schon erzählt, dass es da keine Häfen gibt. Das haben wir dann auch festgestellt. Doch da kam ein Gewitter nach dem anderen, Ihr könnt Euch gar nicht vorstellen, was bei uns los war!", - also ich kann mir das sehr gut vorstellen. das mit den Gewittern, das kenne ich inzwischen auch. Ist ein mehr als nur saublödes Gefühl, da dann auf dem Wasser zu sein.

"Na ja, und dann hat unser Motor angefangen zu brennen." Andy und mir stockt der Atem. Feuer an Bord! Unvorstellbar. Einfach unvorstellbar.

"Ja habt Ihr das Feuer in den Griff bekommen?", Andy, der Sachliche, fragt nach.

"Mit dem Feuerlöscher, ja, ging ganz schnell. Aber ab da konnten wir den Motor nicht mehr nutzen. Und die ganzen Gewitter um uns herum. Und Segeln ging kaum, weil uns der Wind entgegen stand ..."

Das kenne ich! Der Wind kommt doch nie aus der Richtung, aus der man ihn gerade braucht!

"Und wir waren so in etwa genau zwischen Reggio und Neapel. Kein Hafen zum Einlaufen und die Umkehr genauso lange wie die Weiterfahrt. Zwei von der Crew sind dann durchgedreht."

Andys und meine Blicke werden immer größer.

"Durchgedreht, was meinst Du mit 'durchgedreht'?", fragt Andy ins Telefon hinein.

"Na ja, die wollten das Steuer herumreißen, über Bord springen, haben uns angegriffen, weil wir eh keine Ahnung haben, es war furchtbar."

"Und was hast Du dann gemacht? Wie habt Ihr Euch verhalten?", Andy kann noch immer ganz sachlich bleiben.

"Wir haben sie k.o. geschlagen. Einfach umgehauen und dann in ihre Kojen gelegt. Was sonst hätten wir tun sollen? Als ob der Brand und das Schiff und die Gewitter und das Wetter und die See uns nicht schon genug abverlangt hätten! Irgendwie muss man sich wehren. Irgendwie muss es weitergehen. Wir haben von Reggio nach Neapel vier Tage gebraucht!"

Ich lasse in Gedanken noch einmal den Wetterbericht Revue passieren, den ich da in Vieste gehört hatte. Also dass auf der anderen Seite von Italien verdammt viel los war, das wusste ich schon vorher. Doch dass das noch schlimmer kommen kann wie die eines Wetterberichts entsprungene Fantasie von mir, das wusste ich bis dato noch nicht.

Wind steigt. Sieben, acht, ... Mit einem Quadratmeter Segelfläche läuft unsere Ladoka inzwischen Rumpfgeschwindigkeit. Acht, neun ...

Nein. Halt. Stopp. Das gibt es nicht. In die Ammenmärchen des Seemannsgarns möchte ich mich nicht einreihen. Ich habe einfach keine Ahnung, was nach acht Windstärken kommt. Windstärke sechs bis sieben ist das höchste, was ich mir je vorstellen konnte.

Doch was ich nun erlebe übertrifft meine eigene, höchst persönliche Vorstellungskraft bei weitem.

Das muss Windstärke acht sein.

Erst am nächsten Tag erfahre ich die 'Realität', der ich in diesem Moment noch verzweifelt zu entkommen suche: Im Hafen messen sie seit fast drei Tagen Windgeschwindigkeiten mit bis zu 140 km/h. Und Häfen sind ja bekanntlich etwas geschützter als das offene Wasser ...

Doch meine eigene, innere, höchst persönliche Windstärken-Skala, die endet schlichtweg bei Windstärke acht. Das ist fast so, wie die offizielle. Die hat auch ein Ende. Allerdings erst bei Windstärke zwölf.

Lieber Gott, hab Erbarmen.

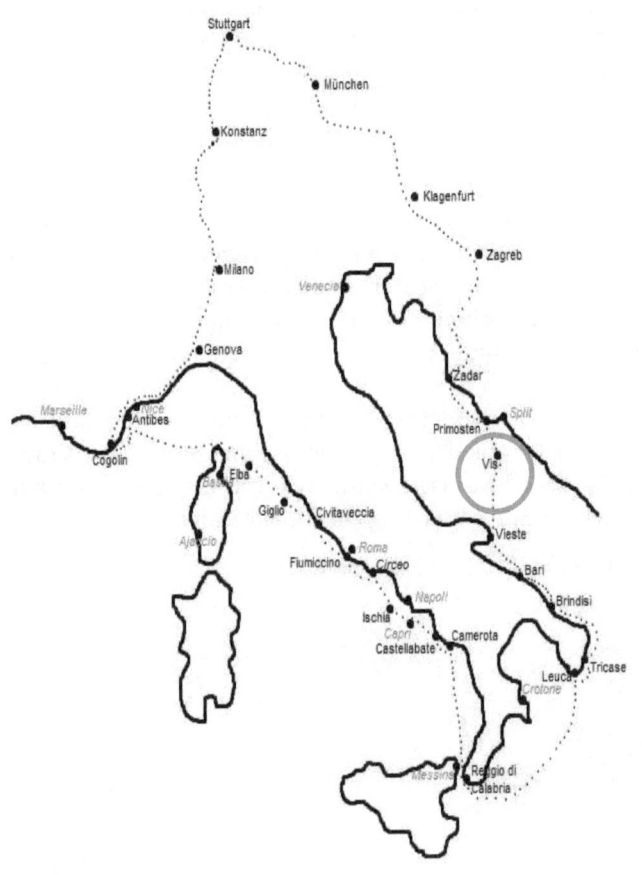

Überleben ist alles

Ich stehe im Salon und betrachte Andy durch den Niedergang.
Festgeklammert an den Handläufen, die Füße weit auseinander, die Arme steif ausgestreckt, wenigstens ein bisschen Halt finden in diesem tosenden Chaos.

Meine Handknöchel sind weiß.

Alles ist hermetisch abgeriegelt. Selbst im Niedergang ist das unterste Schapp eingefügt. Oben alles zugezogen, nur ein kleines Loch, das mir bleibt, für den Kontakt nach draußen.

Das Schiff schlägt schon lange nicht mehr auf die nächste Welle. Denn eine nächste Welle gibt es schlicht und ergreifend nicht. Und wenn doch, dann geht sie schlicht und einfach über das Schiff hinweg. Wir segeln quasi durch die Wellen hindurch. Das ist etwas Neues. Das kenne ich noch nicht. Ich beobachte.

Also wenn so ein abgerissener Wellenberg kommt, dann ist der höher als das Steuerrad. Er trifft Andy etwa in Brusthöhe. Andy hält sich fest. Angeschnallt ist er auch. Hoffentlich hält wenigstens der Karabiner, wenn sich Andy selbst mal nicht mehr halten kann.

Im Grunde genommen segeln wir im Wasser, nicht auf dem Wasser.

Welle kommt, Andy hält (sich und das Ruder), jetzt bemerke ich es endlich. Unser Ablauf im Cockpit geht über die gesamte Breite. Komisch, dass mir das früher nie aufgefallen ist! Aber da war das wohl auch nicht so wichtig.

Die Abläufe im Cockpit eines Segelschiffes bestehen in der Regel aus zwei kleinen Rohren, eines rechts und eines links, ganz unten am Boden, Durchmesser jeweils vielleicht so drei bis fünf Zentimeter. Hätten wir hier 'die Regel' wäre sicher alles längst vorbei.

Kristins Singen ist schon seit einer ganzen Weile verstummt. Ich registriere es erst jetzt.

Unser Ablauf ist zirka fünf bis sieben Zentimeter hoch und erstreckt sich über die ganze Breite des Cockpit-Bodens. Einfach genial.

Das Wasser kommt über den Bug, schmeißt Andy (fast) um, geht über das Heck, Cockpit voll unter Wasser, Ablauf grandios, bereits vor der nächsten Welle sind im Cockpit keine zehn Zentimeter Wasser mehr. Nächste Welle rollt an.

Bestimmt eine halbe Stunde sehe ich dem Treiben zu. Ich kann es nicht fassen.

Die Wellen fliegen waagrecht. Aufgerollt wie ein Stück Stacheldrahtzaun. Aber sie tun uns nichts. Nicht wirklich.

Andy steht und hält.

Wasser kommt und geht.

Und wenn Andy nicht mehr kann?

Dann musst Du da raus, Mädchen.

Ich stehe in voller Montur im Niedergang. Ich kann da jetzt nicht weg. Ich muss Andy irgendwie signalisieren, dass ich da bin. Dass ich einsatzbereit bin. Dass er nicht alleine ist. Meine Handknöchel schmerzen.

Und wenn Andy weggespült wird?

Dann musst Du da raus, Mädchen.

Ich beginne zu beten.

Ich bete. Ich bete zum lieben Gott, zu einzig dem, der mir je heilig war, wie nur hatte ich meinen Glauben einst meinem Mann zuliebe opfern können? Es ist mir unvorstellbar. Dies hier ist wohl die einzig gerechte Strafe, die ich verdient habe. Ich verspreche hoch und heilig, ab sofort wieder jeden Sonntag in die Kirche zu gehen und an meinem Glauben festzuhalten, würde mir der liebe Gott auch nur das kleinste Zeichen senden. Nur ein winziges bisschen Erleichterung und Atem schöpfen. Ich fühle mich so schuldig. Ich habe so furchtbare Angst.

Und der liebe Gott setzt ein Zeichen.

Es beginnt nun auch noch zu regnen.

Wochen später frage ich Andy: "Wie nur bist Du mit dieser Situation damals umgegangen? Du standst da draußen, um uns herum nichts als die Hölle, hast auch Du damals womöglich das Beten wieder gelernt?"

"Ja, Doris, auch ich habe damals gebetet. Aber nicht so, wie Du", antwortet mir Andy, "ich habe zur Adria gebetet. Oder zum Wettergott. Oder zu was auch immer. Und ich hab gesagt: 'Ich weiß, dass Du stärker bist als ich, aber das musst Du mir BITTE - jetzt und hier - nicht unbedingt zeigen."

Ein paar Tage später werden wir in Zadar von der Polizei verhört.

"An diesem Spätnachmittag, an dem Sie da unterwegs waren, da sank so in etwa dem gleichen Seeraum eine andere Yacht."

"Da ist eine andere Yacht gesunken?", Andy steht völlig verdutzt in der Capitanerie in Zadar.

Der Capitan kramt die Zeitung vom Tag vorher heraus.

"Hier sehen Sie!", er deutet auf einen Artikel in jugoslawischer Sprache, der Andy nun überhaupt nichts sagt, da er des Jugoslawischen nicht mächtig ist. Ich auch nicht.

"Also das war eine Yacht unter deutscher Flagge, die Besatzung bestand aus einem Ehepaar, sie haben noch S.O.S. gefunkt, aber wir konnten nicht auslaufen ohne uns selbst in Gefahr zu bringen. Und als wir am nächsten Tag kamen, da war alles viel zu spät. Wir haben nur noch ein paar schwimmende Teile gefunden ... haben Sie denn nichts mitbekommen von diesem S.O.S.-Ruf?"

Andy ist völlig verdattert. Ja und wenn? Was hätten wir tun sollen? Wir hatten doch mit uns selbst schon genug zu tun!

"Also verstehen Sie, ich muss da nur nachfragen, denn schließlich könnten Sie ja Augenzeuge gewesen sein!"

Von wegen Augenzeuge. Was, bitte was, hätten wir in diesem Fall unternehmen sollen? Uns selbst aufgeben, den anderen beistehen, um dann gemeinsam unterzugehen?

Gott sei Dank wissen wir von gar nichts.

Also, lieber Gott, wenn Dein einziges Zeichen darin besteht, mir und uns noch mehr Knüppel zwischen die Beine zu schmeißen als wir eh schon haben, dann kann ich Dich wirklich für nichts gebrauchen. Und ganz offensichtlich wolltest Du mir das doch sagen mit dem Regen! Mein einziger Gedanke war doch vorher immer gewesen: "Wenigstens regnet es nicht!"

DANKE, dass DU mir nun endlich den Regen geschickt hast. Hätte ja sonst noch irgendwas gefehlt!

Ich habe eine furchtbare Wut. Und wäre mir der leibhaftige Gott in just diesem Moment erschienen, also dem hätte ich rundweg meine Meinung gesagt! Der weiß schon, warum er sich nicht blicken lässt!

Wenigstens meine Wut wird erhört. Wind und Wellen lassen plötzlich etwas nach. Wir sind im Windschatten der Insel Vis.

Es ist achtzehn Uhr und dreißig Minuten.

Selbst der Regen lässt nach.

"Soll ich Dir einen heißen Tee machen?", ich erliege der Hoffnung, dass meine Worte durch all die gerade herrschenden Naturgewalten hindurch inzwischen zumindest bis zu Andy durchdringen könnten. Nach ein paar Anläufen gelingt dies sogar. Andy nickt.

Ich widme mich der Aufgabe, bei nur noch drei Meter Wellen, doch weiterhin stürmischer See, ungeahnten Windstärken jenseits jeglicher Skala, die ich im Moment auf für mich wieder begreifbare 6-7 schätze, Wasser zu kochen. Eine unabdingbare Voraussetzung für heißen Tee, wie mir scheint.

Die Arretierung vom Herd lösen - schließlich ist der kardanisch aufgehängt und müsste nun (eigentlich) trotz Wellengang gerade stehen - aber was weiß der schon von drei Meter Wellen ... nur ein klein wenig Wasser in den Wasserkessel, der hat schließlich nur ein kleines Loch oben ... wird schon irgendwie klappen. Gas an, Flamme gezündet, wenn es doch wenigstens solange hält und funktioniert, bis das bisschen Wasser heiß ist.

Ich schaffe es tatsächlich und kann Andy eine Weile später dampfend heißen Tee geben.

So weit wie möglich hinausgelehnt zum Niedergang, Andy entgegenstreckend, er kann ihn gerade noch greifen. Ich kann es nur zu gut nachfühlen. Diese heiße Köstlichkeit in dem vor Kälte fast erstarrten Körper ... klar verbrennt er sich die Finger, aber er spürt es nicht.

Irgendwie muss ich jetzt da raus und peilen. Wir wollen ja nicht direkt auf die Insel donnern. Nur wie soll ich jemals aus dem Bauch des Schiffes rauskommen?

Den Handpeilkompass kann ich schnell finden, aber wie sich bewegen, wenn jetzt eine Hand ausfällt? In der rechten Hand halte ich den Kompass. Meine linke Hand umfasst die Handlaufleiste am Navitisch mit eisernem Griff. Füße weit auseinander, der rechte gegenüber am Boden verkeilt, der linke haltsuchend möglichst weit weg, Rücken gegen den Navitisch gepresst. In weiter Ferne, das ist ganz sicher fast ein halber Meter, der Handlauf vom Niedergang.

Und jetzt die linke Hand loslassen und vom Navi-Tisch-Handlauf zum Niedergang-Handlauf greifen. Das sind nur schlappe fünfzig Zentimeter!

Aber wenn ich in einem ungünstigen Moment diesen Versuch wage, dann kann es mich auch drei Meter quer durch den Salon ans andere Ende schleudern ...

Ich habe es geschafft! Keine Ahnung, wie. Man muss mit den Schiffsbewegungen mitgehen, nicht gegen sie kämpfen. Ist das ein Geheimnis? Mein Körper hat es schon längst erforscht und gelüftet.

Schritt für Schritt, Griff für Griff angle ich mich weiter. Hinauf auf die höchste Stufe des Niedergangs, der hat genau drei. Genau drei Stufen.

Das Dach ein bisschen zurückgeschoben, nun im Niedergang verkeilt, die Ellenbogen tief ins Deck eingegraben bin ich wild entschlossen, die notwendigen Peilungen vorzunehmen. Gut 20 Minuten Peilungsversuche- und -fehlversuche bringen mich dann zu der unabdingbaren Voraussetzung für weitere Berechnungen: Stupisce 300 Grad, Bisevo 275 Grad.

Und so kann ich schon bald danach Andy durch das ganze Getöse hindurch zu schreien:

"Du musst jetzt Kurs neunzig Grad anlegen! Wir sind am falschen Ende von Vis, wir müssen erst mal an der Insel entlang segeln!"

Am selben Abend noch rechne ich nach: Wir wurden durch Wind und Wellen um 135 Grad und 6,5 Seemeilen versetzt.

War aber im Moment egal. War doch eh alles egal!

Knapp eine Stunde später kommen wir aus dem Windschatten der Insel Vis wieder raus. Die Wellen türmen sich, sie rollen wieder, der Wind legt schlagartig um ein paar Windstärken zu ... geht das jetzt alles wieder von vorne los? Meine innere Windstärkenmessung gerät erneut an ihre Grenzen: Windstärke acht! Nur nicht den Tatsachen ins Auge sehen ...

Eigentlich müssten wir jetzt ... in mir arbeitet es fieberhaft.

Der Haupthafen von Vis hat ein klitzekleines Handicap: Er liegt in einer Bucht und mitten in dieser Bucht hat es eine Untiefe. Eigentlich kein Problem.

Die viel größeren 'Handicaps' sind, ja ja, gleich mehrere, dass wir Null Sicht haben. Es ist stockdunkel draußen. Und das nicht nur, weil Nacht ist.

Dass ich unter diesen Bedingungen endlos Zeit brauche, bis eine Peilung sicher steht. Das können locker schon mal zwanzig bis dreißig Minuten werden. Ob ich der Untiefe sagen sollte, sie möge sich doch bitte noch ein klein wenig gedulden, bis ich fertig bin mit peilen und den Kurs neu errechnet habe?

Dass wir mit von mir gefühlten acht, aber gemessenen zwölf Windstärken aufwärts, von achtern, auf gut vier Meter Wellen, mit locker neun Knoten Geschwin-

digkeit, surfend, der Hafeneinfahrt von Vis entgegen-
streben ... das klingt wie ein Freiflugschein direkt in den
Himmel.

Wenn wir denn lieb waren.

Verzweifelt suche ich in der Karte und in Hafenhandbüchern nach Ausweichmöglichkeiten.

Und da gibt es schon eine. Da ist nämlich noch so ein
Hafen auf dieser Insel. Genau auf der anderen Seite.
Egal. Wenigstens könnten wir den dann gegen den
Wind ansteuern. Und da hat es keine Untiefen. Da hat
es nur ein ganz anders geartetes klitzekleines Problem:
Die Tiefenangaben reichen für unser Schiff nie und
nimmer.

Aber wenn wir gleich ganz am Anfang ... da wo
sonst die Fähre liegt ... notfalls machen wir halt an der
fest! Da am Anfang, an der Kaimauer, da reicht das
Wasser jedenfalls noch. Wir dürfen nur nicht in das
eigentliche Hafenbecken hinein.

Ich beschließe, diese Information für mich zu behalten und als ich mit Andy rede, versucht meine Stimme
erneut, die Naturgewalten zu durchdröhnen.

Von Vis erzähle ich ihm und von den Gefahren, und
dass es doch ungleich vernünftiger sei, diesen anderen
Hafen anzulaufen, denn da gibt es noch einen auf dieser
Insel, ich war so blöd, warum hatte ich das nicht gleich
in Erwägung gezogen?

Ich nehme alle Schuld auf mich.

Von irgendwelchen Tiefenangaben in der Hafenbeschreibung erwähne ich wohlweislich nichts.

Und nur ein bisschen später finden wir uns an genau
der gleichen Stelle wieder, an der wir vor über einer
Stunde bereits schon mal standen.

Doch diesmal setzen wir Kurs fünfundzwanzig Grad ab, denn der führt uns just in diese Bucht hinein, in der Komiza liegt, der (etwas) andere Hafen von Vis.

"Da vorne, da!", schreie ich zu Andy und versuche, den ohrenbetäubenden Lärm um uns herum zu übertönen, "da ist die Hafeneinfahrt! Ja siehst Du sie denn nicht?"

Um in die geschützte Bucht von Komiza zu gelangen haben wir erneut den Windschatten der Insel verlassen. Um uns rum tobt alles.

Sch... Welle, im Moment können wir gar nichts sehen. Abwarten, Schiff kommt wieder hoch ... da vorne, da ... meine Augen suchen fieberhaft genau den Landstrich ab, an dem gerade noch das Hafeneinfahrtslicht von Komiza leuchtete. Nichts. Welle, kein Bild. Ein neuer Anlauf.

Diesmal finde ich mich schneller zurecht und versuche Andy wieder auf den Hafen aufmerksam zu machen, ich vermeine inzwischen sogar bereits das grüne Licht zu sehen, Andy sieht nichts. So geht das eine ganze Weile. Ich werde unsicher.

Natürlich weiß ich, dass es nicht einfach ist, zu steuern und gleichzeitig das nur ab und zu sichtbare Land mit den Augen abzusuchen. Aber die Hafeneinfahrtslichter sind doch immer deutlicher zu sehen! War das jetzt nicht genau so, wie damals vor Brindisi?

Nur diesmal steht Andy am Ruder und sieht nichts.

Bin jetzt ich diejenige, die uns direkt ins Verderben führt?

Es ist zum Verzweifeln.

Doch hatten wir denn eine andere Wahl? Bei diesem Wetter weitersegeln auf das offene Wasser hinaus, das würden wir nicht lange durchhalten. Es war eh mehr als nur Glück, dass wir es überhaupt solange durchgehalten hatten.

Doch was, wenn diesmal wirklich ich mich irre? Ich angele mich noch einmal hinunter zur Seekarte und sehe mir alles ganz genau an. Vor allem das Ufer. Und die ganze Bucht. Und die Lage des Hafens.

Was kann uns schlimmstenfalls passieren?

Das ist schnell klar.

Schlimmstenfalls laufen wir bei diesem Kurs direkt am Hafen vorbei und in die Bucht hinein. Die Tiefenlinien zeigen an, dass es zwar keine ewig seichte Bucht ist, aber allzu steil ist das Ufer auch nicht. Ich rechne nicht mit Klippen. Notfalls würden wir also stranden, voraussichtlich zehn bis zwanzig Meter vor dem Ufer. Das wäre nicht unbedingt lebensgefährlich.

Na ja, das Schiff wäre kaputt, es gäbe jede Menge Schererereien und besonders angenehm stellte ich es mir nicht vor, aber immerhin: Auf diese Weise könnten wir wenigstens überleben. Wie auch immer.

Ich nehme den Aufstieg an der Steiger-Nordwand wieder in Angriff, was sage ich, ich meine natürlich den Weg der drei Stufen durch den Niedergang hinauf ins Cockpit zu Andy. Die Handgriffe der ein- und auszuklinkenden Karabiner, die mich mittels Lifebelt auch im übelsten Fall immer an Bord halten sollen, sind schon längst Routine geworden.

Das Bild der Seekarte, die Bucht, Ansteuerung des Hafens habe ich einem Photo gleich im Gedächtnis.

Jetzt heißt es erst mal, sich wieder zu orientieren.

"Siehst Du den Hafen inzwischen?", ein lauter Schrei aus meinem Mund heraus, die Worte sofort hinweggerissen von noch immer tobenden Winden, ich schaffe es dennoch, mich Andy, der nur knapp einen Meter von mir entfernt steht, verständlich zu machen.

Meine Augen versuchen gleichzeitig, Nacht und Wellen zu durchdringen, und das in mir verankerte Bild mit dem, was ich sehe, in Einklang zu bringen.

Andy schüttelt nur den Kopf.

Und auch ich sehe nichts. Ich sehe rein gar nichts. Und schon gleich gar keine Hafenlichter.

Dafür vermeine ich inzwischen die Brandung zu hören - wo hört das Wasser auf? Wo fängt das Land an? Noch nie in meinem Leben hatte ich mich so hilflos gefühlt.

Wo verdammt noch mal war das Hafenlicht, das doch von weitem so deutlich zu sehen war?

Ich sehe jede Menge Lichter. Doch ein rotes und ein grünes Licht, die uns ganz deutlich den Hafen anzeigen könnten, kann ich einfach weit und breit nicht mehr entdecken. In meiner Verzweiflung suche ich bereits achteraus.

Aber auch da ist nichts. Wenigstens ein Lichtblick. Ich sehe wieder nach vorne.

"Da, da ist es, da müssen wir rein!", ich schreie es Andy zu und deute auf das grüne Licht der Hafeneinfahrt von Komica, etwa zwanzig Grad backbord voraus, wir sind keine dreißig Meter mehr davon weg.

Und dann geht alles unheimlich schnell.

Andy nimmt Kurs auf die Hafeneinfahrt und fragt noch, wohin er steuern muss, wo wir anlegen können. Jetzt erst lasse ich die Katze aus dem Sack:

"Der Hafen ist zu flach für uns!", schreie ich ihm zu, "Wir müssen sofort, fast noch in der Hafeneinfahrt, rechts an der Mole festmachen. Wenn da eine Fähre liegt, dann an der, oder kurz davor oder dahinter. Weiter reinfahren darfst Du auf gar keinen Fall, da laufen wir auf!"

Zeit für weitere Erklärungen bleibt nicht, ich löse die Vorschot und hole das Quadratmeter Segel ein, öffne die Backbord-Backskiste, schmeiße noch zwei Leinen heraus, schnappe mir zwei Fender, die ich mit einem Hechtsprung an die Steuerbordseite gerade noch zwischen unser Schiff und die Kaimauer halten kann.

Andy bremst das Schiff ab, schaltet in den Leerlauf, schnappt sich eine Leine, springt an Land und hält erst mal das Schiff fest. Mit der linken Hand versuche ich einen einhändigen Weberleinsteg an der Reling, die rechte Hand hält den anderen Fender.

Aus dem Schiff vor uns kommt jemand zu Hilfe.

Während der das Schiff an der Reling festhält, macht Andy die Heckleine fest. Ich achte nicht mehr weiter auf ihn, wir wissen eh, was wir nun tun müssen.

Ich renne mit einer Leine vor an den Bug, vorne durchführen, belegen an der Klampe, ans Ufer schmeißen. Zurück zur Schiffsmitte.

Der Mann vom Nachbarschiff hat sich die Bugleine geschnappt, ist mir im Moment völlig egal, was er damit macht, Hauptsache er hält sie, ich sehe, dass Andy Hilfe braucht. Er kann nicht gleichzeitig mit der Heckleine das Schiff halten und am anderen Ende, an Land, an diesen monströsen Dingern, die sie hierzulande wohl Poller nennen, belegen.

Ich springe an Land.

Ich werde diesen Sprung nie vergessen.

Mit geradezu abartiger Geschwindigkeit kommt mir im gleichen Moment eben dieses Land entgegen. Ich verstehe es nicht, ich habe aber auch keine Zeit, es verstehen zu lernen.

Auf dieser Kaimauer herrscht ein Seegang, wie ich ihn in meinen schlimmsten Alpträumen nicht erlebt habe. Es geht rauf und runter. Ich krieche auf allen Vieren vorwärts, meine Fingernägel krallen sich in den Beton, denn hier hat es keine Handläufe, Haltegriffe oder auch nur das Geringste, an das ich mich klammern könnte. Ich stelle bald fest, dass es besser ist, sich mit der flachen Hand auf dem kalten Stein festzusaugen und so robbe ich Andy und seinem Poller entgegen.

Wir beide sind fix und fertig, als der Festmacher endlich belegt ist. Andy geht - kriecht - wankt zurück zum Schiff, um die Heckleine dort zu fixieren.

Ich sehe zu dem Mann vom Nachbarschiff hinüber zu dem anderen Poller, in der Hoffnung, dass unsere Bugleine nun schon belegt ist. Doch was meine Augen da erblicken, das lässt mir das Blut in den Adern gefrieren.

Der Mann kam doch von dem großen, stolzen, wunderschönen Segelschiff vor uns?! Oder hatte ich Halluzinationen? Jedenfalls ist unsere Bugleine inzwischen bestimmt schon zehn Mal um den Poller gewickelt und der Kerle ist offensichtlich wild entschlossen, auch weiter seine Kreise zu ziehen.

Das darf nicht wahr sein!

Halb aufrecht, halb kriechend, der Seegang hier an Land hat sich inzwischen wenigstens ein kleines bisschen beruhigt, begebe ich mich zu dem anderen Poller, lass mir die Leine wieder geben und bedanke mich tausendmal für die geleistete Hilfestellung. Nun ja, immerhin hatte er ja sein gemütliches Schiff verlassen und ist uns in diesem Sauwetter durch den ganzen Sturm hindurch zu Hilfe geeilt. Das verdient schon Dank!

Ich bin versucht, diesen 'etwas anderen Seemanns-knoten' gelten zu lassen, schließlich hat der Poller einen Durchmesser von locker einem Meter, und der Gedan-ke, das alles wieder aufdröseln zu müssen, der stimmt mich im Moment nicht unbedingt heiter.

Ich bin am Ende meiner Kräfte.

Unter solchen Bedingungen an Land, bestimmt drei Meter Wellen PLUS Kreuzseen, bin ich absolut nicht gewohnt zu arbeiten. Es erfordert meine letzten Reserven.

Völlig egal. Und wenn es das letzte ist, was ich in meinem Leben tue, Schiffsleinen müssen in Ordnung sein. So jedenfalls geht das nicht. Ich beginne meine Rundläufe, nun in der anderen Richtung, versteht sich, wie der nette Herr eben vor mir.

Irgendwie und irgendwann habe ich es tatsächlich geschafft, und das, obwohl der Poller ständig mit mir kämpfte, mal kam und mal ging, und mir außer ein paar Kinnhaken auch noch eine blutige Nase bescherte.

Den Festmacher zum Bug unserer Ladoka wickle ich mir nun ein paarmal um mein Bein, um das Schiff zu halten, so jedenfalls ist der gewaltige Zug von dem Stück Leine weg, mit dem ich nun einen anständigen, der Seefahrt vorschriftsmäßig entsprechenden Palstek um den Poller mache und dann zurück auf das Schiff gehe, um selbiges an die Zügel zu legen.

Endlich wieder festen Boden unter den Füßen!

Wenigstens schwankt es hier nicht mehr so, wie an Land, und ich kann auch wieder aufrecht gehen.

Eine halbe Stunde später ist unsere Sun Shine mit Vor- und Achterspring, Bug- und Heckleine so festgezurrt, dass wir uns im Salon in die Polster fallen lassen. Andy hatte zum Schluss noch die 'Land-Arbeit' übernommen, ich hatte das schon so hingedreht, denn die Vorstellung, dies ruhige Schiff noch einmal verlassen zu müssen und auch nur einen Schritt auf diesen tosenden und tobenden und wankenden und schwankenden Beton der Kaimauer zu setzen, die versetzte mich in tiefstes Grauen.

Ich will schlafen. Einfach nur schlafen.

Und nie wieder aufwachen.

Einklarieren in Jugoslawien

T rotz aller Vorsätze wache ich dennoch am nächsten Morgen auf. Doch ich brauche eine ganze Weile, mich in der diesseitigen Welt wieder zurechtzufinden.

Bin das tatsächlich ich? Und ich lebe noch?

Ich kann es kaum fassen.

Sicher war das alles nur ein böser Traum gewesen. Draußen regt sich kein Lüftchen.

So langsam rappel ich mich auf und wanke noch ganz schlaftrunken in den Salon. Frischer Kaffeeduft schlägt mir entgegen. Es ist alles ruhig an Bord. Andy muss mit Kristin schon unterwegs sein.

Ich gieße mir eine Tasse Kaffee ein und beobachte es fasziniert. Die dampfende Flüssigkeit fließt in meinen Becher. Niemals zuvor hatte ich das so bewusst wahrgenommen. Es scheint mir, als würde ich es zum ersten Mal in meinem Leben sehen. Ich gehe ins Cockpit und setze mich.

Die Kaimauer ... die Poller ... die Hafeneinfahrt ... ich betrachte es in Ruhe und wie ein Film läuft das gestrige Anlegemanöver noch einmal vor mir ab. Es war also doch kein Traum gewesen. Nur das Schiff vor uns, das ist jetzt weg. Hat vermutlich heute früh schon abgelegt. Nicht jede Crew hat ja so einen Langschläfer wie mich an Bord.

Andy kommt vom Einkaufen zurück.

Vollbepackt mit Rucksack und je zwei Einkaufstüten in jeder Hand. Lebensmittel hatten wir nicht mehr viele an Bord, die Einkaufsmöglichkeiten in Vieste waren nicht so besonders gewesen. Kristin springt, wie immer, voraus. "Mamaaaaa!", mit einem lauten Freudenschrei stürzt sie sich in meine Arme.

"Rate mal, was das alles gekostet hat! Da kommst Du nie drauf!", ich nehme Andy die Einkaufstüten ab, damit er an Bord kommen kann. Ich habe keine Ahnung, kenne ich denn die jugoslawischen Einkaufspreise? Ich sehe ihn fragend an.

"Also umgerechnet waren das nicht mal zehn DM! Du kannst Dir gar nicht vorstellen, wie billig hier alles ist!" Andy packt aus.

Brot und Brötchen und Butter und Wurst und Marmelade ... und ... und ... ich komme mir vor wie Alice im Wunderland. Und dann frühstücken wir. Alle gemeinsam. Es ist alles so unwirklich. Es ist alles so schön. Und es schmeckt alles so gut.

Doch ich bin noch nicht hier. Nicht wirklich. Zwar ist mein Körper anwesend, aber irgendwas in mir ist gestern da draußen ertrunken. Ich weiß nicht was, aber ich spüre es.

"Hast Du schon nachgesehen, wo wir heute hinmüssen? Hier kann man ja nicht in allen Häfen einklarieren und das müssen wir heute unbedingt nachholen!", Andy spricht ein Thema an, das mich auch schon beschäftigt hat.

Im Sturm ist ja alles erlaubt, da hätten wir sogar einen Militärhafen anlaufen dürfen, aber dieser Sturm scheint heute vorbei zu sein. Die Behörden hierzulande, so habe ich mir sagen lassen, sind da sehr streng und fackeln nicht lange, wenn sie jemanden ohne Einreisegenehmigung erwischen. Unser berühmt berüchtigtes 'permit' also. Und sie sind ganz schnell mit 'ins Gefängnis stecken'.

"Ich habe mich bereits kundig gemacht", sage ich zu Andy, "ich denke, wir sollten heute Primosten anlaufen.

Da können wir einklarieren und es ist nicht allzu weit weg, nur so um die dreißig Seemeilen, das können wir gut heute noch erreichen. Ich hab unten schon das Hafenhandbuch hingelegt, Du kannst es Dir gerne mal anschauen!"

Um elf Uhr machen wir die Leinen los. Kein Wind hier. Nicht das kleinste Lüftchen. Keine Wellen. Gar nichts.

Sicher, dass das tatsächlich der gestrige Tag war, an dem ich mit meinem Leben abgeschlossen hatte?

Ganz sicher. Ich hatte schließlich keine Halluzinationen!

Als wir die schützende Bucht verlassen bläst - wie zur Bestätigung - noch immer der Wind mit fünf bis sechs Windstärken und zwei Meter haben diese Wellen hier allemal.

'Gott sei Dank sind wir gestern Abend Komiza angelaufen und nicht den Haupthafen!', geht mir so durch den Kopf, 'da lagen wir wenigstens gut geschützt vor Wind und Wetter.'

"Kurs 320 Grad!", rufe ich Andy zu, vom Niedergang aus zu ihm bis ans Steuerrad, sind nur so zwei Meter weit, besonders schreien muss ich da nicht. Andy setzt Kurs ab.

Was soll ich sagen? Ist doch klar! Der Wind kommt uns entgegen. Die Wellen auch. Unsere Ladoka hält sich tapfer, aber besonders vorwärts kommt sie nicht. Wie soll sie auch, wenn alles gegen sie ist? Nur diesmal haben wir keine andere Wahl, wir müssen zu einem Hafen in dem wir einklarieren können, und das ist Primosten, und der liegt direkt voraus.

Andy sichtet sie als erstes.

"Sag mal, das sind doch die Österreicher, die in Komiza vor uns lagen?! Die scheinen den gleichen Kurs eingeschlagen zu haben. Warum die noch nicht weiter sind?", fragt mich Andy, dabei wusste ich bis zu diesem Moment nicht einmal, dass dieses Schiff aus Komiza unter österreichischer Flagge segelt.

"Bist Du Dir da sicher? Woher weißt Du denn, dass das Österreicher waren?"

"Die waren heute Morgen noch da, als ich zum Einkaufen ging. Da hab ich mir das Schiff angesehen, weil uns doch der eine da so geholfen hat. Die sind auch erst irgendwann später ausgelaufen. Weißt Du was, ich schau mal, ob ich zu denen Funkkontakt bekomme. Übernimmst Du das Steuer?"

Ja klar übernehme ich. Die Österreicher scheinen sich auszukennen. Und was Besseres kann uns ja wirklich nicht passieren. Und wenn die tatsächlich auch Primosten ansteuern, dann kann ich mir die ganze Navigation bis dahin sparen! Ein äußerst verlockender Gedanke ... Ich gehe ans Ruder.

"Und Du bist sicher, dass Du sie über Funk erreichen kannst? Wie willst Du sie denn anreden?"

"Das Schiff heißt 'Evchen', da musste ich heute Morgen noch so darüber grinsen, deshalb hab ich es mir gemerkt", Andy grinst schon wieder.

"Na ja, aber dann muss von denen auch noch einer am Funkgerät sitzen ... und wir sitzen doch da auch nie dran!"

"Wer weiß. Einen Versuch jedenfalls ist es wert!" Andy verschwindet im Schiff.

Und es dauert gar nicht lange, da taucht er auch schon wieder auf.

"Die warten jetzt auf uns, die wollen tatsächlich auch nach Primosten!", hat Andy zu berichten. Endlich ist auf dieser Reise mal was auf unserer Seite.

"Wenn wir hinter denen herfahren können, dann geht das erheblich besser. Das ist ein Stahlschiff, die pflügen sich durch die Wellen, während unser Schiff eher darauf tanzt!"

Andys Worte in Gottes Ohr. Er ist schon wieder Richtung Funkgerät verschwunden. Die Österreicher haben wir bald erreicht. Gerade mal vierzig Minuten ist es her, dass wir den Hafen verlassen haben. Andy kommt wieder vom Funkgerät hoch:

"Du sollst ein bisschen mehr Abstand halten, denen ist das irgendwie nicht so ganz geheuer", ich verstehe es nicht ganz und tue nur widerwillig, wie mir geheißen. Unser Abstand liegt doch bei mindestens zehn Metern! Wie kann man da Angst bekommen? Halte ich mehr Abstand, dann werden die Wellen gleich wieder höher und ich komme nur sehr schlecht hinterher.

Doch das wilde Gefuchtle einiger Mannschaftsmitglieder im Heck des vorausfahrenden Schiffes lässt mich einsehen, dass ich wirklich besser auf Abstand gehen sollte. Schließlich möchte ich mir dieses Schiff ganz gerne noch eine Zeitlang als Vorreiter erhalten. Wenigstens bis Primosten. Da kann man ja Zugeständnisse machen! Die Mannschaft vor uns scheint furchtbar beschäftigt. Mit was auch immer.

"Sag mal, Andy, ich dachte die hätten ein Stahlschiff, aber warum kommen die auch nicht viel besser voran, wie wir?"

"Na, die haben doch den ganzen Wind und die Wellen gegen sich! Wir merken hier nicht mehr viel davon, weil wir in deren Kielwasser fahren, aber Du weißt doch selbst, wie die Ladoka vorhin kämpfte um vorwärts zu kommen. Der Wind hat nicht nachgelassen und die Wellen auch nicht. Das scheint nur so, für uns, hinter diesem österreichischen Stahlschiff!"

Jetzt wird auch mir einiges klarer. Umso dankbarer bin ich dafür, dass ich endlich einmal nicht die Erste sein muss. Ich kann und darf folgen. Ein wunderbares Gefühl.

'Genau das hier ist das Paradies!' Ich sehe und staune. Wir laufen in den Hafen von Primosten ein.

Gute fünf Stunden lang hat uns 'Evchen' geführt und was sich hier vor uns auftut, das war noch nie da gewesen. Eine riesige, fantastische Hafenanlage, total geschützt, von den Wind und Wellen draußen jedenfalls ist hier nicht auch nur der geringste Hauch mehr zu spüren. Einladende Steganlagen, es riecht förmlich nach Sauberkeit, einfach nur fantastisch. Wir machen an einem Platz in der Nähe des Hafenmeisters fest. Nur keine weiten Wege mehr, wir sind müde geworden.

Kaum angelegt bekommen wir einen Papier-Bändsel an den Bugkorb, der andere Abschnitt wird uns entgegengestreckt: "Hier, bitte, mit dem melden Sie sich bitte im Büro da vorne an". Das nenne ich deutsche Ordnung in jugoslawischen Gewässern. Ob womöglich die Sauberkeit auch der deutschen entspricht? Ach, wäre das schön. Endlich. Nach dieser langen Zeit ... Andy geht gleich anmelden.

Ich räume ein bisschen auf, erst an Deck, dann unter Deck, doch soweit komme ich gar nicht. Andy kommt zurück und steht leichenblass, müde und abgekämpft, vor mir.

"Wir können hier nicht bleiben, seit April dieses Jahr kann in Primosten nicht mehr einklariert werden."

Ich fasse es nicht. Einfach so? Einfach!

"Ja, und wie stellen die sich das vor? Es ist bereits achtzehn Uhr, alles stockdunkel, ja glauben die denn im Ernst, wir würden jetzt wieder auslaufen?"

"Was heißt 'die glauben'? Die sagen, wir müssen!"

"Sorry. Tut mir leid. Bis hierhin und nicht weiter. Wir sind durch tosende Fluten geritten, haben Orkane überlebt, unser Bestes getan, um den jugoslawischen Ordnungsvorschriften zu entsprechen, aber HIER laufe ich HEUTE NICHT mehr aus. Dann sollen die uns einsperren, wenn sie das für nötig halten, ist mir egal", ich kämpfe mit den Tränen der Wut und der Verzweiflung.

"Ja, Du hast ja Recht. Jetzt im Dunkeln, bei diesem Wellengang und Windstärke sieben grenzt es nahezu an Selbstmord, noch einmal auszulaufen. Da gibt es viel zu viele unbefeuerte Inseln und Inselchen, von den Untiefen ganz zu schweigen, und wir kennen uns hier nun mal überhaupt nicht aus." Andy lässt irgendwie nicht locker und ich sehe diesen fragenden Blick in seinen Augen, ob ich nicht doch vielleicht bereit wäre ...
Nein! Bin ich nicht.

Weißt Du was", erwidere ich ihm, "ich gehe mal rüber zu den Österreichern, vielleicht wissen die ja einen Weg, die scheinen schon öfters hier gewesen zu sein."

Andy bezweifelt das zwar stark, für ihn gibt es niemals Umwege um behördliche Vorschriften herum, aber ich war da schon immer anderer Meinung. Jedes Gesetz hat seine Lücke, man muss sie nur kennen. Und so warte ich gar nicht erst auf Einwände sondern bin schon unterwegs.

Das österreichische Schiff ist schnell gefunden und ich klopfe an. Äußerst freundlich werde ich empfangen und komme auch gleich zum Grund meines Besuches. Ob sie vielleicht was wüssten?

Nachdenkliche Blicke, ja, man käme schon jedes Jahr hierher nach Primosten, aber wenn man von Jugoslawien aus in Jugoslawien segelt, dann ergibt sich die Frage des Einklarierens eigentlich gar nicht ... langsames Kopfschütteln. Meine ganzen Hoffnungen sinken auf den Nullpunkt.

"Doch Moment, da ist doch der Bekannte von Dir, der auch hier im Hafen arbeitet, vielleicht wenn Du den mal fragst?", wendet sich einer der Österreicher an den Skipper.

"Kann ich mir nicht vorstellen, dass der irgendetwas wüsste in diese Richtung", antwortet der Skipper. Doch der Segler, der uns in der vergangenen Nacht geholfen hatte, der lässt nicht nach. "Einen Versuch wäre es doch Wert! Wie sollen die denn jetzt, in der Nacht, nach Sibenik kommen, wenn sie sich überhaupt nicht auskennen und dann noch durch diese ganzen unbefeuerten Untiefen hindurch!"

Der Skipper erbarmt sich und zieht los. Ich selbst werde herzlich eingeladen, ob ich denn nicht etwas trinken möchte? Ja, klar, warum nicht, im Moment kann ich sowieso nichts tun. Und so sitze ich kurz darauf, mit einer dampfenden Tasse Kaffee, drei Österreichern gegenüber.

"Also von Italien seid ihr gestern rüber gekommen! Das ist einfach unglaublich", sechs Augen hängen an meinem Mund.

"Na ja, die Überfahrt war nicht besonders gemütlich ...", beginne ich zaghaft und ernte nur fassungslose Blicke. Franz, unser Helfer von Vis, der mit den Poller-Rundläufen, fasst sich als erstes.

"Weißt Du denn nicht, was da gestern draußen los war?", unter Seglern ist das 'Du' die gängige Anrede. Auch wenn ich all die Männer da vor mir auf so um die fünfzig schätze, vielleicht bisschen mehr, vielleicht bisschen weniger, der Rundgänger jedenfalls ist mit seinen wahrscheinlich nicht mal vierzig Jahren wohl mit Abstand der Jüngste.

"Na ja, ich weiß schon, was da vorgestern auf See los war. Schließlich waren wir ja draußen! Und mit meinem Leben hatte ich auch schon abgeschlossen gehabt. Ich schätze mal, dass wir so acht Windstärken hatten, aber diese ganzen Kreuzseen dazu und diese ständige Angst ..."

"Das gibt es nicht!", entfährt es einem andern Österreicher spontan.

"Äh, was gibt es nicht?", ich verstehe nicht ganz.

"Also als Ihr gestern da in den Hafen gekommen seid, da dachten wir wirklich, da käme ein Geisterschiff von einem anderen Planeten!" Jetzt bin ich es, die ein bisschen dumm aus der Wäsche guckt. Wieso um alles in der Welt sollten wir von einem anderen Planeten kommen? Hatten wir uns so dumm angestellt? Wir waren doch nur ein Segelschiff gewesen, das bei Sturm in einen Hafen eingelaufen ist! Doch ich werde rasch 'aufgeklärt'. Sogar schneller als mir lieb ist.

"Also wir saßen drei Tage in dem Hafen fest. Keiner fuhr da raus und keiner rein. Obwohl das sonst ein sehr beliebter Hafen ist! Aber es war klar: Seit Tagen hatten wir elf bis zwölf Windstärken allein schon im Hafen gemessen, gestern sogar Windgeschwindigkeiten mit 142 km/h, da kann man sich ja leicht vorstellen, was 'draußen' los ist!"

Jetzt bin ich diejenige, die erst ein paarmal kräftig schlucken muss. Meine Gedanken rasen. Denn heute

Vormittag legten wir bei so ein bis zwei Windstärken ab und draußen auf dem Wasser hatte es fünf bis sechs. Also selbst wenn mir hier gerade Seglerlatein erzählt wird, dann hatten wir doch ganz offensichtlich auf unserer Überfahrt mehr Wind, als ich 'schätzte' und vermutete. Wie gesagt, meine eigene, innere Windstärkenmessung, die hört bei acht Windstärken einfach auf. Die offizielle Windstärkenskala geht bis zwölf. Es gibt wohl immer einen Punkt, an dem das 'Fassbare' in das 'Unfassbare' übergeht.

Und noch eines wird mir in fast dem gleichen Moment klar: Hätte ich gestern GEWUSST, dass wir im Orkan segelten, dann ... äh ... ja was dann?

Ich habe keine Zeit, darüber nachzudenken. Ich will auch gar nicht darüber nachdenken. Ich beginne zu erzählen. Es sprudelt alles aus mir heraus. Alles, was sich so lange in mir aufgestaut hatte.

Diese schöne Zeit am Anfang und dann dieses vermaledeite Brindisi ... und was man alles für Leute kennen lernt ... und was man alles erlebt ... und wieviel Hilfe man begegnet ... ich glaube, ich hatte noch nie in meinem Leben derart wissbegierige Zuhörer.

Nach fast zwei Stunden reden und fragen und antworten und erzählen und erklären stelle ich erschrocken fest, wie schnell doch manchmal die Zeit vergehen kann. Und noch immer weiß ich nicht, ob wir bleiben dürfen oder heute Abend noch im Gefängnis landen.

Ich verabschiede mich ziemlich abrupt, aber doch höflich und mache mich auf den Weg zurück zu unserem Schiff. Warum hatte sich Andy noch nicht gemeldet? Und was war mit dem Skipper der österreichischen Crew?

Ich begegne beiden auf meinem Rückweg zum Schiff. "Und? Alles klar? Konnte uns Dein Bekannter helfen?"

"Nein, leider nicht", kommt die Antwort aus Österreich. "Keine Chance! Ihr müsst einklarieren und hier könnt ihr nicht. Also eigentlich dürftet Ihr gar nicht hier sein!"

Nett. Einfach nur nett. Aber wir sind da!

"Ist alles klar, wir bleiben hier!", kommt die Antwort aus Deutschland. "Unseren Bändsel am Bug haben sie schon abgerissen, offiziell sind wir gar nicht hier, niemand weiß von gar nichts", erklärt mir Andy, "hat einen Vorteil: Wir müssen keine Hafengebühren bezahlen!"

Ich stehe nur da mit staunenden Augen.

"Und jetzt gehen wir dann zusammen Essen. Einverstanden?"

Ich habe 'Essen' gehört. "Ja klar, einverstanden! Wohin?"

Wir verabschieden uns kurz von dem österreichischen Skipper, denn wir wollen uns ja gleich wieder treffen. Gutes Essen wartet. Wir sollten uns beeilen!

"Sag mal, wie ist das jetzt alles passiert?", frage ich Andy, während wir zurück zu unserem Schiff gehen.

"Na ja, der Österreicher kam zu mir, und als wir bei seinem Bekannten nichts ausrichten konnten, da sind wir noch mal an die Rezeption gegangen. Und der guten Frau habe ich dann noch einmal alles auseinandergelegt. Die war wirklich nett. Und als sie sah, dass wir ein Kind dabei hatten, da meinte sie irgendwann völlig verzweifelt: "Ich habe Sie hier nie gesehen und sie waren nie in diesem Hafen!", und damit ließ sie mich stehen. Ab diesem Moment war ich einfach Luft für sie. "Und jetzt sind wir halt hier und die Österreicher haben sogar ein Auto hier im Hafen und der Skipper hat uns angeboten, dass wir heute Abend zusammen Essen gehen. Wir wollen uns gleich wieder treffen, sobald wir uns fertig gemacht haben."

Ich habe ,Essen' gehört. Ich bin ganz schnell fertig.

Zadar – wir kommen!

"**D**as macht dann zusammen 1,2 Millionen."
Ich breche in schallendes Gelächter aus.

Ja, es tut mir leid, das war wohl wirklich furchtbar unhöflich gerade eben. Alle Blicke sind leicht indigniert auf mich gerichtet. Aber ich konnte einfach nicht anders! Es war so ein herrlicher Abend, so ein fantastisches Essen, unheimlich nette Unterhaltung, und dann bekommen wir die Quittung. Sorry, ich muss wohl ein bisschen vorher beginnen. Wir hatten uns ja am Abend mit den Österreichern verabredet ...

"Was esst Ihr denn gerne? Wohin sollen wir denn gehen?", fragt uns der Skipper des österreichischen Schiffes. Wir alle haben keine zwanzig Minuten gebraucht, um uns komplett gerüstet für den bevorstehenden Abend wieder zusammenzufinden.
"Ja also das müsst doch Ihr uns sagen! Ihr kennt Euch hier aus, wir uns gar nicht! Wir vertrauen da voll auf Euch!", ich sehe den Skipper fragend an. Die Österreicher beratschlagen erst mal.
"Also mögt Ihr eher Fisch oder lieber Fleisch?"

Das ist eine Frage! Da kommen wir wohl gleich zum Thema. Ich sehe zu Andy, dem eine solche Frage - wie üblich - völlig egal ist. Er macht halt mit, er ist dabei. Ist es wirklich wichtig, was wir essen?
Also mir ist es wichtig!

"Ich esse liebend gerne Fisch, vor allem, wenn er gut zubereitet ist, Andy mag ihn nicht so sehr ..."

Alles klar. In diesem Moment wissen die Österreicher offensichtlich schlagartig, wo es hingeht. Ihr Auto steht auch da, wir quetschen uns zu sechst plus Kristin hinein. Wer wird da schon fragen, wir sind ja schließlich nicht in Deutschland! Ich sitze auf dem Beifahrersitz mit Kristin auf meinem Schoß. Und los geht die Fahrt.

Nach unendlich langen Stunden, ich glaube, es war eine halbe - ich habe Hunger! - kommen wir an und steigen alle aus. Jeder biegt erst mal seine Knochen zurecht, ich hatte es mit Kristin vorne wohl immer noch am leichtesten. Und dann joggen wir durch die Innenstadt von Primosten.

Also ich vermute mal, dass wir in Primosten sind. Des Weiteren scheint die Schrittgeschwindigkeit der Österreicher ihrer Ortskenntnis und ihrem Hunger zu entsprechen. Es geht da rein und dort raus, um die Ecke rum und ins nächste Gässchen wieder rein ... ich muss ja den Weg zurück nicht finden und mir nichts merken! Ich muss nur - irgendwie - hinterherkommen. In welcher Relation steht eigentlich die Schrittgeschwindigkeit der Männer zur Beinlänge der Frauen? Wäre ein mathematisch interessantes Gebiet. Doch im Moment interessiert mich die Mathematik nur peripher. Im Moment habe ich ein rein praktisches Problem: Kann ich noch joggend folgen oder sollte ich lieber rennen?

Nach der was weiß ich wievielten Kursänderung stoppt plötzlich die ganze Karawane vor einem unscheinbaren Restaurant in einem kleinen Seitengässchen. Richtungszeichen in Form von ... nein, das ist der falsche Text, in diesem Fall fehlten schlichtweg die Bremslichter. Ich laufe fast auf.

Der österreichische Skipper öffnet die Tür und wir betreten die gedämpfte Atmosphäre eines gemütlichen Restaurants. Ich tue einfach so, als wäre ich völlig ruhig und hätte genügend Luft. 'Heimlich schnaufen' nenne ich diese Eigenschaft, wenn man völlig außer Atem Gleichmut vermitteln möchte. Ist nicht ganz einfach, klappt aber nach längerer Übung!

Wir finden einen leeren Tisch und setzen uns. Ich werde aufgeklärt:

"Also wenn Du jetzt Fisch essen möchtest, dann gehst Du einfach da vor an die Fischtheke und suchst Dir einen aus. Und dann sagst Du dem Koch, wie Du den Fisch gerne hättest. Gekocht oder gebraten, gesotten oder geschmort, gegrillt oder ... die machen das dann genau so, wie Du Dir das vorgestellt hast!"

Nach anfänglichem Zögern bin ich einfach nur begeistert. Gewappnet mit den Kroatisch-Kenntnissen des österreichischen Skippers, um dessen Begleitung ich bei meiner Exkursion zur Fischtheke gebeten hatte, stehe ich schon wieder wie Alice im Wunderland vor mir völlig fremden Fischen. Aber ich muss die ja auch nicht persönlich kennen, ich muss nur wissen, welchen ich essen möchte. Die Entscheidung fällt schwer. Doch sie fällt:

"Also den Fisch da hätte ich gerne, der macht mich gerade an!", ich deute mit der Hand auf den von mir präferierten Fisch.

Wie ich ihn zubereitet haben möchte? Na so - und nur so! - wie der Chef hier meint, dass man genau diesen Fisch zubereiten sollte. Damit lag ich schon immer gut. Denn jeder Fisch hat meist viele mögliche Zubereitungsarten. Und die mögen auch alle sehr gut schmecken. Doch am besten ist immer die, die der Koch selbst am liebsten mag. Denn da ist er König. Das kann er am besten! Der Skipper und ich gehen wieder zurück auf unsere Plätze.

Und da gibt es zu erzählen. So viel zu erzählen. Ich halte mich meist raus. Meinen Part hatte ich ja bereits erzählt, nun ist Andy dran. Ist hier eher ein Gespräch 'unter Männern'. Ich höre nur zu.

"Ach Du meinst daran hat es gelegen!", den Österreichern gehen gerade ganze Kronleuchter auf. "Und wir hatten schon den Motorraum geöffnet um nachzusehen, was mit unserem Motor nicht in Ordnung sei! Denn Ihr seid da mit Eurem kleinen Ding so locker hinter uns her gefahren und wir kamen und kamen einfach nicht vorwärts! Dabei hatten wir doch das stärkere Schiff! Wir haben es einfach nicht verstanden."

Na ja, Österreicher halt, geht mir so durch den Kopf. Wird schon seinen Grund haben, warum es über die so viele Witze gibt ... und nur für mich, ganz im Geheimen, gebe ich zu, dass ich vor nicht allzu langer Zeit die gleiche Frage an Andy hatte.

Es wird ein wunderschöner Abend. Mit herrlichem Essen. Selten hatte ich so guten Fisch gegessen. Vertrauen ist alles! Doch dann kommt die Rechnung:

"1,2 Millionen wären das dann", der Kellner steht noch immer da. Andy kramt unsicher in seinem Geldbeutel. Ja klar hatte er heute Geld gewechselt. Aber so richtig angeschaut hatte er sich die neue Währung noch nicht. Ob es wohl reichen würde?

Doch, ja, 1,2 Millionen sind gar nicht so viel. Da bleiben noch immer ein paar Millionen im Geldbeutel zurück. Jugoslawische Dinars, versteht sich. Oder was hatten Sie gedacht?

Am nächsten Morgen geht Andy frische Brötchen holen. Und er will sich auch gleich zuhause melden, denn das hatten wir seit Vieste nicht mehr getan. Da machten sich bestimmt inzwischen alle Sorgen ... wie wir später erfuhren war vor allem mein Schwiegervater bereits dabei die Tischkanten anzunagen und mit der Überlegung beschäftigt, ob es nicht sinnvoll sei einen Hubschrauber zu kapern um uns zu suchen. Von dem verschollenen Schiff mit dem deutschen Ehepaar an Bord hatte er über das Fernsehen erfahren ...

Der Blick der netten Dame von der Rezeption ist filmreif. Als sie Andy sieht laufen ihr fast die Augen über, ihre Kinnlade klappt haltlos nach unten.

Und dann hat dieses Gespenst namens Andy, das doch gar nicht hier sein dürfte, schon längst weg sein sollte, auch noch die Frechheit, nach dem Telefon zu fragen! Sie scheint derart unter Schock zu stehen, dass sie Andy mit tonloser Stimme bereitwillig Auskunft gibt.

Kurz darauf verabschieden wir uns von der österreichischen Crew und bedanken uns noch einmal sehr herzlich für den wunderschönen Abend. Wir sind es ja inzwischen gewohnt. Ein Schiff zu überführen bedeutet auch, fast jeden Tag jemanden neu begrüßen zu dürfen um schon bald wieder Abschied zu nehmen. Es ist wie im richtigen Leben auch.

Wir legen bereits morgens um halb neun Uhr ab, denn wir haben beschlossen erst in Zadar einzuklarieren. Bis dahin sind es noch fünfundvierzig Seemeilen, warum also einen Umweg über einen anderen Hafen, wenn das Ziel so nahe liegt?

Also auf in die letzte Runde!

Kristin steht an der Backbord-Reling und lacht. Sie wiegt ihren Oberkörper hin und her, wirft ihn über die Reling, schmeißt ihren Kopf mit Schwung wieder zurück ... über die Reling vor ... nach hinten zurück ... ihre kleinen Händchen halten sich an der Reling fest. So geht das ununterbrochen. Seit wir den Hafen von Primosten verlassen haben. Sie lacht und lacht und lacht. Oberkörper vor ... und wieder zurück.

Heute können wir nach Sicht fahren. Es ist helllichter Tag, das Wasser spiegelglatt. Kein Lüftchen regt sich. Es ist so unwirklich schön und still. Nur in mir ist es das nicht.

Was für eine Reise!

Damals, in Brindisi, was hatte ich für eine Wut auf Andy. Und was für Angst hatte ich, für den Rest der Fahrt plötzlich Verantwortung übernehmen zu müssen. Verantwortung, die ich im Grunde genommen nicht tragen konnte, da mir die seglerischen Fähigkeiten schlichtweg fehlten.

Doch war es dann nicht Andy, der im größten Sturm unseres Lebens am Ruder stand, über Stunden! Und durchhielt bis zum Schluss?

Ja, das musste ich zugeben. Das war schon so gewesen.

Aber hätte es diese Überfahrt über die Adria jemals gegeben, wäre ich nicht damals eingesprungen? Ich hatte Meuterei begangen! Ich hatte mich den Anweisungen des Captains widersetzt. Ich hatte auf meine innere Stimme gehört ... und so sind wir den Felsen vor Brindisi entkommen. Was war richtig? Was war falsch? Wann kann ich mich verlassen? Wann bin ich verlassen?

Was macht einen 'besten Ehemann von allen' aus?

Was hat es für mich bisher ausgemacht?

Eingestürzte Welten können nicht gekittet werden. Es müssen neue aufgebaut werden. Will ich neue aufbauen?

Nur Eines kann mich aus dieser ganzen verworrenen Gedankenwelt retten: Ich navigiere.

Jetzt, endlich, kann ich mich in aller Ruhe meinem Hobby widmen und den Handpeilkompass so nutzen, wie ich das seit Tagen gerne getan hätte: In völliger Gelassenheit.

Hier ist kein Turnen und Kämpfen und sich verkeilen notwendig und das Peilungsziel kommt auch nicht nur ab und zu vorbei, in geschickten Momenten, auf einem Wellenberg - steuert Andy noch den gleichen Kurs? Unmöglich bei Windstärke vierzehn, Kreuzseen und drei Meter Wellen aufwärts, also insgesamt mindestens drei bis fünf Peilungen, auf jeder dritten bis fünften Welle ... Nein nein, das ist doch vorbei!

Seit fünf Minuten peile ich nun schon die Kapelle da drüben, und nur ganz langsam schiebt sich der Zeiger von der 169 auf die 170 Grad.

"Andy, JETZT musst Du Kurs 330 Grad anlegen!", es ist unheimlich wichtig. Vor uns liegt eine sehr enge Durchfahrt zwischen zwei Inseln, in der rechten Hälfte müssen wir uns halten, dann geht alles gut.

Doch was ist schon wichtig? Wir sehen es doch! Da vorne ist die Durchfahrt und wenn wir auf der rechten Seite bleiben, dann sind wir auf der 'sicheren' Seite. Wozu navigieren?

Kristin schaukelt inzwischen in den Backbord-Wanten und lacht. Es geht in die dritte Stunde. Kristin lacht und lacht und lacht.

Wir fahren gerade an einem Fischer vorbei, der sein Netz einholt. Es ist so ein ruhiges, so ein idyllisches

Bild. Minutenlang bin ich wie gefangen. Was ist es, was in dieser Welt wirklich zählt? Was ist es, was im Leben wirklich zählt?

Und in diesem Moment weiß ich es.

Es ist der Moment, in dem ich auf dem Schiff stehe und diesen Fischer betrachte.

Es ist der Moment, in dem ich im Sturm stehe und nicht aufgebe.

Es ist der Moment, in dem ich liebe und lebe und lache und weine und komme und gehe, der Moment in dem ich ...

ES IST der Moment.

Denn nur in ihm kann ich sein.

Ein ganz kurzer Augenblick nur, und nichts ist mehr so, wie es vorher einst war.

Ein ganz kurzer Augenblick nur, und was man eben noch liebte, ist gegangen.

Ein ganz kurzer Augenblick nur, und dann kommt der Unfall, der Tod, die falsche Reaktion, der bittere Moment.

Ein ganz kurzer Augenblick nur, und dann kommt das Licht, die Freude, die Begegnung, ein Blick nur, die richtige Reaktion, der richtige Moment.

Es ist der Moment der zählt, der wichtig ist, der Moment, in dem ich etwas ändern kann, in dem ich etwas tun kann.

Oder auch der Moment, der wichtig ist, der Moment, in dem ich weiß, dass ich nichts ändern kann, in dem ich besser nichts tue.

Wo liegt der Unterschied?

Beides ist.

"Sag mal, was ist denn das da vorne?", Andy entdeckt es als erster. Und ich sehe es jetzt auch. Ich renne hinunter zum Navi-Tisch und forste noch einmal alle Beschreibungen durch. Die in den Seekarten und die in den Hafenhandbüchern auch.

"Keine Ahnung!", kann ich kurz darauf nur berichten, "egal was da ist, da darf eigentlich nichts sein!"

Gespannt starren wir auf diese völlig unbekannte Insel, die sich da vor uns auftut. Oder was sonst könnte es sein? Bohren die hier nach Öl?

"Noch nie gehört!", kommt von Andy, als ich ihn danach frage. Bohrinseln in Jugoslawien. Einfach lächerlich!

Doch je näher wir diesem Ungetüm kommen, desto klarer wird der Blick: Da steht wirklich eine Bohrinsel! Und die hindert uns daran, direkten Kurs auf Zadar zu nehmen.

Hab ich doch gesagt! Navigation braucht es hier nicht. Wir sollten wirklich besser einfach nach Sicht fahren.

Mit großen Augen fahren wir an diesem Ungetüm vorbei. Einfach nur faszinierend. Der größte und beste Wegweiser nach Zadar ist in keiner Seekarte und in keinem Hafenhandbuch verzeichnet.

Bereits kurz nach vier machen wir im Hafen von Zadar fest. Die Zoll-Formalitäten sind schnell erledigt. Dieses Schiff bleibt nun für immer hier. Hier, in diesem Hafen.

Denken wir.

Andy kommt von der Zollstelle zurück.

"Alles klar, ich habe alles erledigt. Wir müssen jetzt nur noch in die Marina Borik, das hat Ingrid bereits alles arrangiert, da ist der neue Liegeplatz von unserer Ladoka. Ist gleich da drüben!

Also noch einmal - ein allerletztes Mal - den Motor anwerfen und das Schiff verlegen. Hier soll es also endgültig sein und bleiben. Marina Borik, Zadar.

Eintausend-Zweihundert-Sechzehn Seemeilen liegen hinter uns. Einhundertsechsundachtzig davon unter Segeln. Eintausendunddreißig unter Motor.

Wir sind angekommen. Nach fünf Wochen. Endlich.

Wir sind am Ziel.
Es ist der 12. Oktober 1989.
Es ist 18:00 Uhr.

Wie alles endete

"**K**omm, wir stellen alles auf den Steg raus, sonst sehe ich hier nie durch!", sage ich zu Andy und strecke ihm schon mal den ersten Seesack entgegen. Es ist der nächste Morgen, wir sind beim Packen.

Ingrid müsste bald mit unserem Auto kommen. Nach all den Strapazen der vergangenen Wochen hatte sie spontan beschlossen, uns höchstpersönlich abzuholen.

„Das ist wohl das Mindeste, was ich für Euch tun kann!"

Wir sind ihr sehr dankbar dafür. Um elf Uhr ist sie da.

Es wird eine sehr herzliche Begrüßung, schließlich ist man über das Schiff und die bestandenen Abenteuer doch irgendwie miteinander verbunden. Wie es bei uns aussieht?

Na ja, zum Packen ist nicht mehr viel, dann noch das Schiff sauber machen, vielleicht zwei bis drei Stunden noch. Ingrid geht frühstücken. In der Pension, in der sie in der vergangenen Nacht wenigstens für drei Stunden kurz geschlafen hatte, gab es nichts Gescheites. Und sie ist auch ziemlich angeschlagen, schließlich war sie fast zwanzig Stunden mit dem Auto unterwegs.

Irgendwie bin ich erleichtert. Das mit dem Schiff hier möchte ich lieber selbst zu einem Abschluss bringen.

Wie Andy darüber denkt, wie es ihm in diesem Moment geht, das weiß ich nicht.

Um fünfzehn Uhr ist alles fertig. Ich verlasse das Schiff, greife mir die letzten Tüten vom Steg, nehme Kristin an die Hand und gehe zum Auto.

Ob ich froh bin, das Schiff nun endlich und endgültig verlassen zu können? Ich weiß es nicht.

Ob ich jemals wieder bereit sein werde, ein Schiff zu überführen? Ich weigere mich in diesem Moment, über diese Frage nachzudenken.

Ob ich jemals wieder ein Schiff betreten werde?
Wahrscheinlich schon.
Wie es nun weitergehen wird?
Ich habe keine Ahnung.

Ich drehe mich kein einziges Mal mehr um.

"Wer fährt?" Die Frage von Ingrid scheint berechtigt. Sie ist lange genug hinter dem Steuer gesessen. Ich sehe fragend Andy an: 'Darf ich?'

Andy macht sich nicht viel aus Auto fahren, ich dagegen fahre leidenschaftlich gerne. Es war auch nur eine rhetorische Frage, die ich in Gedanken gestellt hatte. Natürlich fahre ich! Wer sonst?

Wir alle steigen ein und ich lass mir von Ingrid kurz den Weg auf der Karte zeigen.

Doch so leicht mir früher auch das Lesen von Straßenkarten fiel, im Moment kann ich rein gar nichts mit dieser Karte anfangen. Hier fehlen schlichtweg die Häfen, die Leuchtfeuer, die Tiefenangaben, die Gartenzäune ... ich muss lachen.

"Weißt Du was, Ingrid, Du bist doch gerade erst diese Strecke hergekommen! Sag mir einfach, wie ich fahren muss!" Ich starte den Motor.

Hört sich anders an wie auf dem Schiff.

Ist ja schließlich auch kein Diesel!

Wie war das noch mal? Gang einlegen, bisschen Gas geben, Kupplung leicht kommen lassen ... ein Wunder geschieht! Das Auto setzt sich langsam in Bewegung. Es tut genau das, was ich von ihm möchte. Autofahren verlernt man wohl nie.

Ich parke aus, verlasse den Hafen, bin auf der Straße.

Erster Gang, beschleunigen, zweiter Gang, beschleunigen, HALT! Ich bin bereits bei dreißig Stundenkilometern. Das übertrifft die Rumpfgeschwindigkeit dieses Fahrzeugs bei weitem! Erschrocken gehe ich vom Gas weg.

Hallo, Mädchen, aufwachen! Das hier ist ein Auto, kein Schiff!

Ich zwinge mich dazu, mehr Gas zu geben.

Doch sobald auf dem Tacho die Vierzig-km/h-Marke überschritten wird, beginne ich Blut und Wasser zu schwitzen. Alles fliegt so rasend schnell an mir vorbei! Ich kann kaum folgen. Ich kann das alles nicht so schnell erfassen. Gebt mir doch bitte, bitte wieder das Schiff zurück, von mir aus auch mit acht Windstärken oder mehr, denn das bin ich gewohnt! Damit kann ich umgehen!

Hier geht alles so schnell. Die Landschaft rast vorbei. Und dann diese ganzen anderen Autos! Die Begegnungen mit anderen Schiffen in den letzten fünf Wochen außerhalb des Hafens kann ich an einer Hand abzählen. Hier komm ich mit dem Zählen überhaupt nicht mehr hinterher!

'So, Mädchen, ganz ruhig!', spreche ich mir selbst Mut zu. 'Du hast das früher gekonnt und du kannst das heute auch noch. Mach das einfach so, wie du es gewohnt bist. Denk nicht so viel, fahre!'

Irgendwie geht's.

Abends um sechs machen wir Halt, um noch etwas zu essen. Noch einmal, ein letztes Mal, jugoslawische Küche. Ob ich sie wohl vermissen werde? Ich weiß es nicht.

Wir haben viel zu erzählen. Und Ingrid auch.

Als wir nach zwei Stunden weiterfahren kommt starker Nebel auf. Ich kann gar nicht schneller als dreißig km/h fahren. Höchstens vierzig. Irgendjemand scheint sich meiner erbarmt zu haben. Endlich eine Geschwindigkeit, bei der ich mich bequem zurücklehnen kann, die mich beruhigt. Der Nebel stört mich nicht weiter. Es ist wie bei einer Nachtfahrt: Man sieht nichts. Die Nächte auf dem Wasser sind schwarz, hier ist alles weiß. Das ist der einzige Unterschied.

'Bei vierzig km/h kommen wir so ungefähr in drei Tagen zuhause an', geht mir durch den Kopf. Ist also auch nicht so das Gelbe vom Ei. Wie auch immer, es wird schon werden!

Doch so, wie sich der Nebel lichtet, so kann auch ich Gas geben und es ergibt sich ganz automatisch, dass ich mich ganz langsam wieder an Auto-Geschwindigkeiten gewöhne.

Am anderen Morgen um fünf Uhr fahren wir auf eine Autobahn-Raststätte. Das bin ich so gewohnt. Morgens um fünf übernimmt Andy die nächste Schicht. Andy und Ingrid trinken einen Kaffee. Nur ich habe keine Lust darauf. Nur ein paar Meter neben dem Kaffee-Automat steht der Getränke-Automat. Und da gibt es Bier.

"Was ist denn los mit Dir? Magst Du keinen Kaffee?", fragt mich Andy. Ich weiß nicht so recht. Und dann fasse ich Mut.

"Also Ihr glaubt gar nicht, wie sehr mich jetzt das Bier da drüben anmacht. Das ist komisch. Aber auch irgendwie verständlich. Die ganzen letzten Wochen habe ich nachts immer Kaffee getrunken und dann am Morgen, wenn Andy das Steuer übernahm, habe ich ein Bier getrunken, um schlafen zu können. Und heute Nacht bin ich die ganze Zeit Auto gefahren. Und jetzt würde ich gerne schlafen und da drüben gibt es Bier!"

"Ja dann nimm Dir doch eines!", meint Andy, und kann mein Zögern nur schwer verstehen.

"Ich kann doch nicht morgens um fünf ein Bier trinken! Wie sieht das denn aus! Und überhaupt muss ich mich jetzt wieder ans 'Alltägliche' gewöhnen!", ich fasse es nicht. Wie kann Andy nur meinen, dass ich ... doch dann mischt sich Ingrid auch noch ein:

"Also im Moment bist Du noch nicht zuhause, noch bist Du 'in Urlaub'! Und wenn Dir danach ist, aus welchen Gründen auch immer, dann trink doch jetzt Dein Bier! Wer oder was sollte Dich daran hindern? Nur weil 'man' das nicht macht? Du bist im Urlaub! Du darfst tun, was Du möchtest!"

Ein bisschen unsicher sehe ich von Ingrid zu Andy, auf das Bier und den dampfenden Kaffee und wieder zurück. Ja, vermutlich hatten sie Recht. Noch nie hatte ich mich darum geschert, was 'man' tun und lassen darf und was nicht. Ich hole mir ein Bier. Es wird wohl das letzte Bier bleiben, das ich um diese Zeit trinke.

Ich genieße es, wie ich im Leben noch nie ein Bier genossen hatte. Und ich trinke es aus der Flasche. Oh weh, wie tief bin ich gesunken!

Es ist tatsächlich das letzte Bier, das ich um diese Uhrzeit trinke. Es ist und bleibt tatsächlich auch das einzige Bier, das ich jemals aus der Flasche getrunken hatte und habe.

Und doch. Ich möchte diese 'Erfahrung' nicht missen.

Um ein Uhr kommen wir zuhause an. Ingrid hatten wir bereits eine Stunde vorher in ihrem Zuhause abgesetzt, nun waren wir an unserem angelangt. Ich schließe die Wohnung auf.

Es ist alles so vertraut und doch so fremd.

Es ist alles so, wie wir es verlassen hatten.

Es gab mal einen Zeitpunkt, da dachte ich, ich würde das alles nie wieder sehen. Der lag gar nicht so lange zurück. Er lag Äonen zurück. Mir jedenfalls kommt es vor, als würde ich dieses Haus, diese Wohnung, diese Treppen, diese Tür und diesen Tisch zum ersten Mal in meinem Leben sehen.

Auf dem Tisch stehen Blumen.

Ich gehe ins Bad um mir die Hände zu waschen. Fasziniert sehe ich auf die Armaturen.

Bewege ich den Hebel nach oben, dann fließt Wasser. Fantastisch.

Drehe ich ihn nach links, dann wird das Wasser heiß. Drehe ich ihn nach rechts, dann wird das Wasser kalt. Es ist toll, was sich Menschen einfallen lassen. Es ist wie bei einer Hafeneinfahrt: Links ist rot und rechts ist grün.

Andy ist noch mit dem Ausladen beschäftigt. Ich muss auf die Toilette. Alles klar. Ich stehe auf und greife mit der rechten Hand neben die Toilettenschüssel, da, wo der Hebel ist zum Pumpen. Doch meine Hand greift ins Leere. Die gewohnten Handgriffe führen ins Nichts. Völlig verunsichert richte ich mich auf und betrachte die ganze Angelegenheit aus gebührender Entfernung.

Wie zum Teufel bekomme ich jetzt das Zeugs da weg? Kein Hebel. Ja aber was dann? Fieberhaft suchen meine Augen alles rund um die Toilette ab. WAS davon könnte geeignet sein, eine Pump-Klo-Spülung zu ersetzen? Ich komme mir vor wie der erste Mensch.

Nein, es gibt keine Hebel. Nirgends.

Mädchen, Du musst umdenken! Hebel gab es auf dem Schiff. Zivilisierte Toilettenspülungen funktionieren anders! Aber wie?

Ich schaffe es tatsächlich. Ich muss nur auf die untere Hälfte des metallischen Quadrates in der Wand drücken und dann rauscht es. Ich schnaufe tief durch. Diese Hürde ist geschafft.

Doch es werden noch viele Hürden folgen.

Noch weiß ich nichts davon, dass Andy und ich Jahre brauchen werden, bis wir uns in der 'zivilisierten' Welt wieder zurecht finden werden.

Noch weiß ich nichts davon, dass es so viele 'furchtbar wichtigen' Dinge gibt bei den Menschen.

Bei den Menschen? Ich bin doch auch einer von ihnen! Und es gibt wirklich wichtigere Dinge als ums Überleben zu kämpfen? Es gibt wichtigere Dinge, als das Leben zu genießen, in vollen Zügen?

Wissen denn die Menschen nicht um das Geschenk des Lebens? Wissen sie nicht um seinen Wert? Wissen sie denn nicht ...

"Wirfst Du schon mal eine Wäsche an? Das wird hier ja immer mehr und mehr!".

Beim Auspacken der Seesäcke türmen sich die Wäscheberge um mich herum. Andy fragt - logisch eigentlich! - warum bin ich nicht selbst darauf gekommen?

Ich schnappe mir den nächstbesten Berg, bändige ihn in einen Wäschekorb und begebe mich nichtsahnend hinunter in den Keller. Dahin, wo die Waschmaschine steht.

Wäsche hinein, Klappe zu, alles klar, äh ... wie war das jetzt nochmal?

Die fängt nicht von selber an ...

Dunkel steigt es aus meiner Erinnerung empor. Da müssen jetzt Knöpfe gedrückt werden. In bestimmter Reihenfolge. Geht ganz leicht, ich habe es doch 'früher' immer ganz automatisch gemacht!

Aber jetzt ist nicht früher. Und da sind so verdammt viele Knöpfe!

'Mädchen, reiß Dich zusammen!'

Also hier steht 'Start' und hier die Temperatur, und hier muss ich ... was?

Ich schaffe es tatsächlich. Zehn Minuten nur, doch so ganz langsam begreife ich wieder, wie eine Waschmaschine funktioniert. Es sind gar nicht so viele Knöpfchen, die ich letztendlich tatsächlich drücken muss. Das Wasser läuft ein.

Und dann beginnt die Trommel sich zu drehen.

Ich habe es wirklich geschafft!

Zuerst der Wasserhahn, dann die Toilette, jetzt die Waschmaschine, was mich wohl sonst noch so hier, in diesem meinem 'neuen' Leben erwarten wird?

Ich weiß es nicht.

Es wird anstrengend werden.

Ganz langsam gleite ich mit dem Rücken an der Wand hinunter und setze mich auf den Boden.

Die Trommel dreht sich. Das Wasser läuft ein, heizt auf, wäscht, dreht, wie nur konnte ein Mensch ein so erstaunliches Gerät erfinden?

Ich sitze davor, auf dem kalten Kellerboden, und beobachte fasziniert.

Sollte es im Moment wirklich Dinge geben, die wichtiger sind, als dieser Waschmaschine zuzusehen?

Ich kann es mir nicht vorstellen.

Epilog

Fast dreißig Jahre ist es nun her, dass Andy und ich dieses Schiff überführten. Dreißig lange Jahre, in denen ich mir all das in Erinnerung behielt, was ich nun niedergeschrieben habe. Doch was war an dieser Überführung so außergewöhnlich, dass ich sie so lange und so klar im Gedächtnis behielt? War es womöglich nur mein außergewöhnliches Erinnerungsvermögen?

Nein. Das ist im Normalfall gar nicht so toll. Nur in diesem Fall.

War es der Sturm, in dem ich einst mit meinem Leben abschloss?

Nein. Jeder Segler hat schon Stürme erlebt. Niemand muss deshalb gleich mit seinem Leben abschließen.

War es die etwas ungewöhnliche Zusammensetzung der Crew auf dieser Fahrt?

Vielleicht. Vielleicht war die wirklich nicht so ganz 'gewöhnlich'.

Doch was, so frage ich mich immer wieder, was ist es, was mich diese Reise nicht vergessen lässt und mir heute noch im Gedächtnis ist, als wäre es gestern geschehen?

Ich weiß es nicht.

Viele Dinge haben sich seither geändert.

Meine Eltern sind schon längst gestorben.

Kristin ist erwachsen geworden. Sie fährt heute selbst Auto. Und sie lacht nicht mehr soviel wie damals, an den Tagen nach der Überfahrt ...

Andy und ich haben uns getrennt. Zehn Jahre haben wir nach dieser Überführung noch gebraucht, bis wir eingesehen haben, dass seine Wünsche nicht meine Wünsche sind, dass meine Hoffnungen nicht seine Hoffnungen sind. Bis wir wahrgenommen haben, dass meine Vorstellungen nicht seine sind und seine Erwartungen an das Leben nicht den meinen entsprechen. Dass mein Mann eher einem Motorboot gleicht und ich einem Segelschiff. Zwanzig Jahre nach unserer Hochzeit erging das Scheidungsurteil: "Im Namen des Volkes ..:"

Als ich von Bord der Ladoka ging, da konnte ich keine Antwort auf die Frage finden, ob ich noch einmal ein Schiff überführen würde.

Heute weiß ich sie. Heute. Dreißig Jahre später.

In den ganzen Jahren habe ich 'unsere Ladoka' oft um oft um oft überführt. In meinem Leben überführt. Ich habe es gar nicht gemerkt. Es wurde mir erst viel, sehr viel später bewusst.

Und so sind viele Schiffe auf dem Wasser überführt worden.

Sie wurden in Flauten überführt und in Stürmen. Sie wurden mit Motorkraft überführt und mit Segeln. Sie wurden im Atlantik überführt oder im Mittelmeer, in der Ostsee oder auch im Pazifik. Sie wurden von Profis überführt oder von Laien. Und jeder kann seine eigene Geschichte erzählen. So wie Überführungen immer ihre eigene Geschichte erzählen.

Denn was sind 'Überführungen' denn eigentlich, im Grunde ihrer Bedeutung?

Es sind 'Führungen über' etwas hinweg. So wie Bahn-Überführungen über die Geleise führen und Bahn-Unterführungen unter ihnen hindurch, so bringen uns Überführungen immer von einem Punkt an einen anderen ÜBER etwas hinweg.

Und so wurde auch Kristin 'über-führt', vom Kind-Sein ins Erwachsen-Sein.

So wie jeder Mensch 'über-führt' wird von einem Punkt seines Lebens zu einem Neuen. Da gibt es so viele.

Richard Bode schreibt in seinem Buch ‚Nimm zuerst ein kleines Boot'*, dass er den Wind segeln musste, den, der ihm seine Eltern nahm. Auch ich kenne diesen Wind. Mit fünf Jahren wurde mir meine Mutter genommen. Mit elf Jahren meine zweite Mutter. Mit einunddreißig Jahren meine dritte und schon bald darauf mein Vater.

Der erste Sturm kommt wie ein Orkan. Mit dem zweiten Sturm kann man schon besser umgehen und im dritten wird es schon fast zur Gewohnheit.

Es geht nicht darum, wer wann, wohin, warum am weitesten gesegelt ist.

Es geht darum, WIE man diese Reise erlebt und empfindet.

Es gibt Menschen, die sind in der Badewanne gestorben.

Es gibt Menschen, die haben einen Taifun im Indischen Ozean überlebt.

Wenn ich etwas gelernt habe in dieser ganzen Zeit, dann ist es die Wiedererinnerung an das, was mir damals, bei meiner 'Navigation' durch die kroatische Inselwelt bereits klar geworden ist:

Es ist der Moment, der zählt. Dieser ganz kurze Augenblick nur, indem ich die Freiheit habe zu entscheiden, ob ich kämpfen und überleben möchte, oder aufgeben und sterben. Ob ich bleiben möchte im Gewohnten oder gehen in das Unbekannte.

Es ist der Moment, der zählt. Dieser ganz kurze Augenblick nur, in dem jemand anderes über mein Leben bestimmt.

Als Kind habe ich keine Chance, mich gegen 'Momente' zu wehren. Ich muss sie nehmen, wie sie sind, wie sie kommen, wie sie bestimmt sind.

Als Erwachsener öffnet sich mir die Chance der Selbstbestimmung, die Chance 'Ja' zu sagen oder 'Nein'.

Ich kann vor der Brücke stehen bleiben, ich kann sie jedoch auch überqueren.

Ich kann in meinem jetzigen, momentanen Zustand verharren, ich kann aber auch losziehen und neue Wege wagen.

Ich kann meine eigenen Unzulänglichkeiten ein Leben lang in anderen bekämpfen, ich kann aber auch anfangen, sie in mir selbst zu sehen.

Es gibt Tausende von Möglichkeiten, ein Schiff zu überführen. Sei es nun unter Segel oder unter Motor.

Es gibt Millionen und Milliarden von Möglichkeiten, ein Leben zu überführen, diese größte Überführung unter allen, denn sie führt uns von der Geburt zum Tod.

Und diese Überführung führt uns vorbei an idyllischen Orten. Sie führt uns in Windstille und im Orkan. Sie führt Experten und sie führt Laien. Sie führt uns mit und ohne Eltern, sie führt uns mit und ohne Kinder. Sie führt uns unter Segel so und nur so, wie die Winde wehen. Und sie führt uns unter Motor so und nur so, wie wir selbst es wünschen.

Mit Segeln und mit dem Wind, mit Motor auch gegen den Wind. Mit Motor gegen die Flaute, mit Segeln in der Flaute. Wie auch immer es kommen mag, ist und sein wird.

Nein, ich werde ganz sicher kein zweites Mal ein Segelschiff unter solchen Bedingungen überführen. Segelschiffe sind nicht geschaffen für Überführungen. Sie sind geschaffen, MIT den Winden zu segeln, nicht gegen sie: Hin zu neuen, unbekannten Ufern.

*aus: Richard Bode: „Nimm zuerst ein kleines Boot: Von den Gezeiten des Lebens", Ariston-Verlag 2004

Legende

Das Schiff

Werft	Jeanneau
Typ	Sun Shine 38
Name	Ladoka
Länge über alles	12,60 m
Breite über alles	3,85 m
Tiefgang	1,90 m
Verdrängung	5,75 t
Diesel-Motor	60 PS
Segelfläche	83 qm
Groß	36 qm
Genua	47 qm
Blister	63 qm
zugelassen für	10 Personen
Doppelkojen	3

Die Währungen damals

Deutsche Mark	1 EUR = 1,96 DM
Französischer Franc	1 EUR = 6,56 FF
Italienische Lira	1 EUR = 1.936,27 ITL
Yugoslawische Dinar	1 EUR = ca. 50.000,00 YUM

(rein hypothetische Schätzung!)

Fachbegriffe

Achtern	hinter dem Schiff
Backbord	die in Fahrtrichtung linke Seite des Schiffes
Beaufort	Maßeinheit für Windstärke
Bilge	Hohlraum unterhalb der Boden-Bretter im Salon des Schiffes. Hier sammelt sich bei Sturm das Seewasser im Schiff. Es ist außerdem der kühlste Ort auf dem Schiff.
Blister	sehr dünnes, großes Vorsegel
Böe	plötzlicher, starker Wind von nur kurzer Dauer
Bootshaken	Stange mit Haken am Ende
BR-Schein	nicht amtlicher Segelschein für Küstengewässer
Bug	vordere Teil des Schiffes
Bugkoje	abgetrennter Schlafraum im vorderen Teil des Schiffs, bietet auf der Sun Shine 38 genügend Platz für zwei Personen
Capitanerie	Meldestelle in Häfen, oft mit Zollstelle verbunden
Cockpit	Sitzgelegenheit an Deck im hinteren Teil des Schiffes, hier steht meist das Steuerrad
Dünung	langgezogene, sanfte Wellen, entstanden durch Wind in einem anderen Seegebiet
Einhandzirkel	Gerät zur Navigation
Etmal	Tagesstrecke in sm

Fender	Schutzkörper, um Beschädigungen an der Außenhaut des Schiffes zu verhindern (bei Hafen-Manövern bzw. grundsätzlich beim Anlegen)
Festmacher	Leinen zum 'Festmachen' des Schiffes an Land
Freibord	Höhe des Schiffsrumpfes, ab Wasserlinie gemessen
Funkellicht	Signalzeichen mit einer Takt-kennung von 40-120 Lichter-scheinungen pro Minute. Dient der Kollisionsverhütung, ersetzt aber nicht die Lichterführung bei Nacht
Gekoppelt	Berechnung der Schiffsroute an-hand von Kurs und Geschwin-digkeit
Genua	großes Vorsegel, reicht nach ach-tern bis über den Mast hinaus
GFK	glasfaserverstärkter Kunststoff
Großsegel (Abk.: Groß)	großes Segel am Mast, wird vom Cockpit aus bedient
Handlauf	Griffe zum Festhalten bei stürmischer See
Handpeilkompass	Kompass mit Einrichtung zum genauen Anpeilen von Land-marken oder Leuchtfeuern
Heck	der hintere Teil des Schiffes
Heckkoje	abgetrennter Schlafraum im hin-teren Teil des Schiffs, bietet auf der Sun Shine 38 genügend Platz zum Schlafen für zwei Personen

Kaimauer	durch Mauern befestigter Uferdamm
Klampe	Vorrichtung zum Befestigen von Leinen
Knoten (Abk.: kn)	Geschwindigkeitsmaß, 1 kn = 1 sm/h = 1,852 km/h
Koje	abgetrennter Schlafraum
Kopplung	Ortsbestimmung aufgrund von Bewegungsrichtung (Kurs) und Geschwindigkeit
Kreuzsee	chaotisches Wellenmuster aufgrund einer Überlagerung von Wellen und/oder Dünungen aus unterschiedlichen Richtungen
Kurs	Bewegungsrichtung eines Schiffes in Bezug zum magnetischen Nordpol. Kurs 90° bedeutet somit Kurs Ost.
Kursdreieck	Gerät zur Navigation
Lee	die dem Wind abgewandte Seite, da, wo der Wind hinweht.
Leuchtfeuer	Signallichter an bestimmten Punkten, in der Regel an Land
Livebelt	Sicherheitsgurt auf See
Logge	Messgerät zur Bestimmung der Geschwindigkeit
Luv	die dem Wind zugewandte Seite, da, wo der Wind herkommt.
Mole	Eine als Damm in ein Gewässer ragende, befestigte Aufschüttung. Dient als Wellenbrecher und als Hafenmauer.

Muring	Kette am Grund von Hafenbecken, an der das Schiff mit Hilfe von Pilot- und Belegleine festgemacht werden kann.
Navi-Tisch (Navigationstisch)	Kleiner Schreibtisch an Bord. In ihm befinden sich alle notwendigen Utensilien, die für die Navigation benötigt werden. Ist so angebracht, dass selbst unter widrigsten Wetterbedingungen genug Halt ist, um die Seekarten auszubreiten und Kurse zu bestimmen. Ist nur grundsätzlich zu klein für große Seekarten
Niedergang	Treppe zwischen Schiffsinnerem und Cockpit
Palsteg	Seemannsknoten, hauptsächlich zum Festmachen von Schiffen an Land
Peilung	Winkelbestimmung zwischen Schiffskurs und gepeiltem Objekt
Permit	Erlaubnis, Genehmigung, auf See durch ein anderes Land zu reisen. Heutzutage in der EU vermutlich nicht mehr notwendig.
Poller	meist pilzförmige Metallkörper am Kai zum Festmachen eines Schiffes
Reffen	Segelfläche verkleinern durch Aufrollen oder Wegbinden eines Teils des Segels.
Rollgenua	Genua, die zum Reffen um ein drehbar gelagertes Vorstag gewickelt werden kann.

Rumpfgeschwindigkeit	max. Geschwindigkeit eines Schiffes, ergibt sich u.a. aus der Wasserverdrängung. Bei unserer Ladoka lag sie bei ca. 8 kn bzw. knapp 15 km/h
Salon	innerer Mittelteil des Schiffs, vergleichbar mit dem 'Wohnzimmer'
Schoten	Leinen, mit denen die Segel geführt werden
Seemeilen (Abk.: sm)	nautische Längeneinheit 1 sm = 1,852 km
Sportbootführerschein	amtlicher Motorbootführerschein; berechtigt zum Fahren in allen offenen Gewässern
Steuerbord	die in Fahrtrichtung rechte Seite des Schiffes
Strecktau	ein auf einem Schiff stark gespanntes Seil, an dem man sich festhalten oder mit einem Karabinerhaken einhängen kann
Surfen	Gleiten des Schiffes die Welle hinunter, wobei der untere Teil weiter aus dem Wasser kommt, wie normal üblich. Bei Wiedereintritt ins Wasser kann dadurch der komplette Kiel abgerissen werden.
Versegelungspeilung	zeitversetzte Peilung einer Landmarke, u.a. zur Bestimmung der eigenen Geschwindigkeit (bei bekanntem Kurs)
Voraus	Vor dem Schiff
Vorschot	Leine zum Führen des Vorsegels

| Vorstag | Gespanntes Drahtseil zwischen Bug und Masttopp (Spitze des Schiffsmastes), an dem das Vorsegel befestigt ist |
| Weberleinsteg | Seemannsknoten, hauptsächlich um Fender an der Reling zu befestigen |

Seite 250+251:   Windstärkenscala an Land und auf See

Bft	kn	Bezeichnung	Auswirkung auf dem Wasser
0	0	Stille	Spiegelglatte See
1	1 - 3	schwacher Wind	Kleine, schuppenförmig aussehende Kräuselwellen ohne Schaumkämme
2	4 - 6	leichte Brise	Kleine Wellen, noch kurz aber ausgeprägter.
3	7 - 10	schwache Brise	Die Wellenkämme beginnen leicht zu brechen.
4	11 - 16	mäßige Brise	Wellen noch klein, werden aber länger, weiße Schaumköpfe treten auf
5	17 - 21	frische Brise	Mäßige Wellen mit weißen Schaumköpfen, vereinzelt Gischt.
6	22 - 27	starker Wind	Bildung großer Wellen beginnt. Kämme brechen, etwas Gischt.
7	28 - 33	steifer Wind	See türmt sich; der beim Brechen entstehende weiße Schaum (Gischt) bildet Streifen.
8	34 - 40	stürmischer Wind	Mäßig hohe Wellenberge mit Kämmen von beträchtlicher Länge. Gischt weht ab.
9	41 - 47	Sturm	Hohe Wellenberge; dichte Gischt in Windrichtung. "Rollen" der See beginnt.
10	48 - 55	schwerer Sturm	Sehr hohe Wellenberge mit langen überbrechenden Kämmen. See weiß durch Schaum. Rollen der See schwer und stoßartig.
11	56 - 63	orkanartiger Sturm	Außergewöhnlich hohe Wellenberge. Die Sicht ist herabgesetzt. Die Kanten der Wellenkämme werden überall zu Gischt zerblasen.
12	> 64	Orkan	Luft mit Schaum und Gischt angefüllt. See vollständig weiß. Die Sicht ist sehr stark herabgesetzt; jede Fernsicht hört auf.

Bft	km/h	Bezeichnung	Auswirkung an Land
0	< 1	Stille	Rauch steigt gerade empor
1	1 - 5	schwacher Wind	Rauch bewegt sich ein bisschen in Windrichtung
2	6 - 11	schwacher Wind	Wind im Gesicht spürbar, Blätter und Windfahnen bewegen sich
3	12 - 19	mäßiger Wind	Blätter und dünne Zweige bewegen sich im Wind, Wimpel streckt sich
4	20 - 28	mäßiger Wind	Wind hebt Staub und loses Papier, bewegt Zweige und dünne Äste
5	29 - 38	frischer Wind	Kleine Laubbäume beginnen zu schwanken
6	39 - 49	starker Wind	Starke Äste beginnen zu schwanken, Regenschirme sind nur schwer zu halten
7	50 - 61	starker Wind	Bäume bewegen sich, Probleme beim Gehen beginnen
8	62 - 74	Sturm	Zweige werden abgerissen, das Gehen im Freien ist erheblich erschwert
9	75 - 88	Sturm	Äste werden von den Bäumen gerissen, kleinere Schäden an Häusern
10	89 - 102	schwerer Sturm	Schwache Bäume brechen, an Häusern entstehen größere Schäden
11	103 - 117	schwerer Sturm	Bäume werden entwurzelt, verbreitet schwere Sturmschäden
12	> 117	Orkan	Schwere Verwüstungen

Zeitfracht Medien GmbH
Ferdinand-Jühlke-Straße 7
99095 Erfurt, Deutschland
produktsicherheit@kolibri360.de